# LA DESAPARICIÓN DE ANNIE THORNE

# C. J. TUDOR

# LA DESAPARICIÓN DE ANNIE THORNE

Traducción de
Carlos Abreu Fetter

PLAZA JANÉS

Papel certificado por el Forest Stewardship Council®

MIXTO
Papel
FSC® C117695

Penguin
Random House
Grupo Editorial

Título original: *The Taking of Annie Thorne*

Primera edición con esta encuadernación: abril de 2025
Primera reimpresión: abril de 2026

© 2019, C. J. Tudor
© 2019, 2025, Penguin Random House Grupo Editorial, S. A. U.
Travessera de Gràcia, 47-49. 08021 Barcelona
© 2019, Carlos Abreu Fetter, por la traducción

*Printed in Spain* – Impreso en España

ISBN: 978-84-01-03810-5
Depósito legal: B-6.483-2025

Compuesto en Comptex & Ass., S.L.

Impreso en QP Print

L038105

*Los escritores somos como los rompecabezas.*
*Necesitamos paciencia, perseverancia y,*
*de vez en cuando, alguien que recoja las piezas.*
*Esto es para Neil, por completarme.*

# Prólogo

Incluso antes de entrar en la casita, Gary sabe que algo no va bien.

Es el olor empalagoso que sale por la puerta abierta, las moscas que revolotean en el calor pegajoso del recibidor. Por si esto no fuera indicio suficiente de que algo horrible ha ocurrido en esa casa, horrible en el peor sentido posible, el silencio lo confirma.

Hay un elegante Fiat blanco aparcado en el camino de acceso, una bicicleta apoyada frente a la puerta principal y unas botas de goma tiradas justo al otro lado del umbral. El hogar de una familia. Incluso cuando el hogar de una familia está vacío, quedan en él ecos de vida. No es normal que se irradie una sensación opresiva y siniestra bajo un asfixiante manto de silencio, como en aquella casa.

Aun así, él grita de nuevo:

—Hola. ¿Hay alguien?

Cheryl alza la mano y da unos golpecitos enérgicos a la puerta abierta. Estaba cerrada cuando han llegado, pero no con llave. Otro detalle que da mala espina. Aunque Arnhill sea un pueblo pequeño, los vecinos siempre cierran con llave.

—¡Policía! —grita.

Nada. No se oye la menor pisada, crujido o susurro. Gary suspira al percatarse de que siente un temor supersticioso a entrar. No es por el rancio hedor a muerte. Hay algo más. Un instinto primario lo insta a dar media vuelta y marcharse de allí cuanto antes.

—¿Sargento? —Cheryl levanta la vista hacia él, arqueando una fina ceja en un gesto inquisitivo.

Él echa un vistazo a su acompañante, de metro sesenta de estatura y solo cuarenta y cinco kilos de peso. Con más de metro ochenta y casi ciento treinta kilos, Gary parece un Baloo, y Cheryl, a su lado, un delicado Bambi. Al menos en lo que al aspecto físico se refiere. En cuanto a la personalidad, basta con señalar que Gary llora cuando ve una película de Disney.

Ella asiente con una breve y sombría inclinación de la cabeza, y los dos pasan al interior.

Un fétido y penetrante olor a descomposición humana los abruma. Gary traga saliva e intenta respirar por la boca, mientras desea con toda el alma que hubiese sido algún otro —fuera quien fuera— quien hubiera acudido a esa llamada. Cheryl pone cara de asco y se tapa la nariz con la mano.

Esas pequeñas casas de campo tienen una distribución bastante típica: un recibidor pequeño, escaleras a la izquierda, el salón a la derecha y una cocina diminuta encajonada al fondo. Gary se encamina hacia el salón. Empuja la puerta para abrirla.

Gary ya ha visto cadáveres antes: un chaval joven atropellado por un conductor que se dio a la fuga, un adolescente destrozado por maquinaria agrícola. Fueron muertes horribles, sí. Innecesarias, sin lugar a dudas. Pero esto es horrible, piensa de nuevo. Más que horrible.

—Joder —musita Cheryl, y Gary piensa que él mismo no habría podido expresarlo mejor.

Todo el horror, concentrado en una única palabrota: «Joder».

En medio de la habitación se encuentra una mujer, repantigada en un gastado sofá de piel, de cara a un gran televisor de pantalla plana. El aparato tiene una rajadura en forma de telaraña en torno a la que docenas de moscardas gordas pululan perezosamente.

Las demás zumban alrededor de la mujer. «Alrededor del cuerpo», se corrige Gary para sus adentros. Ya no es una persona. Solo un cadáver. Un caso más. Hay que dominar esos nervios.

A pesar del abotargamiento causado por la descomposición, se nota que en vida ella debía de ser esbelta y de tez pálida, aunque ahora está cubierta de manchas y veteada de venas verdosas. Va bien vestida: camisa de cuadros, vaqueros ajustados y botas de piel. Resulta complicado determinar su edad, más que nada porque la parte superior de la cabeza ha desaparecido. Bueno, en realidad no es que haya desaparecido. Gary alcanza a ver trozos de ella pegados a la pared, la librería y los cojines.

No caben muchas dudas respecto a quién apretó el gatillo. La escopeta aún descansa sobre su regazo, sujeta por los dedos hinchados. Gary reconstruye a toda prisa en su mente lo ocurrido. Ella se mete el arma en la boca, dispara, la bala sale con un ligero desvío hacia la izquierda, donde se aprecian los mayores daños, lo que tiene sentido, pues empuña el arma con la mano derecha.

Gary es solo un sargento de uniforme que apenas trata con los forenses, pero ha visto muchos episodios de *CSI*.

El proceso de putrefacción seguramente ha sido muy rápido. En la pequeña casa de campo hace calor, un bochorno sofocante, incluso. En el exterior la temperatura ronda los veintitrés grados, las ventanas están cerradas y, aunque las cortinas están echadas, el termómetro debe de marcar más de treinta. Él ya nota el sudor que le resbala por la espalda y le humedece las axilas. Cheryl, que nunca pierde la calma, se enjuga la frente, visiblemente incómoda.

—Joder. Vaya desastre —comenta, en un tono cansino poco habitual en ella.

Contempla el cuerpo en el sofá, sacudiendo la cabeza, antes de desplazar la vista por el resto de la habitación, con los labios fruncidos y la expresión lúgubre. Gary sabe qué está pensando. «Bonita casa. Bonito coche. Bonita ropa. Pero nunca se sabe. Uno nunca sabe lo que sucede en realidad de puertas adentro.»

Aparte del sofá de piel, los únicos muebles son una vieja estantería de roble macizo, una mesita de centro y el televisor. Él mira el aparato de nuevo, preguntándose cómo se habría agrietado la pantalla y por qué las moscas parecen tan interesadas en andar por ella. Avanza unos pasos, haciendo crujir los cristales rotos bajo sus pies, y se agacha.

Al examinar el televisor más de cerca, descubre la razón. El vidrio resquebrajado está recubierto por una costra oscura. Una parte de la sangre ha resbalado por la pantalla hasta el suelo, donde él advierte que ha estado a punto de pisar un charco pegajoso que se ha extendido sobre las tablas del suelo.

Cheryl se acerca hasta detenerse a su lado.

—¿Qué es eso? ¿Sangre?

Gary piensa en la bicicleta. En las botas de goma. En el silencio.

—Tenemos que echar un vistazo al resto de la casa —dice.

Ella posa en él los angustiados ojos y asiente.

Las escaleras, empinadas y chirriantes, están manchadas de más regueros de sangre oscura. En lo alto, un estrecho rellano comunica entre sí dos dormitorios y un baño diminuto. Allí el calor es más intenso, si cabe, y el olor, aún más repugnante. Gary le indica por señas a Cheryl que vaya a echar una ojeada al baño. Por un momento, cree que ella le discutirá su orden. Resulta evidente que el hedor procede de uno de los dormitorios, pero, por una vez, ella le deja interpretar el papel de oficial superior y cruza el rellano con cautela.

Él se vuelve hacia la puerta del primer dormitorio y, notando un sabor amargo y metálico en la boca, la abre despacio y con cuidado.

Es la habitación de una mujer. Limpia, ordenada y vacía. Un armario en un rincón, una cómoda junto a la ventana, una cama grande cubierta con un edredón color crema inmaculado. Sobre la mesilla de noche, una lámpara y una foto solitaria en un marco liso de madera. Se acerca y la coge. Un muchacho de diez u once años, menudo y enjuto, con una sonrisa que deja al descubierto unos dientes prominentes, y una mata de pelo rubia y despeinada. «Ay, Dios —reza Gary casi sin darse cuenta—. Por favor, Dios, no.»

Con el corazón en un puño, sale de nuevo al pasillo, donde encuentra a Cheryl pálida y tensa.

—El baño está vacío —dice ella, y Gary sabe que los dos están pensando lo mismo.

Solo queda una habitación. Falta una sola puerta para revelar el primer premio. Él espanta una mosca con un manotazo rabioso. Siente la necesidad de respirar hondo para tranquilizarse, pero aquel olor lo ahoga. En vez de ello, extiende la mano hacia el pomo y abre la puerta de un empujón.

Aunque Cheryl es demasiado dura para vomitar, él la oye reprimir una arcada. Su propio estómago da un vuelco, pero él consigue dominar las ganas de devolver.

Se equivocaba al pensar que la situación era chunga. En realidad es una auténtica pesadilla.

El chico yace en la cama, vestido con una camiseta que le viene grande, un pantalón corto ancho y calcetines blancos de deporte. Los elásticos se le clavan en la carne hinchada de las piernas.

Gary no puede evitar fijarse en aquellos calcetines de color blanco impecable. Un blanco radiante. Como recién lavados. Igual que en un anuncio de detergente. O tal vez solo lo parecen porque todo lo demás es rojo. Rojo oscuro. Manchas en la camiseta de talla extragrande, salpicaduras por todas las almohadas y las sábanas. Y allí donde debería estar el rostro del muchacho, solo un gran amasijo blando y rojo, sin facciones reconocibles, plagado de inquietos cuerpos negros, moscas y escarabajos que entran y salen retorciéndose de la carne destrozada.

Lo asalta una imagen fugaz de la pantalla agrietada del televisor y el charco de sangre en el suelo, y de pronto lo ve: la cabeza del chico, golpeada una y otra vez contra el aparato, y luego aporreada contra el suelo hasta dejarlo irreconocible, sin cara.

Y tal vez de eso se trataba, piensa mientras alza la vista hacia otra cosa también roja: unas marcas encarnadas más llamativas, imposibles de pasar por alto. Grandes letras garabateadas en la pared, encima del cuerpo del chico:

NO ES MI HIJO

# 1

No regreses nunca. Es lo que siempre dice la gente. Las cosas habrán cambiado. No serán como las recuerdas. Lo pasado pasado está. Por supuesto, todo esto es muy fácil de decir. El pasado tiene la costumbre de repetirse. Como el mal curri.

Yo no quiero regresar. De verdad que no. Hay varias cosas que tendrían preferencia en mi lista de deseos, como morir devorado por unas ratas o bailar country. Esto refleja las pocas ganas que tengo de volver al villorrio de mierda donde me crie. Pero a veces la única opción que le queda a uno es la equivocada.

Por eso estoy conduciendo por una serpenteante carretera nacional a través de la campiña del norte de Nottinghamshire, cuando apenas son las siete de la mañana. Hacía mucho tiempo que no recorría esta carretera. Ahora que lo pienso, también hacía mucho que no estaba en circulación a las siete de la mañana.

Hay poco tráfico. Solo me adelanta un par de coches, uno de ellos con un bocinazo (sin duda, el Lewis Hamilton que va al volante me da a entender que estoy estorbando su desenfrenada carrera hacia la birria de trabajo al que está ansioso por llegar sin perder un solo minuto). En honor a la verdad, reconozco que conduzco despacio. Tanto que voy con la nariz casi pegada al parabrisas y apretando tanto el volante que tengo los nudillos blancos y marcados.

No me gusta conducir. Lo evito siempre que puedo. Voy a los sitios a pie o en autobús, o bien tomo el tren cuando mi destino está más lejos. Por desgracia, Arnhill no figura en el recorrido de las principales líneas de autobuses, y la estación de tren más cercana se encuentra a veinte kilómetros. Conducir es la única alternativa viable. Como he dicho antes, a veces a uno no le queda otra opción.

Pongo el intermitente y me desvío de la carretera nacional hacia una serie de caminos rurales más angostos y peligrosos. Campos de color marrón turgente y verde sucio se extienden a los lados, y unos cerdos olisquean el aire desde cobertizos con techo herrumbroso de chapa ondulada, entre maltrechos sotos de abedules. El bosque de Sherwood, o lo que queda de él. Hoy en día, los únicos sitios donde uno puede toparse con Robin Hood y Little John son los rótulos mal pintados de pubs ruinosos. Los hombres que hay dentro suelen estar más que alegres y lo único de lo que te despojan es de los dientes si los miras mal.

No se trata necesariamente de la consabida adustez norteña. Nottinghamshire ni siquiera está tan al norte —salvo para quienes nunca han salido del infernal cinturón de la M25 londinense—, pero resulta algo gris, plano, desprovisto de la vitalidad que cabe esperar del campo. Como si las minas que antes proliferaban en la zona le hubieran chupado todo el vigor desde dentro.

Al fin, tras un largo rato sin ver el menor rastro de civilización, o al menos un McDonald's, vislumbro una señal torcida a mi izquierda: «Arnhill le da la bienvenida».

Debajo, algún elocuente cabroncete ha añadido: «Y le da por culo».

Arnhill no es un pueblo acogedor. Es inhóspito, siniestro y desabrido. Vive encerrado en sí mismo y ve a los forasteros con recelo. Los vecinos mantienen una actitud estoica, inflexible y cansina a la vez. Es la clase de gente que te fulmina con la mirada cuando llegas y escupe en el suelo asqueada cuando te marchas.

Salvo por un par de caseríos y de cabañas de piedra antiguas que hay en las afueras, Arnhill no resulta pintoresco ni curioso. A pesar de que la mina cerró para siempre hace casi treinta años, su legado perdura en el pueblo como el mineral en el suelo. No hay tejados de paja ni macetas colgantes. Allí lo único que cuelga de las casas son cuerdas de tender la ropa y alguna que otra bandera con la cruz de san Jorge.

Las casas adosadas bajas de ladrillos sucios de hollín se alinean en hileras uniformes a lo largo de la calle principal, junto a un pub ruinoso: el Running Fox. Antes había otros dos —el Arnhill Arms y el Bull—, pero cerraron hace muchos años. En los viejos tiempos (mis tiempos), Gypsy, el dueño del Fox, hacía la vista gorda cuando algunos de los chicos mayores íbamos allí a beber. Aún me acuerdo de cuando vomité en el retrete tres pintas de Snakebite, junto con buena parte de las tripas, o al menos eso sentí, y al salir me lo encontré allí, esperando, con un cubo y una fregona.

A un lado, el Wandering Dragon, una freiduría y local de comida para llevar, permanece inalterable a los efectos del progreso, la pintura fresca o —me jugaría lo que fuera— un nuevo menú. Hay un detalle que no concuerda con mi memoria fotográfica: la pequeña tienda de la esquina donde comprábamos bolsas de tofes de un penique, platillos volantes y barritas con sabor a fruta ya no está. En su lugar hay un autoservicio de la cadena Sainsbury's. Supongo que ni siquiera Arnhill es del todo inmune a los adelantos de la civilización.

Salvo por eso, mis peores temores se ven confirmados. Nada ha cambiado. Por desgracia, el sitio sigue siendo tal como lo recuerdo.

Continúo avanzando con el coche por la calle principal, paso junto a la cutre zona de juegos infantiles y el pequeño parque. En el centro se alza la estatua de un minero, erigida en memoria de los fallecidos en el desastre de 1949 en la mina de carbón de Arnhill.

Dejo atrás los lugares destacados del pueblo y, tras remontar una colina baja, diviso la verja del colegio. Academia Arnhill, lo llaman ahora. Los edificios cuentan con un nuevo revestimiento, y el pabellón de lengua y literatura, desde cuya azotea se precipitó un chaval, ha sido derribado para alojar una zona con bancos. Por más que reboces un zurullo en purpurina, seguirá siendo un zurullo. Si lo sabré yo.

Aparco en una de las plazas para empleados situadas detrás del edificio y me apeo de mi viejo y destartalado Golf. Hay otros dos coches allí, un Corsa rojo y un Saab vetusto. Las escuelas rara vez quedan desiertas durante las vacaciones de verano. Los profesores tienen que planificar las clases, diseñar la decoración de las aulas o supervisar intervenciones. Y, de vez en cuando, se presentan a entrevistas.

Cierro el coche con el mando y camino hasta la recepción, intentando no cojear. Hoy me duele la pierna, en parte por conducir, en parte por el estrés de estar aquí. Algunas personas padecen migrañas; yo sufro algo equivalente en mi pierna mala. En realidad, debería llevar bastón, pero lo detesto. Me hace sentir como un inválido. La gente me mira con compasión. Deberían guardársela para alguien que la merezca.

Con un ligero gesto de dolor, subo los escalones hasta la puerta principal. Una placa brillante en el dintel reza: «Bueno, mejor, supremo. No descanses un momento, hasta que lo bueno sea mejor, y lo mejor, supremo».

Una máxima de lo más inspiradora. Pero no puedo dejar de pensar en la alternativa que plantea Homer Simpson: «Hijos, os habéis esforzado y ¿para qué? Para hacer el ridículo. La moraleja es: no os esforcéis».

Pulso el botón del portero automático, instalado junto a la puerta. Se oyen unas crepitaciones y me inclino hacia delante para hablarle al micrófono.

—Vengo a ver al señor Price.

Suenan más crepitaciones, un pitido estridente de acoplamiento y luego un zumbido. Frotándome la oreja, empujo la puerta para abrirla y entro.

La primera impresión que recibo es el olor. Cada escuela desprende el suyo propio. Los colegios modernos huelen a desinfectante y limpiador de pantallas. Los de pago huelen a tiza, parquet y dinero. La Academia Arnhill apesta a hamburguesas rancias, pastillas de inodoro y hormonas.

—¿Hola?

Una mujer de aspecto austero, cabello cano muy corto y gafas echa un vistazo desde detrás del cristal de la recepción.

¿La señorita Grayson? No lo creo. Ya se habrá jubilado a estas alturas, ¿no? Entonces lo veo: el lunar abultado en el mentón, del que brotan unos pelos negros, como siempre. «Madre mía.» Pues sí que es ella. Lo que, sin duda, significa que, en aquel entonces, cuando yo creía que era de la época de los dinosaurios, debía de tener... ¿qué, cuarenta años? Mi edad de ahora.

—Vengo a ver al señor Price —repito—. Soy Joe. El señor Thorne.

Espero alguna señal de reconocimiento. Nada. Por otro lado, ha transcurrido mucho tiempo y ella ha visto a un montón de alumnos cruzar esa puerta. Ya no soy el mismo chico flacucho con un uniforme demasiado grande y que pasaba junto a la recepción a toda prisa, desesperado por no oírla bramar su nombre y reñirlo por no haberse remetido la camisa por dentro del pantalón o por llevar unas zapatillas que infringían la normativa del colegio.

En el fondo, la señorita Grayson no era tan mala. Yo a veces veía en su pequeño despacho a algunos de los críos más débiles y tímidos. Ella les ponía tiritas en las rodillas peladas cuando la enfermera de la escuela no estaba, dejaba que se quedaran un rato ahí sentados, bebiéndose un refresco sin burbujas mientras aguardaban a que los recibiera un profesor, o ayudándola a archivar papeles, lo que fuera con tal de distraerse un poco de los tormentos del patio. Era como un pequeño refugio para ellos.

Aun así, la mujer daba miedo.

Me doy cuenta de que sigue dándome miedo . Exhalando un suspiro —de una manera que deja claro que les estoy haciendo perder el tiempo a ella, a la escuela y a mí mismo—, coge el teléfono. Me pregunto por qué ha venido hoy. No forma parte del personal docente. Por otro lado, en realidad no me sorprende. De niño, era incapaz de imaginar a la señorita Grayson fuera de la escuela. Era una pieza de la estructura. Omnipresente.

—¿Señor Price? —vocifera—. Tengo aquí a un tal señor Thorne, que ha venido a verlo. De acuerdo. Sí. Bien. —Cuelga el teléfono—. Enseguida viene.

—Genial, gracias.

Devuelve la atención a su ordenador, ignorándome. No me ofrece un té o un café. Ahora mismo, todas mis neuronas piden a gritos un chute de cafeína. Me siento en una silla de plástico, intentando no parecer un alumno descarriado a quien han enviado a ver al director. Noto punzadas en la rodilla. Me la cubro con las manos entrelazadas y masajeo discretamente la articulación con los dedos.

Veo por la ventana a unos chicos sin uniforme que hacen el tonto cerca de la verja del colegio. Beben Red Bull a grandes tragos y se ríen de algo que ven en sus teléfonos móviles. Me embarga una sensación de *déjà vu*. Vuelvo a tener quince años y me encuentro junto a la misma verja, bebiendo a morro de una botella de Panda Cola y entreteniéndome con... ¿Con qué pasábamos el rato y nos reíamos antes de que hubiera teléfonos inteligentes? Con ejemplares de la publicación quincenal de música pop *Smash Hits* y revistas porno robadas, supongo.

Aparto la mirada y la bajo hacia mis botas. El cuero está un poco raspado. Debería haberles dado betún. Necesito un café con urgencia. Estoy a punto de rendirme y pedir que me traigan algo de beber de una maldita vez cuando oigo el chirrido de unos zapatos sobre linóleo pulido, y la puerta de dos hojas del pasillo principal se abre de golpe.

—¿Joseph Thorne?

Me pongo de pie. Harry Price es todo lo que había imaginado e incluso menos. Cincuentón, flaco y de aspecto escurrido, lleva un traje sin forma y mocasines. Tiene el cabello cano y ralo, peinado hacia atrás desde un rostro que en todo momento parece a punto de recibir alguna noticia terrible. Un aire de cansada resignación lo envuelve como un olor a loción barata.

Esboza una sonrisa torcida y con manchas de nicotina. Lo que me recuerda que no me he fumado un solo cigarrillo desde que salí de Manchester. Esto, junto con el mono de cafeína, me provoca ganas de apretar los dientes hasta que se me quiebren.

En vez de eso, tiendo la mano y le devuelvo una sonrisa que espero que parezca agradable.

—Un placer conocerlo.

Noto que me examina con un vistazo rápido. Le saco unos cinco centímetros de estatura. Voy bien afeitado. Llevo un buen traje, bastante caro cuando era nuevo. Tengo el pelo negro, aunque un poco entreverado de gris últimamente. Ojos oscuros algo inyectados en sangre. La gente me comenta que tengo un rostro franco. Lo que solo demuestra lo poco que sabe la gente.

Me estrecha la mano con firmeza.

—Mi despacho está por aquí.

Me ajusto la mochila a los hombros, y, tratando de forzar la pierna mala para que camine como es debido, sigo a Harry hasta su despacho. Comienza la función.

—La verdad es que la carta de recomendación de su jefe anterior lo deja por las nubes.

Menos mal. La escribí yo mismo.

—Gracias.

—De hecho, todo en su solicitud resulta de lo más impresionante. —Las trolas son una de mis especialidades—. Sin embargo... —Ya estamos—. Ha pasado un período muy largo sin ejercer. Más de doce meses.

Extiendo el brazo hacia el café flojo y lechoso que la señorita Grayson por fin ha traído y dejado con un gesto violento delante de mí en el escritorio. Bebo un sorbo y me esfuerzo por no hacer una mueca.

—Ya, bueno, eso fue deliberado. Decidí que quería tomarme un año sabático. Llevaba quince años dando clases. Había llegado el momento de buscar aires nuevos. Pensar sobre mi futuro, decidir hacia dónde encaminar mis pasos.

—¿Le importa sí le pregunto a qué se dedicó durante ese año sabático? Su currículum es un poco vago al respecto.

—A impartir alguna que otra clase particular y realizar labores comunitarias. Di clases en el extranjero durante un tiempo.

—¿De veras? ¿Dónde?

—En Botsuana.

¿Botsuana? ¿De dónde narices he sacado eso? Creo que no sería capaz ni de señalarlo en un condenado mapa.

—Qué loable.

E imaginativo.

—No todos mis motivos eran altruistas. Hace mejor tiempo allí.

Los dos nos reímos.

—¿Y ahora quiere volver a trabajar como profesor a tiempo completo?

—Estoy preparado para esta nueva etapa de mi vida, sí.

—En ese caso, lo siguiente que quiero preguntarle es: ¿por qué quiere trabajar aquí, en la Academia Arnhill? A juzgar por su currículum, sería lógico que tuviera usted una variedad de colegios donde elegir.

A juzgar por mi currículum, seguramente deberían concederme el Premio Nobel de la Paz.

—Bueno —digo—. Soy un chico de Arnhill. Me crie aquí. Supongo que me gustaría devolverle algo a la comunidad.

Visiblemente incómodo, revuelve unos papeles que tiene sobre el escritorio.

—¿Está al tanto de las circunstancias por las que la plaza quedó vacante?

—Leí la noticia.

—¿Y qué opina al respecto?

—Fue algo trágico. Terrible. Pero una tragedia no tiene por qué perjudicar el buen nombre de todo un colegio.

—Me alegro de oírle decir eso.

Me alegro de haber ensayado la respuesta.

—Aunque, por otra parte —añado—, comprendo que aún estén ustedes muy afectados.

—La señorita Morton era una profesora muy popular.

—No me cabe duda.

—En cuanto a Ben, en fin, era un alumno muy prometedor.

Noto una opresión en la garganta, aunque muy ligera. Con el tiempo, he aprendido a endurecerme. Pero, por un momento, me toca la fibra. Una vida que prometía mucho. Pero la vida no es más que eso: una promesa. No una garantía. Nos gusta creer que tenemos nuestro cubierto dispuesto en la mesa en el futuro, cuando en realidad solo contamos con una reserva. La vida puede ser cancelada en cualquier momento, sin previo aviso, sin reembolsos, sin importar lo lejos que hayamos llegado en nuestro viaje. Incluso aunque apenas hayamos tenido tiempo de contemplar el paisaje.

Como Ben. Como mi hermana.

Me percato de que Harry sigue hablando.

—Obviamente, es una situación delicada. Han surgido preguntas. ¿Cómo es posible que el colegio no cayera en la cuenta de que uno de sus profesores sufría un desequilibrio mental? ¿Corrían peligro los alumnos?

—Ya veo.

Lo que veo es que a Harry le preocupa más su puesto y su colegio que el pobre Benjamin Morton, a quien le machacó la cara la única persona en su vida que habría debido estar ahí para protegerlo.

—Lo que quiero decir es que tengo que ser cuidadoso a la hora de elegir a su sustituto. Es importante contar con la confianza de los padres.

—Por supuesto. Y si tiene un candidato mejor, lo entenderé perfectamente.

—No he dicho eso.

No tiene un candidato mejor. Me juego el huevo derecho a que no. Además, soy un buen profesor (en general). Lo cierto es que la Academia Arnhill es una birria de colegio, con resultados mediocres y una reputación más bien pobre. Él lo sabe. Yo lo sé. Conseguir que un profesor aceptable trabaje aquí resultaría más difícil que encontrar un oso que no cague en el bosque, sobre todo en las presentes «circunstancias».

Decido meter un poco más el dedo en la llaga.

—¿Le importa si le soy sincero? —Siempre viene bien decir esta frase cuando uno no alberga la menor intención de serlo—. Sé que la Academia Arnhill tiene problemas. Por eso quiero trabajar aquí. No intento seguir el camino fácil; al contrario, busco un reto. Conozco a estos chicos porque fui uno de ellos. Conozco a la comunidad. Sé muy bien a quién y a qué me atengo. No me asusta. De hecho, creo que descubrirá usted que me asustan muy pocas cosas.

Me doy cuenta de que me lo he metido en el bolsillo. Se me dan bien las entrevistas. Sé lo que la gente quiere oír. Y, lo que es más importante, sé distinguir cuándo están desesperados.

Harry se retrepa en su silla.

—Bueno, creo que no tengo ninguna pregunta más.

—Bien. En fin, ha sido un placer conocerlo.

—Ah, en realidad, hay una última cuestión.

«Vamos, no me jodas.»

—¿Cuándo empieza? —inquiere con una sonrisa.

# 2

*Tres semanas después*

Hace frío en la casa de campo. Es esa clase de frío que viene de serie en las viviendas que llevan un tiempo cerradas y desocupadas. El tipo de frío que te cala hasta los huesos y que no consigues sacarte del cuerpo ni aun poniendo la calefacción al máximo.

Además, apesta. A desuso, pintura barata y humedad. Las fotos de la página web no le hacían justicia. Destilaban una especie de encanto desaliñado. Un abandono pintoresco. En la vida real, el sitio resulta mucho más deprimente y desvencijado. Tampoco es que pueda darme el lujo de ser tiquismiquis. En algún lugar tengo que vivir, e incluso en un pueblo de mala muerte como Arnhill, esta casita es lo único que puedo permitirme.

Esa no es la única razón por la que la escogí, por supuesto.

—¿Todo bien?

Me vuelvo hacia el joven engominado que aguarda vacilante en el umbral. Mike Belling, de la agencia inmobiliaria Belling and Co., no es de por aquí. Viste y habla demasiado bien. Se nota que está ansioso por regresar a su oficina en el centro de la ciudad para limpiarse la mierda de vaca de sus relucientes zapatos negros de cuero calado.

—No es exactamente lo que esperaba.

Su sonrisa flaquea.

—Bueno, tal como dejamos claro en la descripción de la finca, se trata de una casa de campo de estilo tradicional, sin muchas comodidades modernas, y lleva un tiempo desocupada.

—Supongo —murmuro con aire dubitativo—. ¿Dice que la caldera está en la cocina? Creo que la encenderé para que esto se vaya calentando. Gracias por acompañarme.

El hombre se queda donde está, incómodo.

—Una cosa más, señor Thorne.

—¿Sí?

—El cheque de la fianza...

—¿Qué pasa con él?

—Sin duda se trata de un error, pero aún no lo hemos recibido.

—¿En serio? —Sacudo la cabeza—. El correo funciona cada día peor, ¿no?

—Bueno, por eso preferimos las transferencias bancarias, pero no hay problema. Si pudiera usted...

—Por supuesto.

Me llevo la mano al bolsillo de la americana y saco mi talonario. Mike Belling me pasa una pluma. Me apoyo en el brazo del sofá y garabateo un cheque. Lo arranco y se lo entrego.

Sonríe. Cuando echa un vistazo al talón, la sonrisa se le borra de la cara.

—Es por quinientas libras. La fianza, más el primer mes de alquiler, suman mil.

—Así es. Pero ahora he visto la casa en persona. —Paseo la mirada alrededor, torciendo el gesto—. Para serle sincero, es un cuchitril. Frío, húmedo y apestoso. Sería una suerte para ustedes que la hubieran invadido unos okupas. Ni siquiera han tenido el detalle de venir a encender la calefacción antes de que yo llegara.

—Me temo que no podemos aceptar esto.

—Pues búsquense otro inquilino. —Farol marcado. Me doy cuenta de que se debate en la duda. Nunca hay que mostrar debilidad—. ¿O a lo mejor es que no pueden? ¿Es posible que nadie quiera alquilar esto por lo que sucedió aquí? Ya sabe, ese pequeño asesinato-suicidio que ha olvidado mencionar.

Se le tensa el rostro, como si alguien le hubiera metido un hierro candente por el culo. Traga en seco.

—Legalmente no estamos obligados a informar a los inquilinos.

—No, pero moralmente no estaría mal, ¿verdad? —Esbozo una sonrisa amable—. Teniendo esto en cuenta, creo que lo mínimo que podrían ofrecerme es un descuento sustancial en la fianza.

Aprieta las mandíbulas. Un leve tic le baila en el ojo derecho. Tiene ganas de responderme con alguna grosería, tal vez incluso de pegarme. Pero no puede, porque entonces perdería su empleo apañadito de veinte mil al año más comisiones, y entonces ¿cómo se compraría esos trajes tan bonitos y esos zapatos negros tan lustrosos?

Dobla el cheque y lo guarda en la carpeta.

—Por supuesto. No hay problema.


No me lleva mucho tiempo deshacer el equipaje. No soy una de esas personas que acumulan trastos porque sí. Nunca he entendido para qué sirven los adornos, y las fotografías me parecen bien para quien tiene familia e hijos, pero yo no tengo ni lo uno ni lo otro. Uso la misma ropa hasta que se gasta y luego me compro otras prendas idénticas.

Hay excepciones a esta regla, claro: dos objetos que he dejado para el final en el fondo de mi pequeña maleta. Uno es una baraja muy gastada. Me la guardo en el bolsillo. Algunos jugadores de cartas llevan encima amuletos de la buena suerte. Yo nunca había creído en la suerte hasta que empecé a perder. Entonces le eché la culpa a la fortuna, a los zapatos que llevaba, a la alineación de los malditos astros. A todo menos a mí mismo. La baraja es mi contratalismán, un recordatorio constante de lo mucho que la cagué.

El otro objeto, más voluminoso, está arropado en papel de periódico. Lo extraigo y lo deposito sobre la cama, con tanta delicadeza como si fuera un bebé de verdad, y procedo a desenvolverlo con cuidado.

Tiene las piernecitas regordetas apuntando hacia arriba, las manos diminutas apretadas a los costados, y el cabello rubio y brillante alborotado en rizos compactos. Los ojos azules de expresión vacía me observan con fijeza. Al menos uno de ellos. El otro baila en su órbita, mirando desde un ángulo extraño, como si hubiera reparado en algo más interesante y no se hubiera molestado en informar a su compañero.

Cojo la muñeca de Annie y la siento encima de la cómoda, desde donde podrá contemplarme con su mirada torcida todos los días y todas las noches.


Dedico el resto de la tarde a hacer un poco de esto y aquello para intentar entrar en calor. La pierna me molesta si paso mucho tiempo sentado. El ambiente frío y húmedo de la casa no mejora mucho las cosas. Los radiadores no parecen funcionar demasiado bien; seguramente habrá alguna bolsa de aire en el circuito.

En el salón hay una estufa de leña pero, por más que busco en la casa y en el pequeño cobertizo del exterior, no encuentro troncos ni astillas para encender el fuego por ninguna parte. Sin embargo, sí descubro en un armario un viejo radiador eléctrico. Cuando lo enciendo, las varillas achicharran una gruesa capa de polvo, y el olor a quemado impregna el aire. Aun así, pienso que despedirá una cantidad decente de calor, si no me electrocuta antes.

A pesar del vago deterioro del lugar, me doy cuenta de que debió de ser una casa familiar acogedora en otra época. El baño y la cocina están cascados, pero limpios. El jardín trasero, alargado y apto para el fútbol, está rodeado de campo abierto. Es un sitio agradable y cómodo en el que un niño puede crecer con seguridad. Lo malo es que eso nunca llegó a ocurrir.

No creo en fantasmas. Mi nana solía decirme «No es de los muertos de quien debes tener miedo, cielo, sino de los vivos».

Casi tenía razón. Pero yo creo que pueden percibirse los ecos de las desgracias pasadas. Dejan una huella en el tejido de nuestra realidad, como una pisada en el cemento. Aunque aquello que dejó el rastro haya desaparecido hace mucho, es imposible borrar la marca que quedó.

Tal vez por eso no he entrado aún en su habitación. No me produce intranquilidad vivir en la casa, pero esta no tiene por qué sentirse tranquila. Un suceso espantoso aconteció entre sus paredes, y los edificios tienen memoria.


No he ido a comprar comida, pero no tengo hambre. Cuando el reloj marque las siete pasadas, abriré una botella de bourbon y me serviré un cuádruple. No puedo utilizar mi portátil porque aún no me he agenciado una conexión a internet. Por el momento, no tengo gran cosa que hacer aparte de quedarme sentado aclimatándome a este nuevo ambiente e intentando ignorar el dolor en la pierna y la leve y conocida sensación de ansia en el estómago. Saco la baraja y la coloco sobre la mesa de centro, pero no la abro. No la tengo por esa razón. En vez de eso, escucho música en mi móvil mientras leo un thriller promocionado hasta en la sopa y que ya he adivinado cómo terminará. Luego me fumo un cigarrillo en la puerta trasera, contemplando el jardín infestado de malas hierbas.

El cielo está más oscuro que un foso en lo más profundo del infierno, sin una sola estrella que brille en la negrura. Había olvidado cómo era la oscuridad en el campo. Llevaba demasiado tiempo viviendo en la ciudad. Allí nunca oscurece como es debido, ni reina tanto silencio como aquí. Los únicos sonidos son mis espiraciones y el ruido del filtro del pitillo cuando lo aplasto.

Me pregunto una vez más por el verdadero motivo de mi regreso. Sí, Arnhill es un punto aislado y casi olvidado en el mapa. Pero habría estado más a salvo en el extranjero, a miles de kilómetros de mis deudas y de la gente que no se toma las rachas perdedoras con deportividad. Sobre todo cuando uno no tiene con qué pagar.

Podría haberme cambiado de nombre, tal vez conseguido un trabajo de camarero en algún chiringuito de playa. Saborear un margarita al anochecer. Pero he elegido venir a este lugar. O tal vez este lugar me ha elegido a mí.

En realidad, no creo en el destino. Pero sí en que la genética determina algunas cosas. Estamos programados para actuar y reaccionar de un modo preestablecido, y eso nos condiciona la vida. Somos tan incapaces de modificar este rasgo como el color de nuestros ojos o la propensión a que nos salgan pecas por el sol.

O a lo mejor esto no es más que una tontería como una casa y una cómoda excusa para evitar asumir la responsabilidad de mis actos. Lo cierto es que siempre supe que algún día iba a regresar. El correo electrónico no hizo más que facilitarme la decisión.

Me llegó a la bandeja de entrada hace casi dos meses. En realidad, me sorprende que no acabara directamente en la carpeta de correo basura.

De: YO1992@hotmail.com
Asunto: Annie

Estuve a punto de borrarlo en el acto. El remitente no me sonaba de nada. Seguramente era un trol, alguien que quería gastarme una broma de pésimo gusto. Hay temas que más valdría dejar enterrados. Nada bueno sale de hurgar en ellos. La única opción sensata era borrar el mensaje, vaciar la papelera y olvidarme de ello.

Una vez tomada esa decisión, hice clic en Abrir.

Sé lo que le pasó a tu hermana. Está volviendo a pasar.

# 3

Los padres no deberían tener favoritos. Es otra de esas tonterías que dice la gente. Claro que los padres tienen favoritos. Así funciona la naturaleza humana. Es algo que se remonta a la época en que no sobrevivían todos los vástagos. Se favorecía al polluelo más fuerte. De nada servía encariñarse con los que tenían menos posibilidades de salir adelante. Además, seamos francos: algunos hijos son más fáciles de querer que otros.

Annie era la favorita de mis padres. Era comprensible. Ella nació cuando yo tenía siete años. Mi etapa de bebé adorable había quedado muy atrás. Me había convertido en un niño serio y flaco que siempre tenía costras en las rodillas y mugre en el pantalón corto. Mi aspecto ya no despertaba ternura. Ni siquiera lo compensaba echando pachangas en el parque o mostrando interés por ir a ver un partido del Forest con mi padre. Prefería quedarme en casa leyendo cómics o jugando con el ordenador.

Esto decepcionaba a mi padre e irritaba a mi madre. «Sal ahí fuera de una maldita vez y respira un poco de aire fresco», me reñía. Ya a mis siete años el aire fresco me parecía sobrevalorado, pero obedecía de mala gana y acababa inevitablemente cayéndome dentro o encima de algo, por lo que regresaba sucio a casa, donde recibía otra reprimenda a gritos.

No era de extrañar que mis padres anhelaran otra criatura:

una niñita mona a la que pudieran vestir de encaje rosa y hacer arrumacos sin que pusiera mala cara e intentara zafarse de ellos.

En aquel entonces yo no era consciente de que mis padres llevaban un tiempo intentando tener un bebé. Darme un hermanito o hermanita. Como si me hicieran una especie de regalo o favor especial. Yo no estaba muy seguro de necesitar un hermano o hermana. Ellos ya me tenían a mí. En mi opinión, otro hijo habría supuesto un exceso inútil.

Seguí sin estar muy convencido después de que Annie naciera. Era una extraña masa amorfa rosa y encogida con un rostro de aspecto blanducho, como el de un extraterrestre. Al parecer no sabía hacer otra cosa que dormir, cagar y llorar. Sus agudos berridos no me dejaban dormir por las noches, así que me quedaba tumbado en la cama contemplando el techo y deseando que mis padres me hubieran comprado un perro o al menos un pez de colores.

Permanecí en un estado de apatía durante los primeros meses, sin sentir un cariño o una aversión especiales hacia mi hermana pequeña. En los momentos en que me hacía gorgoritos o me apretaba el dedo hasta que parecía que se me amorataba, me quedaba igual, incluso cuando mi madre soltaba grititos de gusto y le chillaba a mi padre: «Ve a por la maldita cámara, Sean».

Si Annie me seguía a gatas o tocaba mis cosas, yo apretaba el paso o se las arrebataba. No era por mala intención, sino por falta de interés. Yo no había pedido que naciera, así que no veía motivos para prestarle atención.

La situación continuó así hasta que ella tuvo alrededor de doce meses. Justo antes de su primer cumpleaños, empezó a andar y a emitir balbuceos que casi sonaban como palabras. De pronto, parecía más una personita que un bebé. Resultaba más interesante, incluso divertida, con su parloteo que sonaba a lengua extranjera y su andar vacilante de viejo.

Comencé a jugar con ella y a hablarle un poco. Empezó a imitarme, lo que me producía una extraña sensación en el pecho. Cuando me miraba y mascullaba «Joe-yyy, Joe-yyy», una calidez se apoderaba de mi estómago.

Le dio por seguirme a todas partes y copiar todos mis movimientos; se reía de mis caras graciosas y me escuchaba con atención cuando le hablaba de cosas que era imposible que entendiera. Cuando lloraba, me bastaba con tocarla para que parara, pues estaba tan ansiosa por complacer a su hermano mayor que se olvidaba al instante de todas sus penas.

Nunca nadie me había querido tanto. Ni siquiera mis padres. Me querían, claro, pero no me miraban con una adoración tan descarada como la de mi hermana menor. Nadie lo hacía. Estaba más acostumbrado a las miradas de compasión o desprecio.

De niño no tenía muchos amigos. Y no por tímido, precisamente. Una maestra les dijo a mis padres que era «algo distante». Supongo que los otros chicos, con sus aficiones sosas, como trepar a los árboles y pelearse, me parecían más bien aburridos y tontos. Además, estaba muy contento solo. Hasta que llegó Annie.

Para su tercer cumpleaños le compré una muñeca con las pagas semanales que había ahorrado. No era una de aquellas caras que se vendían en las jugueterías, de las que hacían ruidos y se hacían pis encima, sino lo que mi padre habría llamado «una imitación de mercadillo». De hecho, era algo fea y daba repelús, con sus ojos azules de mirada fija y penetrante y sus extraños labios fruncidos. Pero a Annie le encantaba esa muñeca. La llevaba a todas partes y se dormía abrazada a ella todas las noches. Por alguna razón (probablemente porque había oído mal algún nombre), la llamaba «Abbie-Ojos».

Para cuando Annie cumplió los cinco años, Abbie-Ojos había quedado relegada a un estante en su habitación, pues sus preferencias se decantaban ahora por Barbie y Mi Pequeño Poni. Pero si alguna vez mamá le proponía que la llevara al rastrillo, Annie se apresuraba a cogerla con un grito de espanto y la agarraba tan fuerte que me sorprendía que los ojos azules de plástico no salieran disparados de las órbitas.

Conforme nos hacíamos mayores, Annie y yo seguimos estando muy unidos. Leíamos juntos, jugábamos a las cartas o con mi consola Sega Megadrive de segunda mano. Las tardes lluviosas de domingo, cuando papá se iba al pub y mamá estaba ocupada planchando, impregnando el aire de cálida electricidad estática y olor a suavizante, nos acurrucábamos en un puf gigante a ver viejas pelis en vídeo —*E. T.*, *Los Cazafantasmas*, *En busca del arca perdida*—, y de vez en cuando alguna cinta más nueva, de temática más adulta y seguramente poco apropiada para Annie, como *Terminator 2* y *Desafío total*.

Papá tenía un colega que hacía copias pirata y las vendía por cincuenta peniques. La imagen era un poco borrosa y en ocasiones no se entendían bien las palabras de los actores, pero como le gustaba decir a mi padre, «a buena hambre no hay pan duro» y «a caballo regalado no le mires el diente».

Yo sabía que mis padres no tenían mucho dinero. Papá había trabajado en la mina, pero, después de la huelga, lo dejó, a pesar de que no la cerraron enseguida.

Era uno de los mineros que no se habían sumado a la huelga. Nunca hablaba de ello, pero yo sabía que el mal ambiente, la tensión y las peleas —entre trabajadores y entre vecinos— habían pesado demasiado sobre él. Aunque yo era muy pequeño, recuerdo a mamá fregando nuestra puerta principal para borrar la palabra «esquirol». Un día, alguien nos rompió una ventana con un ladrillo cuando estábamos dentro de casa viendo la tele. Esa noche papá salió con algunos de sus amigos. Regresó con un corte en el labio y hecho unos zorros. «Ya está. Asunto resuelto», le dijo a mamá en un tono áspero y sombrío que nunca le había oído antes.

Papá cambió a raíz de la huelga. Para mí siempre había sido

un coloso, alto y fornido, con una espesa mata de pelo negro y rizado. Después, fue como si encogiera, pues fue adelgazando y encorvándose. Cuando sonreía, algo cada vez menos frecuente, las arrugas en las comisuras de los ojos se le hundían más en la piel. Sus sienes empezaron a entreverarse de blanco.

Decidió dejar la mina y reciclarse como conductor de autobús. Creo que su nuevo empleo no le entusiasmaba. No estaba mal pagado, pero en la mina ganaba más. Discutía más con mamá, por lo general sobre lo mucho que gastaba ella o lo poco consciente que era él de lo que costaba alimentar y vestir a una familia. Era entonces cuando él se largaba al pub. Solo bebía en un establecimiento del pueblo, el mismo que frecuentaban los otros mineros que no habían dejado de trabajar. El Arnhill Arms. Los mineros que habían secundado la huelga iban al Bull. El Running Fox era el único sitio que podía considerarse terreno neutral. Ninguno de los mineros bebía allí. Pero yo sabía que algunos chicos mayores eran asiduos del lugar, pues allí no había riesgo de que se toparan con su progenitor o su abuelo.

Mis padres no eran malos padres. Nos querían tanto como podían. Si discutían y no podían dedicarnos mucho tiempo, no era porque no les importáramos, sino simplemente porque trabajaban mucho, no les sobraba la pasta y solían estar cansados.

Teníamos un televisor, un radiocasete y un ordenador, claro, pero, aun así, aunque no quiero parecer uno de esos anuncios nostálgicos de la tele, lo cierto es que por lo general Annie y yo encontrábamos la forma de divertirnos solos: jugábamos al pilla pilla y al fútbol en la calle, trazábamos dibujos con tiza en la acera o jugábamos a las cartas para matar el tiempo en tardes lluviosas. No me molestaba en absoluto entretener a mi hermanita. Me gustaba estar con ella.

Los sábados por la mañana, cuando hacía buen tiempo (o al menos si no diluviaba), mamá nos echaba de casa sin contemplaciones después de darnos calderilla para golosinas y decirnos que no volviéramos hasta la hora de la merienda. En general, estábamos bien. Gozábamos de libertad. Poseíamos imaginación. Y nos teníamos el uno al otro.

Cuando me aproximaba a la veintena, las cosas cambiaron. Había hecho un nuevo grupo de «colegas», Stephen Hurst y su pandilla, un hatajo de chicos bastante brutos en el que un inadaptado antisocial como yo no pintaba nada.

Tal vez Hurst malinterpretó mi condición de marginado como una prueba de mi dureza. O quizá solo veía en mí a un chaval fácil de manipular. Fuera cual fuese la razón, me sentía estúpidamente agradecido por formar parte de la pandilla. Siempre había llevado bien el hecho de ser un solitario, pero un pequeño atisbo de aceptación social podía resultar embriagador para un adolescente a quien nunca invitaban a fiestas.

Nos juntábamos para matar el tiempo y hacer las cosas típicas que realizan las bandas de chicos de esa edad: soltar tacos, fumar y beber. Llenábamos el patio de pintadas y dejábamos los columpios enredados por encima de las barras. Lanzábamos huevos contra las casas de los profesores que no nos caían bien y les rajábamos los neumáticos a los que odiábamos. Y éramos unos abusones. Atormentábamos a los chicos más débiles que nosotros. Chicos como yo, por más que me empeñaba en negarlo para mis adentros.

De pronto, andar por ahí con mi hermana de ocho años pasó de molar a causarme una vergüenza insoportable. Cuando Annie me pedía que la llevara a la tienda, me inventaba excusas o me escabullía de casa sin que me viera. Si estaba con mi nueva pandilla, miraba para otro lado cuando ella me saludaba desde lejos.

Intentaba no fijarme en la expresión dolida de sus ojos o en su cara larga. En casa, me esforzaba el doble por resarcirla. Ella sabía que yo estaba compensando en exceso mi desatención.

Los niños no son idiotas. Pero me dejaba hacer. Y eso me hacía sentir aún peor.

Lo que más rabia me da cuando miro atrás es darme cuenta de que lo pasaba mucho mejor con Annie que con nadie más. Intentar comportarte como un tipo duro no es lo mismo que serlo. Desearía poder decirle a mi yo de quince años, entre un huevo de cosas más, que no es verdad que a las chicas les gusten los callados, que dormirte las orejas con un cubito de hielo antes de hacerte los agujeros no funciona, que el vino generoso no es vino de verdad ni una bebida apta para consumirse antes de un banquete de bodas.

Y, sobre todo, desearía poder decirle a mi hermana que la quería. Más que a nada en el mundo. Era mi mejor amiga, alguien con quien podía ser yo mismo y la única persona capaz de hacerme reír hasta que se me saltaban las lágrimas.

Pero no puedo porque, cuando mi hermana contaba ocho años, desapareció. En aquel entonces creí que era lo peor que podía pasarle a alguien.

Hasta que regresó.

# 4

Me preparo para mi primer día en la Academia Arnhill a mi estilo habitual: bebo demasiado la noche anterior, me despierto tarde, increpo al despertador y luego, de mala gana y con resentimiento, cruzo cojeando el rellano hasta el baño.

Después de abrir la ducha a tope —con lo que consigo que salga un chorrito más bien mediocre—, entro con dificultad y consigo remojarme un poco con agua caliente antes de salir a trompicones, secarme con la toalla y ponerme ropa limpia.

Elijo una camisa negra, vaqueros azul marino y mis viejas y gastadas Converse. Una cosa es ir presentable el primer día y otra calzarte tus zapatos de baile. Es una frase ridícula, lo sé. Se la copié a Brendan, mi excompañero de piso. Es irlandés, así que tiene varios dichos para cada situación. La mayor parte de ellos no tiene pies ni cabeza, pero este en concreto lo he entendido siempre. Todo el mundo tiene un par de «zapatos de baile», los que se pone cuando quiere sentirse cómodo y a gusto. Hay días en que uno los necesita más que otros.

Me paso el peine un par de veces y, mientras dejo que se me seque el pelo, bajo a por un café y un cigarrillo. Abro la puerta trasera y me lo fumo en el umbral. Solo hace un poco más de frío fuera que dentro. El cielo es una dura losa de cemento gris, y una llovizna difusa y despiadada me escupe en la cara. Si el sol lleva puesto el gorro, como dice la vieja canción, no cabe duda de que es un gorro para la lluvia.

Llego frente a la verja del colegio justo antes de las ocho y media, junto con el primer goteo de estudiantes: tres chicas que toquetean las pantallas de sus móviles y echan hacia atrás sus cabelleras rigurosamente alisadas con movimientos de la cabeza; un grupo de chicos que se propinan empujones y codazos con esa agresividad juguetona que puede degenerar en una pelea de verdad en un abrir y cerrar de ojos; un par de emos de largos flequillos a través de los cuales pueden lanzar miradas hostiles a las figuras de autoridad.

Y luego están quienes llegan en solitario. Los que caminan con la cabeza gacha y la espalda doblada. Los andares lentos e irregulares de los condenados; los que sufren acoso.

Me fijo en una chica: baja, de rizos rojizos, mal cutis y un uniforme que no es de su talla. Me recuerda a una antigua compañera de clase: Ruth Moore. Siempre olía un poco a sudor y nadie quería sentarse a su lado. Los otros chicos componían rimas sobre ella: «Ruth Moore es muy pobre, aunque come gratis se queda con hambre», «Ruth Moore, fea y sin blanca, se mete en el váter a lamer la caca».

Resulta curiosa la creatividad que despliegan los niños a la hora de ser crueles.

No muchos metros por detrás, descubro a la víctima número dos: alto y flaco, con una mata de pelo negro erizado, casi vertical sobre su cabeza. Lleva gafas y anda encorvado, en parte por la estatura, en parte por la pesada mochila que lleva a la espalda. Apuesto a que es un paquete en el fútbol y los deportes en general, pero en cambio es el rey de los frikis cuando juega con la PlayStation. De pronto me siento bastante identificado.

—¡Eh, Marcus, desgraciado!

El grito procede de un grupo de muchachos que avanzan a paso tranquilo por la calle detrás de él. Son cinco. De cuarto, calculo. Se dirigen hacia el chico delgado con la fluida fanfarronería de unos pandilleros. Actitud pasivo-agresiva. El líder —alto, guapo, moreno— le rodea los hombros a Chico Flaco y le dice algo. Este intenta mostrarse tranquilo, pero su postura delata a gritos la tensión y nerviosismo que lo embargan. El resto de la pandilla forma un corro irregular en torno a ellos para impedir que huya. Le bloquean el paso hacia el colegio o cualquier otra vía de escape.

Aflojo un poco la marcha. Aún no me han visto. Estoy en la acera opuesta. Además, no saben que soy profesor, claro. Para ellos no soy más que un tío desaliñado con una trenca y unas Converse. Podría seguir siéndolo. En sentido estricto, aún estamos fuera del horario lectivo. Ni siquiera hemos entrado en el recinto escolar. Y es mi primer día. Habrá otros días, otros momentos para ocuparme de asuntos como este.

Me llevo la mano al bolsillo para sacar los Marlboro Lights mientras observo cómo los gamberros acorralan a Chico Flaco contra una pared. La sonrisa nerviosa se ha esfumado. Abre la boca para protestar. Chico Líder le aprieta la garganta con el brazo mientras otro miembro de la pandilla le quita la mochila del hombro, y los demás se abalanzan sobre ella como una jauría de perros salvajes. Sacan libros y libretas, arrancan las hojas, le pisotean los bocadillos envueltos en film transparente.

Uno de ellos extrae con regocijo lo que parece un iPhone nuevo. «¿Por qué? —me pregunto—. ¿Por qué los padres los hacen ir al cole con esos trastos?» Al menos en mis tiempos lo peor que podía robarte un abusón era el dinero del almuerzo o tu cómic favorito.

Contemplo mis cigarrillos con mirada anhelante. Luego, suspirando, me los guardo de nuevo en el bolsillo y cruzo la calle en dirección al altercado.

Chico Flaco intenta recuperar su teléfono. Chico Líder le

asesta un rodillazo en la entrepierna y le quita el móvil a su compinche.

—¡Ooooh, es nuevo! Qué chulo.

—Por favor —jadea Chico Flaco—. Me lo han regalado por mi cumpleaños.

—Me parece que no recibimos la invitación para tu fiesta. —Chico Líder vuelve la vista hacia sus secuaces—. ¿O sí?

—Qué va. Se habrá perdido en el correo.

—Ni un mensajito de texto, nada.

Chico Líder alza el teléfono por encima de su cabeza. Chico Flaco alarga el brazo para cogerlo, pero con pocas ganas. Aunque le saca varios centímetros a su torturador, ya está derrotado. Reconozco esa expresión.

Chico Líder esboza una sonrisa burlona.

—Espero que no se me caiga.

Le agarro la muñeca que tiene en alto.

—No se te caerá.

Chico Líder vuelve la cabeza hacia mí.

—¿Y tú quién narices eres?

—El señor Thorne, vuestro nuevo profe de literatura. Pero podéis llamarme señor.

Un murmullo colectivo recorre al grupo. Una sombra de duda cruza el rostro de Chico Líder, aunque solo por un instante. Luego despliega una sonrisa que, sin duda, cree encantadora. Hace que me caiga aún peor.

—Solo nos divertíamos un poco, señor. No era más que una broma.

—¿De veras? —Fijo la vista en Chico Flaco—. ¿Tú te estabas divirtiendo?

Él mira por un momento a Chico Líder y asiente con una breve inclinación de la cabeza.

—Solo hacíamos el tonto.

Le suelto la muñeca a Chico Líder —a regañadientes— y le devuelvo su teléfono a Chico Flaco.

—Yo en tu lugar, Marcus, dejaría esto en casa mañana. —Él asiente de nuevo, escarmentado por partida doble. Me vuelvo hacia Chico Líder—. ¿Cómo te llamas?

—Jeremy Hurst. —«Hurst.» Noto que un ligero tic me titila junto al ojo. Por supuesto. Tendría que haberme dado cuenta. El cabello negro me ha despistado, pero ahora percibo el aire de familia, el brillo de crueldad hereditario en los ojos azules—. ¿Algo más, señor?

Recalca el «señor». Lo dice con retintín. Intenta provocarme. Pero no se lo pondré tan fácil. «Ya habrá otros días —repito para mis adentros—. Ya habrá otros días.»

—Por el momento, no. —Me dirijo de nuevo a los demás—. Ahora fuera de mi vista, todos. Pero como os pille cometiendo la más mínima falta, aunque solo sea tirar un chicle al suelo, os haré la vida imposible, como una clamidia galopante.

A un par de ellos por poco se les escapa a regañadientes una sonrisa. Señalo las puertas del colegio con un movimiento de la cabeza, y ellos echan a andar hacia allí con paso lento. Hurst se queda en el mismo sitio hasta que por fin da media vuelta y sale tras ellos con un trote despreocupado. Marcus permanece quieto, vacilante.

—Tú también —le indico.

Sigue sin moverse.

—¿Qué pasa?

—No debería haber intervenido.

—¿Habrías preferido que dejara que te rompiera el móvil nuevo?

Sacude la cabeza, desanimado, y desvía la mirada.

—Ya lo verá.

# 5

No tengo que esperar mucho. Durante el descanso para el almuerzo, estoy tomando notas para una clase y felicitándome por haber logrado sobrevivir a la mañana sin matar de aburrimiento a mis alumnos y sin tirar a ninguno de ellos —o a mí mismo— por la ventana.

Como bien señaló Harry, llevaba mucho tiempo sin ejercer la enseñanza. Reconozco que me sentía algo oxidado. Entonces me he acordado de algo que me decía un viejo colega: dar clases es como montar en bici; en realidad nunca se olvida. Y si sientes que estás a punto de bambolearte o caerte, recuerda que hay treinta chavales listos para reírse de ti y mangarte la bici. Así que debes seguir pedaleando, aunque no tengas la menor idea de adónde te diriges.

He seguido pedaleando. Al final de la mañana me sentía bastante ufano por mi éxito.

Obviamente, esto no podía durar.

Se oyen unos golpes en la puerta del aula y Harry asoma la cabeza.

—Ah, señor Thorne. Me alegro de encontrarlo aquí. ¿Todo bien?

—Bueno, todavía no se me ha dormido nadie en clase, así que creo que la respuesta es sí.

Asiente con la cabeza.

—Bien. Estupendo. —Pero no me da la impresión de que le parezca estupendo. Tiene la cara de un hombre que ha perdido un billete de diez libras y en su lugar ha encontrado un nido de avispas. Entra en el aula y se detiene frente a mí, visiblemente incómodo—. Lamento tener que sacar esto a colación en su primer día, pero me he enterado de algo que no puedo pasar por alto.

«Mierda —pienso—. Ya está. Ha investigado mis referencias y me ha pillado.»

Siempre se corre un riesgo. Debbie, la secretaria de mi anterior colegio, estaba un poco encaprichada de mí, y mucho más de los bolsos caros. Por los viejos tiempos (y a cambio de un pequeño bolso de mano), interceptó el mensaje de Harry en el que solicitaba referencias y me lo reenvió, junto con unas hojas de papel con membrete oficial. De ahí los elogiosos informes sobre mi trayectoria profesional. Todo iría viento en popa, a menos que Harry escarbara un poco.

Me preparo para lo peor. Pero no se trata de eso.

—Por lo visto, esta mañana ha habido un incidente con un alumno frente a las puertas del colegio. ¿Es así?

—Si por «incidente» se refiere a un episodio de acoso, sí.

—¿O sea que no ha agredido usted a un alumno?

—¡¿Qué?!

—He recibido la queja de un alumno, Jeremy Hurst, que lo acusa de agredirlo.

El muy cabroncete. Noto que empieza a palpitarme la sien.

—Miente.

—Asegura que usted lo ha agarrado del brazo con violencia.

—He sorprendido a Jeremy Hurst y a su pandilla acosando a otro alumno, así que he intervenido.

—Pero ¿no ha hecho usted un uso desproporcionado de la fuerza?

Lo miro a los ojos.

—Claro que no.

—De acuerdo. —Harry suspira—. Perdone, pero tenía que preguntárselo.

—Entiendo.

—Debería haberme comentado lo ocurrido. Habría podido atajar el asunto de raíz.

—No lo he considerado necesario. Había dado el tema por zanjado.

—No me cabe duda, pero lo cierto es que la situación con Jeremy Hurst es algo delicada.

—Cuando estaba atormentando a otro chico y amenazándolo con romperle el teléfono, no me ha parecido tan delicado.

—Como es su primer día, es evidente que aún no conoce la dinámica del centro, y respeto su posición en relación con el acoso escolar, pero a veces las cosas no son tan claras.

—Sé lo que he visto.

Se quita las gafas y se frota los ojos. Intuyo que no es mala persona, sino solo un hombre cansado y agobiado de trabajo que intenta hacer lo correcto en circunstancias difíciles y por lo general no lo consigue.

—El caso es que Jeremy Hurst figura entre nuestros mejores alumnos. Es capitán del equipo de fútbol del colegio.

Por otro lado, a lo mejor no es más que un capullo.

—Eso no justifica que acose, mienta.

—Su madre tiene cáncer.

Freno de golpe con un chirrido.

—¿Cáncer?

—En el intestino.

Por poco se me escapa un «mierda», lo que, dadas las circunstancias, resultaría de lo más inapropiado.

—Entiendo.

—Mire, sé que Hurst tiene algunos problemas de adaptación social y gestión de la ira.

—Ah, de modo que así es como se los llama hoy en día.

Harry sonríe, avergonzado.

—Pero, considerando su situación, debemos andarnos con tiento.

—Ya —asiento—. Creo que ahora lo tengo un poco más claro.

—Bien. Debería haber repasado cuestiones como esta con usted en persona. Los manuales escolares no lo abarcan todo, ¿verdad?

—No.

«Ni por asomo», pienso.

—Bueno, no lo interrumpo más.

—Gracias, y le agradezco también la información sobre Jeremy Hurst.

—Ha sido un placer. Hablamos luego. —Hace una pausa—. Tendré que incluir esto en su expediente.

—¿Disculpe?

—En su expediente personal. Una queja así debe constar, aunque sea infundada.

Las palpitaciones se aceleran. Hurst. Qué canalla.

—Claro. —Fuerzo una sonrisa tensa—. Comprendo.

Se encamina hacia la puerta.

—¿Se va a morir? —pregunto—. La madre de Jeremy, quiero decir.

Se vuelve y me lanza una mirada de extrañeza.

—El tratamiento va tan bien como cabe esperar —responde—. Pero en los cánceres de este tipo el pronóstico no es muy favorable.

—Debe de ser una situación muy dura para Jeremy y su padre, ¿no?

—Sí. Sí que lo es. —Por un momento me da la impresión de que quiere añadir algo, pero, como en otros momentos, se limita a inclinar la cabeza, incómodo, antes de cerrar la puerta.

«Una situación muy dura para su padre.» Saco los cigarrillos, sonriendo. «Bien —pienso—. Bien por el maldito karma.»

El pabellón de lengua y literatura se elevaba entre el edificio principal del colegio y el comedor, que estaban unidos entre sí por el cordón umbilical de un angosto pasillo donde siempre se formaban atascos de alumnos sudorosos y jadeantes en los descansos entre clases y donde hacía más calor que en el colisionador de hadrones en verano. Solíamos decir en broma que si pasabas demasiado tiempo allí dentro, acababas más negro que Jim Berry (el único chico mestizo del colegio).

Aunque «pabellón de lengua» era su nombre oficial, la mayoría de los alumnos se refería a él simplemente como «el Pabellón»: cuatro plantas de grotesco hormigón propensas a balancearse cuando arreciaba el viento.

A nadie le gustaba ir a clase allí, ni siquiera antes del suceso. Siempre hacía frío, las ventanas no cerraban bien y recuerdo una ocasión, en medio de un invierno especialmente crudo, en que todos llevábamos gorro y bufanda, y había escarcha en la parte interior de los cristales.

Después de que Chris Manning se precipitara desde lo alto, lo clausuraron y luego lo reabrieron con «nuevas medidas de seguridad», que en esencia se reducían a procurar que la puerta de la azotea estuviera siempre cerrada con candado.

En algún momento de las últimas dos décadas lo echaron abajo. Ahora ocupa su lugar una pequeña plaza pavimentada con tres bancos dispuestos en torno a un exiguo círculo de plantas medio muertas. Un banco luce una pequeña placa que reza: «En memoria de Christopher Manning».

Me siento en uno de los otros dos y extraigo con disimulo un cigarrillo del paquete. Mientras lo hago girar entre los dedos, contemplo las losas del suelo, preguntándome cuáles de ellas ocultan el punto donde aterrizó.

No hizo el menor ruido mientras caía. Cuando impactó contra el suelo, solo sonó un golpe sordo y suave. No parecía haber sido muy fuerte. Casi habría podido pensar que seguía vivo, que solo estaba allí tumbado, disfrutando del moribundo sol otoñal, de no ser porque su cuerpo presentaba un aspecto extraño, desinflado, como si alguien le hubiera sacado todo el aire. Por otro lado, claro, estaba la sangre, un charco que se extendía lentamente desde debajo de él, una sombra de color rojo rubí alargada por el sol del ocaso.

—Una maldita lástima, ¿no?

Doy un respingo. Una chica bajita de cabello negro recogido en una alborotada cola de caballo y con mogollón de plata en las orejas está de pie frente a mí. No la he oído acercarse, pero es tan delgada que bien habría podido traerla el viento.

Por un momento, pienso que se trata de una alumna más echada para delante de lo normal, pero entonces me percato de que no lleva uniforme (a menos que una camiseta de The Killers, unos vaqueros pitillo y unas Doc Martens sean el nuevo conjunto obligatorio) y de las patas de gallo que desmienten esa impresión inicial de juventud.

—¿Disculpa?

Señala el cigarro que he estado manoseando con nerviosismo.

—Una maldita lástima que crearan una zona de fumadores perfecta y luego prohibieran fumar en el recinto escolar.

—Ah. —Miro el cigarrillo y lo vuelvo a guardar en el paquete—. Una auténtica tragedia.

Sonriente, se sienta junto a mí sin pedirme permiso. Por lo general, una muestra de familiaridad no deseada como esa me habría cabreado un huevo. Sin embargo, por alguna razón, en el caso de la señorita Piercings Múltiples, solo me irrita un montón.

—También me pone triste lo del chico que saltó. —Sacude la cabeza—. ¿Alguna vez has perdido a alguno?

—¿A un alumno?

—No, un calcetín, si te parece.

—No, creo que no.

—Pues te acordarías. Espero.

Saca un paquete de Polos, desenvuelve uno y se lo lleva a los labios. Me ofrece la cajetilla. Aunque quiero resistirme, sucumbo a la tentación de coger uno.

—Una alumna mía la palmó. Por sobredosis.

—Lo siento.

—Ya. Era una chica muy maja. Trabajadora. Popular. Parecía tenerlo todo a favor y, de repente, dos blísteres de paracetamol y una botella de vodka. Acabó en coma. Una semana después, tuvieron que desconectar el soporte vital.

Frunzo el ceño.

—No recuerdo haber oído nada al respecto.

—Lógico. Quedó eclipsado por lo de Julia y Ben Morton. —Se encoge de hombros—. Siempre hay una tragedia peor, ¿no?

—Supongo.

Se produce un silencio.

—Qué, ¿no piensas preguntármelo?

—¿El qué?

—Lo de siempre: «¿Los conocías? ¿Sospechabas que estaba pasando algo? ¿Detectaste algún indicio?».

—Bueno, ¿lo detectaste?

—No muy bien. Bueno, no y sí. ¿No te lo he dicho? Julia entró en el colegio llevando un gran cartel en el cuello: «Tengo intenciones de matar a mi hijo y luego suicidarme. Que tengas un buen día».

—Bueno, la cortesía no cuesta dinero.

Soltando una risita, me tiende la mano.

—Beth Scattergood. Arte.

Se la estrecho.

—¿Scattergood? ¿«Esparce bien»? ¿En serio?

—Ya ves.

—Apuesto a que los chavales se lo pasan bomba con eso.

—«Señorita Follabién» es la favorita en las apuestas, justo por delante de «señorita Cataguano».

—Qué bonito.

—Ya te digo. Hay que querer a esos chicos. O buscar un trabajo decente.

—Me llamo Joe.

—Lo sé. Joe Thorne. El sustituto.

—Cosas peores me han llamado.

—Bueno, ¿tú a qué grupo perteneces?

—¿A qué te refieres?

—Solo dos tipos de profesores acaban en la Academia Arnhill: los que quieren ayudar a los alumnos y los que no han conseguido trabajo en ningún otro sitio. Así que ¿a cuál perteneces?

Titubeo por unos instantes.

—Me gusta pensar que soy de los que ayudan.

—Ya —comenta en un tono que destila sarcasmo—. Bueno, ha sido un placer conocerlo, señor Thorne.

—Gracias. Me has animado en mi primer día.

Sonríe de oreja a oreja.

—Otro cliente satisfecho.

Caigo en la cuenta de que me cae bien. Esta sensación me sorprende más de lo que debería.

—¿Y tú, a qué grupo perteneces? —le pregunto.

Se pone de pie.

—Al de los hambrientos. Me dirigía al comedor. ¿Te vienes? Puedo presentarte a algunos de los otros inadaptados que dan clases aquí.


Oigo el barullo del comedor mucho antes de que lleguemos. Esto también me trae recuerdos. En el aire flota un aroma a fritanga, aceite rancio y algo indefinible que nunca se ve en los platos, pero se huele en los colegios o las casas de ancianos, procedente de los extractores.

El interior ha cambiado menos de lo que imaginaba. El suelo es de parquet, y hay mesas y sillas de plástico. La cocina parece haber recibido una puesta a punto desde la época en que yo hacía cola para pedir una hamburguesa con cebolla frita y patatas. Ahora solo hay pollo con arroz, pasta con verduras y ensalada. Seguro que la culpa es de Jamie Oliver.

—Algunos de los nuestros están sentados allí. Vamos.

Beth me guía hacia una mesa situada en un rincón apartado: la mesa de los profesores. Hay cuatro personas sentadas alrededor. Ella me los presenta a toda prisa:

La señorita Hardy, Susan: una señora menuda de larga cabellera cana y gafas gruesas. Historia.

El señor Edwards, James: joven apuesto con barba de moderno. Mates.

Señorita Hibbert, Coleen: mujer de mandíbula prominente con un corte de pelo militar. Educación física.

Y el señor Saunders, Simon: personaje larguirucho con camiseta de Pink Floyd, pantalón de pana desteñido, calva incipiente y el cabello echado hacia atrás y sujeto con una esmirriada cola de caballo. Sociología.

Por alguna razón, me cae mal de inmediato. A lo mejor porque se presenta diciendo:

—¿Qué pasa, tronco?

Nadie dice «tronco» a menos que toque en un grupo o sea un surfista yanqui. Te hace quedar como un gilipollas, al igual que llevar una cola de caballo cuando tienes una calva incipiente. No engañas a nadie.

Me siento y me apunta con su tenedor.

—Tu cara me suena, tronco. ¿Nos conocemos?

—No lo creo —contesto, desenvolviendo con cuidado mi sándwich de atún.

—¿Dónde dabas clases antes?

—En el extranjero.

—¿En qué país?

Tardo un momento en recordar la mentira.

—Botsuana.

—¿En serio? Mi exnovia estuvo una temporada trabajando allí como profesora.

Hay que joderse.

—*Wareng?* —inquiere con una sonrisa.

Sopeso las posibilidades. ¿«Wareng»? No es un nombre de un lugar. Resultaría demasiado obvio. Debe de ser una frase de cortesía. «Hola» no, porque ya nos hemos saludado, así que seguramente significa...

—Bien, gracias —respondo con afabilidad—. ¿Y tú?

Su sonrisa se desvanece con más rapidez que su pelo. Muerdo un bocado del sándwich y me pregunto si a alguien le parecería mal que me lo llevara a rastras y lo tirase delante del autobús más cercano.

—Me han comentado que eres originario de Arnhill. ¿Es cierto? —pregunta Coleen, y le agradezco en mi fuero interno que cambie de tema.

—Aquí me crie —contesto.

—¿Y has vuelto? —pregunta James con incredulidad y solo medio en broma.

—Sí, hijo, sí.

—Bueno, pues nos alegramos de tenerte entre nosotros —interviene Susan—. Ha sido complicado encontrar un sustituto después de la señora Morton.

—Sí —confirma Simon—. No es imprescindible estar chalado para trabajar aquí, pero tampoco viene mal. —Suelta una risita, satisfecho de su propia broma.

Beth le clava una mirada severa.

—Julia sufría una depresión. No estaba chalada.

Él la mira con desdén.

—Sí, claro. Porque alguien que le machaca la cara a su hijo es un dechado de cordura, ¿no? —Se mete en la boca un montón de pasta y mastica haciendo ruido.

Me vuelvo hacia Beth.

—¿Todos sabíais lo de la depresión de Julia?

—No lo ocultaba —afirma Beth—. Pasó por una mala racha después de separarse del padre de Ben. Creo que se mudó aquí para cambiar de aires y empezar de cero.

«Menudo cambio de aires», pienso.

—Se medicaba —añade Susan—. Pero, al parecer, lo había dejado.

—¿Dónde consiguió la pistola?

—Su familia tiene una granja cerca de Oxton. Era de su padre.

—Evidentemente, si alguno de nosotros hubiera sospechado que algo iba mal... —tercia James.

«Entonces ¿qué? —me digo—. ¿Qué habríais hecho? Preguntarle si se encontraba bien y sonreír aliviados cuando asegurara que sí.» Y luego os habríais lavado las manos, satisfechos por haber mostrado vuestro interés, como buenos samaritanos. Lo cierto es que no deseamos saber la verdad. En realidad, nadie quiere. Porque eso nos obligaría a involucrarnos, ¿y quién tiene tiempo para eso?

—Evidentemente —murmuro.

Simon chasquea los dedos y me señala de nuevo.

—La Academia Stockford. —Mi estómago da un vuelco—. De ahí es de donde te conozco. Trabajé como suplente antes de conseguir el puesto aquí.

Ahora que lo menciona, me viene a la mente el recuerdo vago de un tipo flaco con pésimo gusto para la ropa y halitosis. No estábamos en el mismo departamento. Aun así, ya es mala suerte toparme con él aquí.

—Bueno, no estuve allí mucho tiempo.

—Ya. Te marchaste un poco de repente. ¿Qué ocurrió? ¿Le tocaste las narices al director?

—Qué va. Para nada.

Decir que le toqué las narices es quedarse corto.

—Qué raro. —Arruga el entrecejo y señala mi pierna mala

con un movimiento de la cabeza—. No recuerdo que cojearas por aquel entonces.

Le clavo la mirada.

—En ese caso debes de estar confundiéndome con otro. Cojeo desde que era pequeño.

El momento se alarga un poco más de lo que me resulta cómodo.

—¿Qué ocurrió? —interviene Susan—. Si no te importa que te lo pregunte.

En realidad, sí que me importa, pero en cierto modo me lo he buscado yo solito.

—Tenía quince años. Me vi envuelto en un accidente de coche con mi padre y mi hermana pequeña. Nos salimos de la carretera y chocamos con un árbol. Annie y mi padre murieron al instante. La pierna me quedó destrozada. Tuvieron que implantarme media docena de piezas de metal para recomponérmela.

—Dios santo —dice Susan—. Lo siento mucho.

—Gracias.

—¿Qué edad tenía tu hermana? —pregunta Beth.

—Ocho años.

Todos me observan con ojos tristes y compasivos, menos Simon, que, como me complace comprobar, no es capaz de mirarme a la cara.

—En fin —concluyo—. Eso fue hace mucho tiempo. Por suerte, no aspiraba a ser bailarín de claqué, sino profesor, así que aquí estoy.

Se ríen, algo nerviosos. La conversación sigue por otros derroteros. He sorteado bastante bien la situación. Soy un hombre bueno y honrado. Marcado por la tragedia, pero que aún conserva el sentido del humor.

También soy un mentiroso. No perdí a mi hermana en un accidente de coche ni la cojera me viene de entonces.

# 6

La gente dice que el tiempo lo cura todo. Se equivocan. Lo que hace el tiempo es borrarlo todo. Transcurre inexorable, pase lo que pase, y va erosionando nuestros recuerdos, desgastando las grandes rocas del sufrimiento hasta que solo quedan esquirlas afiladas, aún dolorosas, pero lo bastante pequeñas para resultar soportables.

Los corazones rotos no sanan. El tiempo simplemente muele los trozos hasta reducirlos a polvo.

Me reclino en uno de los chirriantes sillones de la casa y bebo un buen trago de cerveza. Ha sido un día largo. Mi primera jornada entera como profesor en mucho tiempo. Me ha dejado secuelas tanto mentales como físicas. Noto punzadas en la pierna mala, y ni siquiera los cuatro comprimidos de codeína que me he tomado alivian el dolor sordo, pero persistente. Como esta noche no pegaré ojo, mi solución será emborracharme hasta perder el conocimiento. Automedicación.

La habitación está en penumbra, pues la única iluminación procede de una lámpara de mesa y de la crepitante estufa de leña. Me he acercado a un supermercado de las afueras y me he aprovisionado de lo esencial: pizza, comidas precocinadas, café, cigarrillos y alcohol. En el trayecto de regreso, he pasado por una granja-hostal que vendía leña. Nadie me ha abierto la puerta cuando he llamado, aunque había un Ford Focus hecho caldo aparcado delante, con dos asientos infantiles detrás y un cartel en el parabrisas posterior: «Monstruitos a bordo».

Habían dejado una cesta al lado de los troncos: «Cinco libras por bolsa. Pague aquí». Había unas treinta libras en la cesta. Me quedé mirando los billetes arrugados por un momento, y, al pensar en los asientos infantiles, añadí uno de cinco. Acto seguido, recogí una bolsa y regresé en coche al supermercado para comprar pastillas de encendido.

Después de gastar media docena de ellas y proferir un montón de palabrotas, por fin he conseguido encender el maldito trasto. Ahora, por primera vez desde que me instalé aquí, hace un calorcillo agradable y seco en la habitación. Casi veo la humedad retirándose de las paredes. Salvo por los muebles destartalados, la ausencia de objetos personales y el hecho de que dos personas murieron aquí, me siento como en casa.

Tengo una libreta abierta sobre las rodillas. En la primera página he escrito cuatro nombres junto a los cuales he garabateado unas notas: Chris Manning, Nick Fletcher, Marie Gibson y, por supuesto, Stephen Hurst. La vieja pandilla reunida otra vez, al menos sobre el papel. Los que se encontraban presentes cuando sucedió. Los únicos que sabían la verdad.

Por lo que he averiguado, Fletch lleva ahora un negocio de fontanería en Arnhill. Hurst es concejal en el ayuntamiento. Sobre Marie no he encontrado nada en la red, pero es posible que se haya casado y cambiado de apellido. Al lado del nombre de Chris solo he escrito: «Fallecido». Aunque eso no lo explica todo. Ni mucho menos.

En la parte superior de la página siguiente aparecen dos nombres: los de Julia y Ben Morton. Debajo he anotado más datos, sacados sobre todo de internet y la prensa, fuentes no del todo fiables, lo sé. Si en los periódicos los hechos se convierten en historias, en internet las historias se convierten en teorías de la conspiración.

Esto es lo que sé con certeza: Julia tenía un historial de depresión. Acababa de finalizar los trámites de divorcio con el padre de Ben (Michael Morton, abogado). Había dejado de medicarse, pedido unos días de asuntos propios y sacado a Ben del colegio. Ah, y después de matar a su hijo a golpes —y antes de volarse la cabeza—, escribió cuatro palabras con sangre en la pared de la habitación de Ben.

«No es mi hijo.»

En resumen: actos no muy propios de una mente equilibrada.

He imprimido dos fotos y las he sujetado con clips al interior de la libreta. La primera es de Julia. Parece tomada en un evento del trabajo. Lleva un traje elegante y el cabello recogido en una cola de caballo suelta. Pese a su gran sonrisa, los ojos denotan cansancio y recelo. «Haz la dichosa foto y déjame en paz», dice su expresión. Me pregunto si el periódico la escogió por esa razón. Esta es una mujer a punto de desmoronarse. Una mujer al borde del abismo. O tal vez solo una mujer irritada porque la obligan a posar para una estúpida fotografía.

La imagen de Ben es una foto escolar. Su sonrisa, ancha y simpática, deja al descubierto las dos palas un poco torcidas. Lleva la corbata bien anudada, seguramente por primera vez en su vida. Los periodistas han desgranado los topicazos habituales sobre él: que si era un chico popular, que si tenía muchos amigos y un futuro prometedor. No dicen nada sobre el muchacho de verdad. Se han limitado a copiar y pegar textos de archivo que guardan en las carpetas sobre «niños muertos».

Solo hay un artículo que insinúa algo más. Una sombra que acecha por debajo de la soleada superficie de la existencia idealizada de Ben. En las semanas anteriores a su muerte, una fuente anónima del colegio declaró que el chico había estado comportándose de un modo extraño; se metía en líos, faltaba a clase. «Estaba raro, no era el Ben de siempre.»

Pienso en las palabras escritas por Julia: «No es mi hijo». Una uña gélida me acaricia la parte superior del espinazo.

Tiro la libreta sobre la mesa de centro. En ese momento me suena el móvil y las notas de «Enter Sandman» rasgan el acogedor silencio. Con el cuerpo tenso, lo cojo y echo un vistazo a la pantalla. Es Brendan. Pulso el botón de Aceptar llamada.

—¿Sí?

—¿Cómo va todo?

—Buena pregunta. Aún intento dar con la respuesta.

Aguardo a que Brendan añada algo más. No es la clase de amigo que solo llama para interesarse por mi bienestar. Mientras no haya noticias de lo contrario, da por sentado que estoy vivo, y con eso le basta.

—La otra noche alguien fue al pub a preguntar por ti —me informa.

—¿Alguien?

—Una mujer, bajita y rubia. Guapa, pero algo seca.

Siento retortijones y las punzadas en la pierna se intensifican.

—¿Hablaste con ella?

—Ni de coña. Me escabullí en cuanto la vi. Hay mujeres que rezuman mal rollo.

—Vale. No vuelvas.

—¡Pero si sirven una empanada de ternera y riñones casi tan buena como la de mi querida y anciana madre!

—Cómprate un libro de cocina.

—¿Te estás quedando conmigo?

—Para nada. No vuelvas allí.

—Joder. —Oigo el chasquido de un encendedor, seguido de una inhalación—. ¿Qué le hiciste? ¿Empeñaste sus joyas? ¿Te largaste con los ahorros de toda su vida?

—Algo peor.

—¿Sabes qué diría mi querida y anciana madre?

—Tengo la sensación de que voy a oírlo.

—Que la forma más rápida de enterrar a un hombre es darle una pala.

—¿Y eso qué significa?

—¿Cuándo narices vas a parar de cavar?

—No sé. ¿Cuando encuentre el tesoro?

—Lo único que encontrarás, amigo mío, es una muerte temprana.

—Me encantan nuestras pequeñas charlas. Son muy edificantes.

—Si quieres oír algo edificante, mira el programa de Oprah.

—Tengo un plan.

—Una pulsión suicida es lo que tienes.

—Creo que solo necesito un poco de tiempo.

Suspira.

—¿Nunca has pensado que necesitas ayuda profesional?

—Ya reflexionaré sobre ello cuando haya resuelto este asunto.

—Tú mismo.

Cuelga. Y, en efecto, pienso en ello. Durante unos diez segundos. Es lo mínimo que le debo a Brendan. Nos conocemos desde hace unos tres años y compartimos piso durante año y medio. Estuvo allí para apoyarme cuando no tenía a nadie más. Pero Brendan es alcohólico en recuperación, lo que significa que le van rollos como la confesión, el perdón y la redención, mientras que a mí me van más cosas como ocultar secretos, guardar rencores y aferrarme al resentimiento.

A veces me pregunto cómo demonios nos hicimos amigos. Supongo que, como en muchas relaciones, fue el resultado de las circunstancias en combinación con el alcohol (al menos por mi parte).

Nos veíamos con frecuencia en un pub próximo a mi casa. Una noche, los saludos ocasionales dieron paso a una conversación. Comenzamos a sentarnos juntos para charlar frente a una copa, de zumo de naranja para Brendan, de Guinness o whisky para mí.

Su compañía me resultaba cómoda, poco exigente, a diferencia de casi todos los demás aspectos de mi vida. Los cimientos de mi confortable existencia de clase media se desmoronaban rápidamente bajo mis pies. Mi trabajo pendía de un hilo y tenía dificultades para pagar el alquiler de mi apartamento. Cuando llevaba seis meses de retraso en el pago, el casero se presentó con sus dos fornidos hermanos, me echó a patadas y cambió las cerraduras.

Mis opciones de vivienda se vieron de repente limitadas. ¿Debía elegir el estudio con sospechosas manchas en las paredes, o el sótano con moho y lo que sonaba como una compañía entera de claqué en el piso de arriba? Por no hablar de que no me quedaba más remedio que buscar en la clase de barrios en los que Batman se lo pensaría dos veces antes de internarse en una noche oscura.

Fue entonces cuando Brendan me propuso que me fuera a vivir con él.

—Qué narices. Me sobra una habitación que no hace más que gastar gas y electricidad.

—Es una oferta generosa, pero no podría pagarte mucho de alquiler.

—Olvídate del alquiler.

Fijé la vista en él.

—No. No puedo.

Me dirigió una mirada de extrañeza.

—Como diría mi querida y anciana madre: «No puedes enfrentarte a los lobos que acechan a tu puerta mientras luchas contra un león en el salón».

Medité sobre ello. Sopesé mis alternativas. Los leones no me preocupaban; me daba más miedo despertarme un día con ratas royéndome los globos oculares.

—Vale. Y gracias.

—Agradécemelo saliendo adelante.

—La mala racha no puede durarme toda la vida.

El rostro se le ensombreció por un momento.

—Eso espero. Tengo entendido que debes dinero a gente

que no acepta pagos a plazos, sino que se cobran las deudas con rótulas.

—Estoy trabajando en ello. Y te lo compensaré, te lo prometo.

—Ya verás como me lo compensarás. —Sonrió de oreja a oreja—. Me gustan los masajes de espalda antes de acostarme. Y no seas rácano con el aceite corporal.


Alargo el brazo para coger mi cerveza y, cuando advierto que la lata está vacía, la aplasto con la mano. Me levanto para ir a por otra y decido que una visita al baño no me vendría mal. Atravieso el salón y enciendo la luz del pasillo. Esta cobra vida poco a poco y de mala gana. Apoyo el pie en el primer escalón. Como era de esperar, cruje. Asciendo por la angosta escalera, mientras intento no imaginar a Julia Morton subiendo a rastras el cadáver de su hijo, entre crujidos, a trancas y barrancas, peldaño a peldaño. Un chico de once años pesa lo suyo. Y un peso muerto aún más. Lo recuerdo.

En el rellano hace frío. Aquí arriba no hay radiador. Pero no es solo por eso. Este frío no es normal. No es como el que sentí la primera vez que entré en la casa. Se trata de un frío distinto. «Un frío traicionero.» No había vuelto a pensar en esta expresión desde que era niño. La clase de frío que se te mete hasta los huesos y se te instala en los intestinos como un trozo de hielo.

Además, oigo algo. Un sonido leve pero constante. Un susurro acompañado de un repiqueteo suave, como si hubiera aire en las tuberías. Me paro a escuchar. El sonido procede del baño. Abro la puerta de un empujón y tiro del viejo y gastado cordón de la lámpara. La luz parpadea y se enciende con un zumbido bajo, como el de un mosquito moribundo.

Aquí hace aún más frío. Y el ruido se oye más fuerte. No se trata de aire en las tuberías. No. Esa serie de clics, ese rozamiento, está causado por otra cosa. Algo que me resulta más familiar. Algo que está más vivo. Y procede del retrete.

Tanto el asiento como la tapa están bajados, no porque haya entrado en contacto con mi lado femenino, sino porque padezco una ligera fobia a los agujeros abiertos: desagües, rebosaderos, cualquier hoyo en el suelo. Anoche, antes de irme a dormir, me paseé por la habitación conectando todos los enchufes en los tomacorrientes. Ahora, me inclino y, con los dedos vacilantes, levanto la tapa del váter.

—¡Joder!

Salto hacia atrás tan deprisa que casi pierdo el equilibrio y me pego un costalazo. De alguna manera consigo agarrarme del lavamanos y mantener la estabilidad. Por desgracia, no tengo el mismo control sobre la vejiga. Un chorrito de orina tibia me resbala por la pierna.

Apenas me doy cuenta. El interior de la taza del váter se mueve. Bulle con una masa de cuerpos negros diminutos y brillantes. Corretean de un lado a otro con un clic, clic, clic, como un turbulento mar de excrementos.

—Increíble.

Un estremecimiento de repugnancia me recorre el cuerpo, junto con el tenue eco de un recuerdo:

«Son las sombras. Las sombras se mueven».

Me apoyo en el lavamanos, jadeando. Son escarabajos. Malditos escarabajos.

Al cabo de un momento, doy un paso al frente y vuelvo a levantar la tapa. Los bichos parecen más agitados, como si hubieran detectado mi presencia. Un par de ellos decide huir y comienza a trepar hacia el borde. Cierro la tapa de golpe y los pillo entre las dos piezas de plástico. El crujido con el que revientan me llena de satisfacción.

¿Cómo diablos se han metido ahí dentro? Como la taza debe de estar seca, habrán subido por la cañería pero, aun así... Cojo la lejía y, después de respirar hondo, alzo la tapa una vez más y vacío la botella entera en el retrete, empapando a los insectos que intentan escabullirse.

Los chirridos y los correteos se intensifican. Algunos escarabajos suben por la pared de la taza. Empuño la escobilla del váter y los empujo de vuelta hacia abajo. Luego tiro de la cadena. Una y otra vez, hasta que la cisterna gime y no queda nada en el fondo excepto un poco de agua sucia y unos cuantos cadáveres flotantes. Solo por si acaso, agarro el rollo de papel y lo embuto en el tubo de desagüe para taponarlo.

Me siento en el borde de la bañera o, mejor dicho, las piernas me flaquean, y el borde de la bañera se eleva hasta topar conmigo con un golpe seco. «Escarabajos. Joder, joder, joder.» El corazón me late a mil por hora. Estoy sudando, a pesar del frío. Necesito una copa y un cigarrillo. Pero, por encima de todo, necesito una dosis. Por primera vez desde que llegué aquí. Por primera vez en mucho tiempo. Necesito algo que me calme los nervios y me alivie el temblor de las manos.

Me hurgo en el bolsillo para sacar el móvil. Aunque la compañía no vendrá a instalarme la banda ancha hasta la semana que viene, tengo 3G. Solo una raya. Las apuestas en línea son la segunda mejor opción, tal vez la tercera. Pero cuando la necesidad aprieta, hay que conformarse con lo que uno tiene, como cuando un alcohólico a quien no le queda ni una gota de licor echa mano de las metanfetaminas.

Abro una web llamada «Vegas Gold», como proclaman unas relumbrantes letras doradas. No se me escapa lo irónico que resulta jugar al Vegas Gold sentado en el borde de una bañera cubierta de moho con unos vaqueros empapados de orina. Mi pulgar vacila unos instantes por encima del enlace.

Y entonces oigo un estrépito procedente de abajo.

—¿Qué narices pasa?

Bajo las estrechas escaleras tan rápido como me permite la cojera. Cuando llego al salón, una ráfaga de aire gélido vespertino me castiga el rostro. Las cortinas luchan y forcejean, movidas por el viento. Hay un agujero grande e irregular en la ventana del salón, y vidrios rotos desparramados sobre las tablas del suelo. Se oye un chirrido de neumáticos, un acelerón y el runrún agudo de un ciclomotor que se aleja hasta apagarse.

En medio de la habitación vislumbro la causa del estropicio. Un ladrillo con un papel enrollado alrededor y sujeto con una goma elástica. Qué original.

Me acerco, apartando los trozos de cristal con el pie, y recojo el ladrillo. Retiro la hoja que lo envuelve. Es de un papel fino y rayado, arrancado de una libreta escolar. Como mensaje de bienvenida, deja un poco que desear: «Lárgate, tuyido.»

# 7

Sabes que te haces mayor cuando los policías te parecen cada vez más jóvenes. No sé muy bien qué revela sobre ti el hecho de que se hagan más bajitos.

Bajo la vista —pero que mucho— hacia la agente Cheryl Taylor. Al menos creo que así ha dicho que se llama. Habla en tono brusco, pero mantiene una actitud serena. Me da la impresión de que preferiría estar en otro sitio. A lo mejor tiene que ir a frustrar un gran golpe, o a comerse el bocata de patatas de la noche, y la estoy entreteniendo.

—¿Dice usted que alguien lanzó el ladrillo a través de su ventana aproximadamente a las 20.07 horas de hoy?

—Sí.

Eso sucedió hace una hora, más o menos, así que el responsable debe de andar ya muy lejos. Lo bueno es que por lo menos me ha dado tiempo de cambiarme los vaqueros.

—¿Vio usted algo?

—Vi un ladrillo rojo grande en medio de mi salón con aire acondicionado recién instalado.

Me echa una mirada con la que estoy familiarizado. Muchas mujeres me miran así.

—Me refiero a si vio algo más.

—No, pero oí un ciclomotor que aceleraba y se alejaba.

Toma unas notas más antes de agacharse y recoger el ladrillo.

—¿Va a llevárselo en una bolsa precintada para comprobar si tiene huellas o algo?

—Esto es Arnhill, no *CSI* —replica, dejándolo de nuevo donde estaba.

—Ah, sí. Claro. Disculpe, por un momento he pensado que estaba interesada en pillar al que ha hecho esto.

Parece a punto de replicarme con algún comentario cáustico, pero se muerde la lengua.

—¿Tiene el mensaje? —dice en cambio.

Se lo entrego y lo examina por unos segundos.

—La ortografía no es para echar cohetes.

—De hecho —afirmo—, no creo que se trate de un error. Me parece que es deliberado. Para despistarme.

Arquea una fina ceja.

—Continúe.

—Soy profesor de Literatura —explico pacientemente—, así que estoy muy acostumbrado a ver faltas de ortografía. Esa no es una de las palabras con las que los alumnos suelan equivocarse y, cuando meten la pata en eso, lo hacen en todo. No se limitan a poner una «y» en vez de una «ll».

Reflexiona sobre esto.

—De acuerdo. Entonces ¿se le ocurre alguna persona capaz de hacer algo así? ¿Algún enemigo, alguien que le guarde rencor?

Casi se me escapa una carcajada. «Ni te lo imaginas», pienso. Entonces recapacito. Estoy casi seguro de que el responsable es Hurst o uno de sus compinches. Pero no tengo testigos ni pruebas y, después de la breve charla que he tenido con Harry esta mañana (madre mía, ¿ha sido esta misma mañana?), no quiero poner en peligro mi trabajo. Por lo menos, de momento no.

—¿Señor Thorne?

—Para serle sincero, me he mudado aquí hace muy poco. Aún no he tenido tiempo de cabrear a mucha gente.

—Pero al parecer está trabajando en ello.

—Salta a la vista.

—Ya, bueno. Lo investigaremos, pero seguramente habrán sido unos chavales. Ya hemos tenido problemas con chicos de su colegio.

—¿Ah, sí? ¿Qué clase de problemas?

—Lo de siempre. Vandalismo. Invasión de propiedad privada. Desorden público.

—Ah, eso me trae recuerdos.

—Si quiere, podemos mandar a un agente al colegio a darles una charla sobre responsabilidad social y esas cosas.

—¿Serviría de algo?

—La última vez que mi sargento dio una de esas charlas, se encontró al salir con que le habían deshinchado los neumáticos del coche.

—Entonces mejor no.

—Vale. Bueno, aquí tiene el número de denuncia, por si se lo pide el seguro. Si vuelve a tener problemas, llámenos de inmediato.

—Así lo haré.

Se detiene ante la puerta, como debatiéndose en la duda.

—Oiga, no quiero estropearle más la noche, pero...

Me viene a la mente la imagen de los escarabajos correteando y escabulléndose.

—Eso será difícil.

—¿Le ha hablado alguien de esta casa?

—¿Se refiere a lo que ocurrió aquí?

—Entonces ¿lo sabe?

—El tema surgió en la conversación.

—¿Y no le inquieta?

—No creo en fantasmas.

Mira alrededor y no puede disimular lo suficiente el estremecimiento de disgusto que le recorre el rostro. Algo me hace clic en la cabeza.

—Usted los encontró, ¿verdad?

—Mi sargento y yo fuimos los primeros en acudir al escenario del crimen —responde después de un titubeo.

—Debió de ser duro, ¿no?

—Son gajes del oficio. Hay que sobrellevarlos.

—Aun así, usted no querría vivir aquí, ¿no?

Se encoge ligeramente de hombros.

—Las manchas de sangre nunca se van del todo. Por mucha lejía que les eches, por más que las restriegues. Siempre están allí, aunque no las veas.

—Eso me reconforta mucho. Gracias.

—Que conste que me lo ha preguntado usted.

—¿Puedo preguntarle otra cosa?

—Supongo —responde con cautela.

—¿Podría haber una explicación distinta para lo que sucedió aquí?

—No había señales de allanamiento, ni pruebas de la intervención de un tercero. Créame, las buscamos.

—¿Qué hay del padre de Ben?

—Esa noche estaba en una cena con un cliente.

—¿Así que cree que a Julia Morton se le fue la olla de repente, mató a su hijo y se suicidó?

—Lo que creo es que, para ser alguien a quien no le inquieta el asunto, hace usted demasiadas preguntas.

—Solo era por curiosidad.

—Pues no sea tan curioso. Eso no le ayudará a hacer amigos aquí. —Se guarda la libreta en el bolsillo—. Además, solo le he comentado lo de la casa por si la agencia inmobiliaria no le había proporcionado toda la información.

—Gracias, pero no creo que la casa sea un problema.

—Ya. —Me lanza otra mirada, y esta vez no sé cómo interpretarla—. Supongo que tiene razón.

El cristalero llega quince minutos después. Después de clavar una tabla sobre la ventana rota, me informa de que me costará cincuenta libras y de que el nuevo cristal estará listo en más o menos una semana.

Le contesto que vale. Puedo sobrevivir sin las vistas a la carretera.

También me echa una mirada extraña. No es mi tipo de público.

Cuando se marcha, me atizo otro par de vasos de bourbon, me fumo un cigarrillo asomado a la puerta trasera y, tras decidir que hoy ya he aguantado bastante, incluso demasiado, subo las escaleras de nuevo para acostarme.

Ya no hace el frío de antes, solo el fresco habitual en el interior de la casa. Me acerco al baño con aprensión, pero el retrete sigue vacío. Extraigo el rollo de papel para orinar, me lavo los dientes, tiro del cordón para apagar la luz y cierro la puerta.

De pronto, cambio de idea. Regreso a la planta baja y recojo el ladrillo. Lo llevo al baño y lo coloco sobre la tapa del váter.

Por si acaso.


No sueño.

Tengo pesadillas.

Por lo general, el alcohol me ayuda a evitarlas.

Pero esta noche no.

Subo las escaleras de la casa donde me crie, aunque —como suele suceder en los sueños— no es exactamente la casa donde me crie. La escalera es mucho más estrecha y empinada, y asciende en espiral. Oigo un ruido más abajo, en la oscuridad; un correteo, acompañado de chirridos. Las sombras se aglomeran en el fondo. Percibo otro sonido procedente de arriba, un terrible y agudo gañido, como el de un animal que sufre, intercalado con gritos. «Abbie-Ojos. Abbie-Ojos. Besa a los chicos y les causa enojo.»

No quiero subir, pero no tengo elección. Cada vez que miro atrás descubro que otro tramo de la escalera ha desaparecido en las tinieblas. Las sombras se aproximan traicioneras, como el frío, y me están ganando terreno.

Sigo ascendiendo por la escalera, que da vueltas y vueltas ante mí sin acabarse jamás, y, de repente, me encuentro en el rellano. Vuelvo la vista atrás. Los escalones ya no están allí. Las sombras han ido avanzando y engulléndolos. Ahora pululan y se arremolinan a pocos centímetros de mis pies.

Veo tres puertas, todas cerradas. Empujo la primera para abrirla. Mi padre está dentro, sentado en la cama. Bueno, «sentado» no es la palabra más adecuada. Está desplomado, como una marioneta a la que le han cortado los hilos. Tiene la cabeza apoyada en el hombro, como si se hubiera tomado un descanso de su labor de controlarlo todo. Los brillantes tendones y las fibrosas tiras de músculo rojizo apenas se la mantienen sujeta al cuerpo. Cuando el coche se estrelló contra el árbol, un trozo irregular del parabrisas prácticamente lo decapitó.

Abre la boca y un extraño sonido sibilante brota de ella. Caigo en la cuenta de que se trata de mi nombre: «Joe-yyy». Intenta ponerse de pie. Cierro la puerta con el corazón acelerado y las piernas temblando. Me acerco a la siguiente puerta. Será peor, lo sé. Pero, como un personaje de una mala película de terror, también sé que voy a abrirla.

La empujo con suavidad y retrocedo un paso. La habitación está infestada de moscas. Las moscardas revolotean y zumban formando una nube oscura. Entre ellas alcanzo a vislumbrar dos figuras: Julia y Ben. Al menos creo que son ellos. No resulta fácil identificarlos, pues a Julia le falta buena parte de la cabeza y Ben no tiene cara, sino solo un amasijo rojo y blanco de sangre, huesos y cartílago.

Ambas figuras borrosas están de pie, rodeadas de moscas,

hasta que me percato de que ellos mismos están hechos de moscas. Mientras los observo, se disuelven y fluyen hacia mí. Salgo de la habitación a la carrera y cierro de un portazo. Oigo que las moscas aporrean la madera, arracimadas en un enjambre furioso.

«Despierta —pienso—. Despierta, despierta, despierta.» Pero mi subconsciente no está dispuesto a dejarme en paz así como así. Me vuelvo hacia la última puerta. Mi mano se alarga hacia el pomo y lo hace girar. La puerta se abre despacio. La habitación está vacía. Salvo por una cama y Abbie-Ojos. Esta yace en el centro, con los párpados cerrados. Me dirijo hacia ella y la levanto. Los ojos se le abren de golpe. Los rosados labios de plástico se tuercen en una sonrisa. «Está detrás de ti.»

Me doy la vuelta. Annie está en el vano. Va enfundada en su pijama, de color rosa pálido, con unas ovejitas blancas estampadas. Era lo que llevaba la noche del accidente. Pero eso está mal. Mi hermanita no iba vestida así cuando murió.

—Vete —le digo.

Se me acerca arrastrando los pies, con los brazos abiertos.

—Vete.

De pronto, abre la boca y un torrente de escarabajos sale de ella. Intento echar a correr, pero mi pierna mala se enreda con algo y caigo de bruces. Detrás de mí oigo los chirridos y el repiqueteo de las corazas y las patitas inquietas. Noto que me trepan por los tobillos y me horadan la piel. Trato de quitármelas a sacudidas y manotazos. Me suben por los brazos y el cuello, me entran en la boca y bajan por la garganta. No puedo respirar. Aquellos cuerpecillos negros y apestosos me están asfixiando.

Despierto sudado y tembloroso, asestando palmadas a las sábanas, que están enredadas y anudadas en torno a mi cuerpo desnudo.

Unos rayos de sol que se cuelan entre las cortinas entrecerradas me hieren los ojos. Entornando los párpados, miro el despertador, justo en el instante en que empieza a sonar con unos pitidos que me taladran la cabeza y me provocan un dolor agónico.

Me doy la vuelta en la cama y suelto un gemido. Es hora de ir al colegio.

# 8

—¿Señor?

—¿Sí, Lucas? —Señalo con un gesto cansino el brazo que se agita en el aire y, antes de que él pueda decir nada, alzo la mano también—. Si se trata de otra pregunta sobre Tinder, creo que ya hemos dejado claro que las aplicaciones de citas no se estilaban en la época de Romeo y Julieta.

Otra mano se eleva rápidamente.

—¿Sí, Josh?

—¿Y Snapchat tampoco?

La clase estalla en carcajadas. Reprimo una sonrisa.

—Vale, me has dado una idea.

—¿En serio, señor?

—Sí. Escoged uno de los capítulos que hemos leído y reescribidlos como si estuvieran ambientados en la época actual. Prestad especial atención a los paralelismos y los temas de la tragedia y la calamidad.

Se levantan otras manos. Elijo una.

—¿Aleysha?

—¿Qué es un paralelismo?

—Una semejanza o correspondencia entre dos cosas.

—¿Qué es una calamidad?

—Esta clase.

Suena el timbre que señala la hora del almuerzo. Intento no hacer un gesto de dolor por el ruido.

—Vale. Largo de aquí. Ya estoy deseando leer esos trabajos mañana.

Se oye el chirrido y el repiqueteo de las sillas mientras los niños se levantan y salen en tromba. Por muy interesantes que consigas hacer tus clases o muy entusiastas que sean los alumnos, el tintineo de la campana siempre los hace huir a la desbandada como reclusos liberados de una cárcel.

Empiezo a recoger mis libros y demás material y lo guardo en mi cartera. Una cabeza morena que me resulta familiar asoma por la puerta del aula.

—¡Buenas!

—Hola.

Beth entra con aire despreocupado —hoy lleva camiseta de Nirvana, vaqueros rotos y Vans— y se acomoda en el borde de mi mesa.

—Oye, ¿es verdad lo que he oído por ahí de que anoche alguien te tiró un ladrillo por la ventana?

—Las noticias vuelan en Arnhill.

—Sí, pero nunca salen de aquí.

Suelto una risita.

—¿Quién te lo ha dicho?

—Un primo de un profesor auxiliar curra a media jornada con una mujer cuyo hermano trabaja para la policía.

—Hala. Mejores fuentes que la CNN.

—Más fiables, por lo general.

Arquea una ceja, con lo que intuyo que me anima a confirmar o desmentir la información.

Me encojo de hombros.

—Supongo que a alguien no le gustan mis clases.

—¿Crees que ha sido algún chico de aquí?

—Parece lo más probable.

—¿Sospechas de alguien en especial?

—Podría decirse que sí. —Vacilo un instante antes de añadir—: Jeremy Hurst.

—Ah.

—No pareces muy sorprendida.

—¿Por lo de san Jeremías? No. He oído por ahí que tuviste un roce con él.

—Pues sí que tienes buen oído. Si alguna vez te enteras de cuál será la combinación ganadora de la lotería...

Sonríe con picardía.

—A ti te lo iba a decir.

—Bueno, ¿qué sabes de...?

Se oyen unos golpes contra la puerta entornada. Los dos alzamos la vista. Una chica con ligero sobrepeso, cabello rubio con mechas y demasiado pintarrajeada para un día de clase nos mira desde el pasillo.

—¿Es la clase del señor Anderson?

—No, en el aula de al lado —le informa Beth.

—Ah, sí —resopla antes de marcharse pitando.

—¡De nada! —le grita Beth y vuelve a posar la vista en mí—. ¿Por qué no seguimos charlando en otro sitio? Me parece que es la hora del almuerzo.

—¿Vamos al comedor?

—A la porra el comedor. Estaba pensando más bien en el pub.

Las sillas y los bancos desgastados ya no están. El lugar donde estaba la alfombra multicolor que provocaba migraña solo de verla lo ocupa ahora un parquet reluciente. Hay lámparas elegantes repartidas por los alféizares, y en la barra tienen una selección de vinos y whiskies de calidad. Además, cuentan con un nuevo e interesante menú de «gastropub».

En realidad, nada de lo anterior es cierto.

El Fox no ha cambiado en absoluto desde la última vez que estuve aquí, hace ya veinticinco años. La misma gramola sigue en el rincón, seguramente repleta de los mismos discos del año del catapún. Hay incluso algunos parroquianos con pinta de no haber cambiado ni de aspecto ni de lugar desde el siglo pasado.

—Lo sé —comenta Beth cuando me pilla inspeccionando el pub—. Siempre te llevo a los sitios más exclusivos.

—De hecho, estaba pensando que los retretes aún deben de oler a mis vómitos.

—Qué agradable. Había olvidado que te habías criado aquí. Bueno, no literalmente aquí.

—Pues no sabría qué decirte.

—¿O sea que eras cliente de este garito?

—En cierto modo. Oficialmente, no tenía edad para beber. Extraoficialmente: el dueño no era demasiado estricto en esos temas.

Me vuelvo hacia la barra, medio esperando ver a Gypsy detrás, sirviendo copas todavía, pero, en vez de ello, una joven con grandes aros en las orejas y el cabello recogido en una cola de caballo tan apretada que sus cejas parecen retenidas contra su voluntad me observa con expresión ceñuda e incitante.

—¿Qué va a ser?

Miro a Beth.

—Para mí una Coca-Cola Light, gracias.

Contemplo el whisky con mirada anhelante.

—Que sean dos, por favor —respondo de mala gana—. Ah, y una carta.

—Sándwich de queso, sándwich de jamón, empanada de cerdo o patatas fritas.

—El chef Heston Blumenthal estará temblando de miedo por la competencia.

Me mira con fijeza, mascando su chicle.

—Quiero un sándwich de queso y patatas fritas, por favor —dice Beth.

—Lo mismo para mí, gracias.

—Diez libras con sesenta.

Tal vez su actitud deje bastante que desear, pero sus dotes de cálculo mental no están nada mal.

Beth se pone a rebuscar en su bolso.

—No, tranquila —digo—. Invito yo. —Me llevo la mano al bolsillo y arrugo el entrecejo—. Mierda. Me he dejado la cartera en casa.

—No te preocupes —dice Beth—. No me voy a arruinar por esto.

Sonrío, sintiéndome un poco culpable. Pero solo un poco.

Después de pagar encontramos asiento —no nos cuesta demasiado— en un rincón, cerca de una ventana.

—En fin —le digo a Beth mientras se bebe su Coca-Cola Light a sorbos—, ¿qué me ibas a contar sobre Hurst?

—Ah, sí. Bueno, no hay mucho que contar. Es un chico listo, deportista y guapo, y un sádico canalla. Y siempre se va de rositas por su padre.

—Stephen Hurst.

—¿Lo conoces?

—Fuimos juntos al colegio.

—Ah, ya.

—Ahora es concejal en el ayuntamiento, ¿no?

—Sí. Y ya sabes qué clase de personas acaban como concejales.

—¿Las que tienen un interés genuino en ayudar a la comunidad?

—Y los capullos a los que les pone ocupar una posición de poder y usarlo para favorecer sus propios fines.

—Vaya, no me imagino a cuál de los dos grupos debe de pertenecer Stephen Hurst.

—Sí, es un tío para darle de comer aparte. Aunque seguro que eso ya lo sabías. ¿Te has enterado de lo que planean hacer con la antigua mina de carbón?

—¿Lo de que el ayuntamiento quiere convertirla en parque rural?

—Exacto. Pues una de las razones por las que el proyecto tarda tanto en arrancar es Hurst.

—¿Y eso?

—Bueno, oficialmente, por las dificultades de financiación. Extraoficialmente, porque Hurst tiene vínculos con una empresa inmobiliaria que quiere construir casas en el terreno.

—¿Viviendas? ¿En una antigua explotación minera? Les llevaría años conseguir la autorización del ayuntamiento. —Entonces caigo en la cuenta—. Ah. Ya entiendo.

—Ya ves. A grandes rasgos, Hurst júnior es un digno hijo de su padre. Y como papi es miembro del consejo escolar, cada vez que Jeremy hace algo que le valdría la expulsión a cualquier otro alumno, Hurst sénior se presenta tan campante, mantiene una charla con Harry, seguramente sobre los fondos para el nuevo pabellón deportivo o el edificio de ciencias que necesitamos, y no te lo vas a creer: no pasa nada.

Noto en el estómago una sensación de rabia que conozco bien. «Hay cosas que nunca cambian», pienso.

La Camarera del Año se acerca de nuevo, blandiendo nuestros cubiertos como si fueran armas blancas, y los tira sobre la mesa.

—Las patatas tardarán un poco. Se nos ha acabado el kétchup.

—Vale.

Clava la vista en mí durante unos instantes más de lo que me resulta cómodo, así que me pregunto si la he ofendido de alguna manera al decir «vale». Acto seguido, se marcha con aire indignado.

Beth me mira.

—Tú sí que sabes hacer amigos e influir en las personas, ¿no?

—Será por mi encanto innato.

—No te hagas ilusiones.

Tomo un sorbo de Coca-Cola Light.

—Julia Morton fue tutora de Hurst el curso pasado, ¿no?
—pregunto.

Asiente con la cabeza.

—Pero yo no le daría mayor importancia a eso.

—¿No?

—No. Julia sabía manejar a Hurst. No estaba para hostias, así que él no se pasaba mucho con ella. Era una tía dura de pelar. No se venía abajo fácilmente.

Y, sin embargo, acabó viniéndose abajo. Mató a su propio hijo de una paliza. ¿Y por qué no utilizó el arma? ¿Fue un momento de locura, o algo distinto?

—Por eso lo que sucedió no tiene ningún sentido —afirma Beth, como si me hubiera leído la mente.

—Dices que estaba deprimida, ¿no?

—Lo estuvo, en el pasado.

—Pero la depresión no se va así como así. Había dejado de tomarse la medicación. A lo mejor sufrió una recaída, una crisis nerviosa o algo por el estilo, ¿no?

—No lo sé. —Suspira—. Tal vez. Y tal vez, si solo se hubiera suicidado, me parecería comprensible. Pero lo de matar a Ben... Ella lo adoraba. Eso no podré entenderlo jamás.

—¿Cómo era él?

—Bastante espabilado. Tenía muchos amigos. Quizá se dejaba influir un poco más de la cuenta. En un par de ocasiones eso lo llevó a meterse en líos. Pero era buen chaval. Hasta que desapareció.

—¿Ben desapareció? ¿Cuándo?

—Un par de meses antes de su muerte. Reapareció al cabo de veinticuatro horas, después de que todo el pueblo hubiera estado buscándolo. No quiso revelar dónde había estado. Fue una reacción muy rara, impropia de él.

Tardo un momento en asimilar esto. Así que desapareció. Pero luego regresó.

—No había leído nada al respecto.

Se encoge de hombros.

—Se echó tierra sobre el asunto cuando ocurrió lo otro. El caso es que después... —Hace una pausa—. Era distinto.

—¿En qué sentido?

—Estaba como distraído, encerrado en sí mismo. Dejó de salir con sus amigos, o ellos dejaron de juntarse con él. Sé que esto sonará fatal, pero apestaba, como si no se lavara. Luego se vio envuelto en una pelea. Dejó al otro chico hecho un cromo. Fue entonces cuando Julia se pilló la baja y lo sacó del colegio. Aseguró que el chico tenía «problemas emocionales» por el divorcio.

—¿Por qué nadie más ha mencionado esto?

—¿Me lo preguntas en serio? ¿Cómo quieres que alguien hable mal de un chico muerto? Además, todo el mundo responsabilizaba a Julia de su comportamiento. Su madre estaba como una chota, decían. Debía de ser todo culpa suya, ¿no?

Pienso en esa fuente anónima del colegio. Quiero hacer más preguntas, pero en ese momento nuestra encantadora camarera se acerca de nuevo, tan oportuna como siempre.

—Sándwiches de queso, patatas.

—Gracias.

Tira los platos sobre la mesa y me fulmina otra vez con la mirada.

—Disculpa —digo—. ¿Hay algún problema?

—¿Estás de alquiler en la casa de campo de los Morton?

—Sí.

—¿Sabes lo que pasó allí?

Esta debe de ser la pregunta de la semana.

—Sí.

—Entonces ¿qué clase de persona eres?

—¿Cómo dices?

—¿Un morboso patológico o algo?

—Eh, no. De hecho, soy profesor.

—Ya.

Después de meditar sobre esto unos instantes, se lleva la mano al bolsillo, saca una tarjeta y me la tiende.

Como no quiero incurrir aún más en su ira, la acepto: «Dawson. Azotes de la Suciedad».

—¿Esto qué es?

—Mi madre. Es asistenta. Le limpiaba la casa a la señora Morton. A lo mejor te interesa pegarle un toque.

Debe de ser el discurso de ventas más extraño que me han soltado en la vida.

—Bueno, no estoy muy seguro de poder permitirme una asistenta ahora mismo, pero gracias.

—Tú mismo.

Se aleja con paso errante. Me vuelvo hacia Beth.

—Madre mía.

—Sí, es un poco...

—¿Maleducada? ¿Rara? ¿Aterradora?

—En realidad, Lauren está en el espectro autista. Las convenciones sociales se le resisten un poco.

—Ah. ¿Y aun así la han contratado como camarera?

—¿No crees en la igualdad de oportunidades para todos?

—Solo digo que tal vez el sector de la hostelería no sea el destino profesional más apropiado para ella.

—Criticón.

—Práctico.

—Llámalo como quieras.

—Me niego a llamarlo «comoquieras». Soy muy criticón con eso.

Sonríe. Me da la impresión de que es muy risueña. Me dan ganas de hacer lo mismo, de utilizar músculos que no ejercito desde hace mucho.

—En fin —suspiro, guardándome la tarjeta en el bolsillo—. ¿Qué decías?

—No, señor. —Me pincha con su tenedor—. Te toca a ti. ¿Por qué decidiste vivir en la casa de campo de los Morton?

—¿Tú también?

—Bueno, has de reconocer que es un poco extraño.

—Está bien situada, es barata. Además, hace años no era la casa «de los Morton». Pertenecía a una ancianita que tiraba migas de pan a los pájaros e increpaba a los colegiales que pasaban por ahí en bici. No es más que un edificio con historia, como casi todos los sitios.

Por otro lado, la mayor parte de los sitios no tienen los desagües infestados de bichos. Reprimo un escalofrío.

Beth me observa con curiosidad.

—Bueno, hablando de historia, ¿te has sentido descolocado al volver a vivir aquí?

Me encojo de hombros.

—Siempre descoloca regresar al lugar donde te criaste.

—No es por hacerme la graciosa, pero si me marchara de Arnhill, dudo mucho que quisiera regresar nunca.

—¿Cuánto tiempo llevas viviendo aquí?

—Un año, un día y unas... —echa un vistazo a su reloj—. doce horas con treinta y dos minutos.

—Pero no llevas la cuenta, ¿no?

—Ya lo creo que sí.

—Bueno, sé que es una población pequeña, provinciana, un poco atrasada.

—No se trata de eso.

—Entonces ¿de qué?

—¿Has estado alguna vez en Alemania?

—No.

—Yo fui una vez, justo después de la universidad. Una amiga mía trabajaba en Berlín. Me llevó a visitar un campo de concentración.

—Qué divertido.

—Era un día precioso y soleado. El cielo estaba azul, los pajarillos cantaban y los edificios no son más que edificios, ¿verdad? Pero se percibía algo allí, ¿sabes? Algo que parecía estar en el aire en sí, en los átomos. Notabas que allí había sucedido algo espantoso sin que nadie te lo dijera. Incluso mientras seguía al guía de un lado a otro, asintiendo con cara de compungida, una parte de mí estaba ansiosa por salir por piernas de allí, gritando.

—¿Es eso lo que opinas de Arnhill?

—No. A Alemania sí que volvería. —Después de llevarse una patata a la boca, pregunta—: ¿Qué rollo te llevas con Stephen Hurst?

—¿Rollo?

—Intuyo que no erais amiguitos del alma en aquella época.

—No precisamente.

—¿Pasó algo?

Ensarto una patata.

—Nada. Típicas cosas de adolescentes.

—Ya. —Aunque su tono da a entender que no me cree, no insiste más.

Los dos masticamos en silencio. Las patatas no están mal. El sándwich de queso sabe a plástico, o más bien como si alguien hubiera conseguido que el plástico fuera aún más insípido.

—¿Es verdad lo que me dijo Harry de que la esposa de Hurst está enferma? —pregunto.

Asiente con la cabeza.

—De cáncer. Y, te caiga Hurst como te caiga, eso tiene que ser una canallada.

—Sí.

Y, a veces, donde las dan las toman.

—¿Llevan mucho tiempo casados?

—Empezaron a salir juntos cuando eran adolescentes. —Me mira—. De hecho, si fuiste compañero de colegio de Hurst, tal vez te acuerdes de ella.

—Fui compañero de colegio de mucha gente.

—Se llama Marie.

El tiempo se ralentiza hasta detenerse.

—¿Marie?

—Sí. Me temo que no sabría decirte cuál era su apellido de soltera.

No hace falta. Otro pedazo de mi maltrecho corazón se desmorona hasta quedar reducido a polvo.

—Era Gibson —digo—. Marie Gibson.

# 9

Marie y yo nos criamos en la misma calle. Como nuestras madres eran amigas, nos juntaban a menudo cuando éramos pequeños y nos mandaban a jugar a otra parte mientras ellas tomaban el té y cotilleaban. Jugábamos al pilla pilla y al escondite y comíamos polos y cucuruchos sentados en el bordillo cuando pasaba el camión de los helados. Annie aún no había nacido, así que debíamos de tener unos cuatro o cinco años por aquel entonces.

Yo adoraba a Marie en silencio. Y ella me toleraba en silencio a mí, además de ser la única otra criatura de mi edad que vivía en esa calle. En el colegio no tardó en abandonarme por otros compañeros de juegos más populares. Supongo que lo acepté con resignación. Al fin y al cabo, Marie era guapa y divertida, mientras que yo era un chico raro y solitario que no caía bien a nadie.

Cuando llegamos a la secundaria, empecé a fijarme en que Marie era algo más que guapa. Era preciosa. Aunque de pequeña llevaba coletas, ahora lucía su brillante cabello castaño suelto en una melena corta y saltarina. A veces se lo rizaba como Madonna, su heroína. Se vestía con vaqueros lavados a la piedra y jerséis anchos con mangas que le colgaban hasta los dedos. Se hizo dos agujeros en cada lóbulo de las orejas, y en el colegio se remangaba la falda de modo que le quedaba por encima de las rodillas, dejando entrever unos tentadores y tonificados muslos entre el dobladillo y las medias de algodón, que le llegaban hasta encima de la rodilla.

Por supuesto, en aquel entonces yo ya casi no existía para Marie. No era antipática o cruel conmigo, al menos a propósito. De cuando en cuando nos cruzábamos por la calle, y ella actuaba como si viera a alguien a quien recordaba vagamente, pero no acababa de identificar. Me decía «hola» con aire ausente y yo me quedaba flotando durante horas porque me había dirigido la palabra.

En ocasiones, Annie se metía conmigo.

—Oooh, fíjate. Es tu novieta. —Imitaba el sonido de besitos—. Joey y Marie, un solo corazón. Se dan un besito y se dicen amor.

Eran los únicos momentos en que me enfadaba de verdad con Annie. Tal vez porque metía el dedo en la llaga. Marie no era mi novia; jamás lo sería. Las chicas como Marie no salían con chicos como yo, pringados flacuchos y torpes aficionados a los cómics y a los videojuegos. Salían con chicos molones que jugaban al fútbol y al rugby y se juntaban en el patio, a escupir y soltar tacos sin motivo.

Chicos como Stephen Hurst.

Empezaron a salir juntos en tercero. En cierto modo era inevitable: Hurst era el chico malo del pueblo, Marie la chica más bonita del colegio. Así funcionaban las cosas. No me puse especialmente celoso. Bueno, tal vez un poco. Ya entonces tenía claro que Marie merecía algo mejor que Hurst. Era más lista, más simpática y, a diferencia de muchas chicas de la escuela, albergaba ambiciones que iban más allá de casarse y tener hijos.

Cuando conseguí que me aceptaran en la pandilla de Hurst —y volví a existir para Marie—, me contaba que quería ir a la universidad y estudiar Diseño de moda. Se le daba bien el arte. Soñaba con mudarse a Londres, donde planeaba mantenerse haciendo algunos trabajos como modelo. Lo tenía todo decidido. Por nada del mundo iba a quedarse en un pueblo de mala muerte como Arnhill. En cuanto le fuera posible, cogería el primer autobús que la sacara de allí. Uno que la llevara muy lejos.

Pero nunca llegó a hacerlo. Algo cambió. Algo se lo impidió. Algo le arrebató sus sueños, echó por tierra sus ambiciones y las pisoteó. Algo la retuvo allí.

O alguien.


Estoy parado en la esquina de mi vieja calle, contemplando el panorama y fumando. Mi intención era regresar directo a la casa de campo después de clase, pero al parecer mi subconsciente tenía otros planes.

La calle ha cambiado en algunos aspectos, y en otros no. Las mismas casas adosadas de ladrillo rojo siguen estando allí, una fila frente a otra, desafiantes, como preparándose para una pelea. Pero detecto elementos nuevos: antenas parabólicas y claraboyas, carpintería de PVC en puertas y ventanas. Hay más coches subidos a la estrecha acera. Flamantes Golfs, todoterrenos y Minis. En mis tiempos, no todas las familias tenían coche, y menos aún uno nuevo.

Algunas cosas continúan igual. Hay un grupo de jóvenes alrededor de una motocicleta medio desmontada, fumando y bebiendo latas de Carlsberg. Un par de perros ladra de forma ruidosa e incesante. Se oye música que sale de una ventana, con un bajo potente, pero muy floja en cuanto a melodía y letra. Una pandilla de niños patean una pelota de un lado a otro.

Mi antiguo hogar, en el número 29, está en mitad de la calle, unas casas más arriba que la del mecánico aficionado y unas más abajo de donde están los aspirantes a Rooney. De todas las casas es la que parece haber cambiado menos. La puerta es de madera pintada de negro, como la recuerdo, aunque en lugar de la antigua aldaba de latón ahora hay una plateada y más elegante. La verja de hierro forjado sigue estando un poco torcida, al tejado le falta un par de tejas y al enladrillado que rodea la fachada no le vendría mal un nuevo rejunte.

Mi habitación estaba en la parte de atrás, junto a la de Annie. A ella le tocó en suerte la más pequeña. Cuando éramos más pequeños, dábamos golpecitos en la pared que había entre nosotros antes de dormirnos. Más tarde, cuando reapareció, me quedaba tumbado en mi cuarto con los auriculares puestos y tapado con las mantas hasta la cabeza para no tener que oírla.

Mi madre vendió la casa poco después de que me dieran el alta en el hospital, tras el accidente. Alegó como excusa que necesitábamos una vivienda por la que me resultara más fácil moverme, pues aún iba con muletas. La estrecha casa adosada con una empinada escalera no era demasiado práctica.

Esa no era la auténtica razón, claro está. La casa despertaba demasiados recuerdos, casi todos malos. Mamá compró un pequeño chalet no muy lejos de nuestro antiguo hogar. Vivimos juntos en él hasta que cumplí los dieciocho. Ella permaneció allí hasta que, solo diez años después, se la llevaron al hospital donde falleció, a la escasa edad de cincuenta y tres. Dijeron que tenía cáncer de pulmón. Pero eso no era todo. Una parte de mi madre murió la noche del accidente. El resto de ella solo tardó un tiempo en alcanzar la otra parte.

Aparto la mirada. Está oscureciendo, hace cada vez más frío y, si sigo merodeando por aquí, es muy posible que alguien llame a la policía. Lo que menos me interesa es llamar la atención sobre mí, así que me subo el cuello de la chaqueta y echo a andar por la calle.


Hay una frase muy común entre quienes quieren parecer sabios y curtidos, respecto a que, por más que viajes, nunca conseguirás huir de ti mismo.

Es una gilipollez. Si te alejas lo suficiente de las relaciones que te atan, las personas que te definen, los paisajes y las rutinas familiares que te ligan a una identidad, puedes huir de ti mismo con facilidad, al menos durante un tiempo. El yo no es más que un constructo. Puedes desmontarlo, reconstruirlo, tunearte uno nuevo.

Siempre y cuando no vuelvas atrás. Si lo haces, ese nuevo yo desaparece como el traje nuevo del emperador, dejándote desnudo y al descubierto, revelando tus horribles defectos y errores a los ojos del mundo.

No tengo intención de regresar al pub. Sin embargo, por algún motivo mis pasos me guían hasta allí. Me quedo un momento parado delante, apurando un cigarrillo e intentando convencerme de que no voy a entrar. Ni hablar. Solo me faltaría empezar otra jornada en el colegio con resaca. Voy a regresar a casa, donde me prepararé algo de cenar y me acostaré temprano. Aplasto el pitillo para apagarlo y, felicitándome por ser tan sensato, entro.

Enseguida me doy cuenta de que el ambiente es distinto del que había durante la hora del almuerzo. A muchos pubs les ocurre eso: cambian por la noche. Está más oscuro, y las antiguas lámparas con flecos proyectan polvorientos círculos de iluminación. Reina una atmósfera aún más hostil, si cabe. También se respira un olor diferente, más intenso, como a trigo, y, si no supiera que es ilegal, juraría que alguien ha estado fumando aquí hasta hace bien poco.

Por otro lado, el local está más lleno que al mediodía. Un puñado de varones jóvenes pasa el rato frente a la barra, con vasos de pinta en la mano, a pesar de que hay asientos vacíos de sobra. Se trata de la actitud posesiva de los parroquianos acérrimos. Toman posesión del territorio, como perros meándose en un árbol (cosa que tampoco me sorprendería que hubieran hecho en la barra).

Las mesas están ocupadas por grupos de hombres y mujeres mayores, encorvados sobre sus bebidas como animales custodiando a su presa. Los hombres llevan anillos grabados, y sus camisas remangadas dejan a la vista tatuajes grises y borrosos. Las mujeres lucen mechas ostentosas y sus brazos arrugados asoman de unas camisetas sin mangas que no las favorecen en absoluto.

Conozco pubs como este, y no solo de mi infancia. Quizá se encuentren en ciudades más grandes y tengan la pretensión de ser un poco más sofisticados, pero la clientela y las vibraciones son idénticas. No son establecimientos para comer en familia o tomar una copa de Chardonnay fresquito con las amigas, sino garitos para los vecinos, para bebedores y, en algunos casos, para jugadores.

Me dirijo hacia la barra intentando no parecer tan fuera de mi elemento como me siento. Aunque conozco bien este tipo de pub, aquí sigo siendo un extraño, a pesar de haberme criado en el pueblo. No es que las puertas batientes de la cantina se abran de repente y el pianista deje de tocar, pero puedo jurar que, por un momento, el murmullo general de conversaciones cesa y las miradas se posan en mí mientras me acerco a la barra.

Esta noche no atiende la señorita Aterradora. En su lugar, un hombre medio calvo con ojeras negras como la tinta y varios dientes de menos me mira con cara de pocos amigos.

—¿Qué va a ser?

—Eh, una pinta de Guinness, por favor.

Comienza a tirar la cerveza sin decir nada. Le doy las gracias, pago y, mientras la espuma de la Guinness se asienta, examino de nuevo el local con la mirada. Vislumbro una mesa desocupada en un rincón del fondo. Cuando el camarero me entrega el vaso, me encamino hacia esa mesa y me siento. Como llevo conmigo los libros de ejercicios, los saco y me pongo a corregir mientras tomo sorbos de cerveza. A pesar del personal, la iluminación, el olor y la decoración, la cerveza está bien conservada. Entra mejor de lo que esperaba.

Me aproximo de nuevo a la barra con paso tranquilo. El camarero está en el otro extremo. Salta a la vista que ha experimentado un cambio de personalidad milagroso, pues sonríe y se carcajea con el grupo de hombres en el que me he fijado al entrar. De hecho, parece tan sociable que por un momento me pregunto si no tendrá un gemelo idéntico.

Espero. Uno de los jóvenes echa un vistazo en mi dirección y dice algo. El camarero se ríe con más ganas y sigue hablando. Me quedo esperando, intentando aparentar tranquilidad y disimular mi creciente irritación. Continúa hablando. Carraspeo con fuerza. Me mira, la sonrisa se le borra del rostro y se tambalea hacia mí de mala gana. Como atraídos por una fuerza magnética invisible, dos de los jóvenes lo siguen.

Levanto mi vaso vacío.

—Gracias —«por hacer por fin tu trabajo», pienso—. Otra Guinness, por favor.

Coge un vaso y lo coloca bajo el tirador.

Soy consciente de la cercanía hostil de los dos jóvenes. Uno es bajo y fornido, con la cabeza rapada y el brazo cubierto de tatuajes. El otro, más alto y delgado, tiene la piel grasienta y el tipo de peinado engominado que yo creía que había pasado de moda junto con los calcetines blancos y los pantalones tobilleros. Aún no han invadido mi espacio personal, no del todo. Se han detenido en el límite. Percibo el hedor a sudor añejo apenas enmascarado con desodorante barato. Algo en ellos me resulta extrañamente familiar, o quizá solo sea la amenaza de enfrentamiento.

Aguardo, observando al camarero mientras tira despacio la Guinness.

—No te habíamos visto antes por aquí, colega —oigo decir de repente al bajo y fornido.

Si hay algo que deteste más que el hecho de que me llamen «tronco», es que se refiera a mí como «colega» alguien que no lo es ni lo será nunca.

Me vuelvo, sonriente.

—Me he mudado aquí hace poco.

—Eres el nuevo profe —señala Pelo Rancio.

—Así es. —Me encanta cuando la gente me dice cosas que ya sé—. Joe Thorne. —Tiendo la mano. Ninguno de los dos la acepta.

—¿Vives en la vieja casa de los Morton?

Otra vez lo de «la casa de los Morton». La tragedia —en especial cuando viene envuelta en sangre y violencia— imprime su sello a todo cuanto la rodea.

—Así es —digo de nuevo.

—Joder, eso es un poco raro, ¿no crees? —Pelo Rancio se me ha acercado más.

—¿A qué te refieres?

—Sabes lo que pasó allí, ¿no? —pregunta Retaco.

—Pues sí.

—La mayoría de la gente no querría vivir en un lugar donde un chico murió de esa forma.

—A menos que sean bichos raros —añade Pelo Rancio, por si acaso yo no había pillado el sutil subtexto.

—Pues entonces debo de ser raro.

—¿Te estás haciendo el gracioso, colega?

—Supongo que no.

Da otro paso hacia mí.

—No me caes bien.

—Vaya, y yo que iba a pedirte el número de teléfono.

Me percato de que cierra el puño. Agarro el vaso vacío con fuerza, listo para romperlo contra la barra si es necesario, y en el pasado lo ha sido, al menos una vez.

De pronto, cuando la violencia parece inevitable, oigo una voz familiar.

—A ver, chicos. Todo está en orden por aquí, ¿no?

Los Hermanos Risitas se dan la vuelta y se apartan de mí en el acto. Una figura alta y corpulenta se acerca a la barra. En ese momento pienso que a lo mejor sí que creo en fantasmas, en espectros malignos que ni el tiempo, ni la distancia ni el agua bendita consiguen exorcizar.

—Joe Thorne —dice—. Cuánto tiempo.

Miro a Stephen Hurst con fijeza.

—Sí. Cuánto tiempo.

# 10

Si algunos niños nacen para ser víctimas, ¿otros nacen para ser abusones?

No conozco la respuesta. Sí sé que no se considera aceptable decir eso en estos tiempos. No está bien visto insinuar que algunos niños, algunas familias, son malos porque sí. No tiene nada que ver con la clase social, los recursos o las privaciones. Simplemente está en su naturaleza. Es algo genético.

Stephen Hurst procedía de una larga estirpe de abusones. El placer de meterse con los más débiles se transmitía de generación en generación, como las reliquias familiares o la hemofilia.

Su padre, Dennis, era capataz en la mina. Los mineros lo odiaban, lo temían y lo detestaban aún más. Blandía su autoridad como una piqueta con la que atizaba a quienes le hacían frente, imponía los turnos más duros a sus enemigos, disfrutaba al denegar las bajas para estar con un hijo recién nacido o un familiar enfermo.

Durante la huelga se dejaba ver al frente del piquete, agitando su pancarta, profiriendo insultos a los esquiroles y lanzando piedras y botellas a la policía. No digo que todos los del piquete estuvieran equivocados, ni tampoco juzgaría jamás a los que iban a trabajar, como mi padre. Unos y otros creían que hacían lo mejor para sus familias, para proteger su medio de vida. Pero Hurst no participaba en el piquete por sus ideas políticas o sus creencias, sino porque le encantaban los conflictos, las broncas, las situaciones feas y, por encima de todo, la violencia.

Aunque por aquel entonces nadie lo comentó, en retrospectiva me doy cuenta de que seguramente Dennis estaba detrás de las pintadas, las amenazas, el ladrillo que nos rompió la ventana. Disparar contra el blanco fácil era su estilo. En vez de atacar directamente a mi padre, atacaba a su familia.

La madre de Stephen a menudo aparecía con un ojo morado o un corte en el labio. Durante un tiempo llevó una escayola que le cubría todo el escuálido brazo. Casi todo el mundo sabía que las lesiones no se debían a que fuera «un poco torpe», sino a que a Dennis se le ponía la mano un poco larga cuando se había bebido una pinta o diez. Sin embargo, nadie decía nada. En aquel entonces, en una población pequeña como Arnhill, esos asuntos eran cosa del marido y la mujer. Y del hijo.

Stephen era alto como su padre, pero había sacado las facciones finas y los ojos azules de la madre. Era apuesto como un ídolo de adolescentes. Incluso guapo. También podía ser encantador y gracioso cuando quería. Pero todo el mundo sabía que era pura fachada. Stephen era un Hurst hasta la médula.

Había una diferencia importante entre su padre y él, claro está: mientras que Dennis era un matón atolondrado, su hijo no tenía un pelo de tonto. Era astuto y manipulador, amén de violento, brutal y sádico.

Yo lo había visto meterle la cabeza a un chico en un retrete lleno de meados, obligar a otro a comer lombrices, golpear, humillar y torturar, tanto mental como físicamente, a unos cuantos. Unas veces lo odiaba. Otras me daba miedo. Y, en una época, lo habría matado con mucho gusto.

Y eso que nunca me conté entre sus víctimas. Me contaba entre sus amigos.

El rubio cabello se le ha vuelto ralo, y los rasgos, antes afilados, se le han achatado y abotargado por la edad y la buena vida. Lleva un polo, unos vaqueros azul marino y unas zapatillas deportivas demasiado blancas. Como muchos hombres de mediana edad, convierte la expresión «ropa desenfadada» en un oxímoron.

Se le nota incómodo, más acostumbrado a llevar traje y corbata para avasallar a los demás. Y también se le ve cansado. Su bronceado, propio de alguien que disfruta de dos períodos de vacaciones al año, no alcanza a disimular las ojeras bajo su mirada azul ni a ocultar la flacidez de la piel, como si las preocupaciones tiraran de ella hacia abajo desde los propios huesos.

Para mi sorpresa, esto no me hace sentir mejor. A lo largo de los años le he deseado toda suerte de cosas terribles a Stephen Hurst. Y, ahora que su esposa se muere, no experimento la menor satisfacción. Lo que tal vez significa que soy mejor persona de lo que estoy dispuesto a reconocer. O tal vez quiere decir justo lo contrario. Tal vez no se me antoja lo bastante terrible. Tal vez se trate de una prueba más de que la vida es injusta. Marie no debería ser la persona que está consumiéndose por dentro por el cáncer. Debería ser Hurst. Podría decir que eso demuestra que el diablo cuida de los suyos, si no creyera que Hurst es el mismísimo diablo.

Nos sentamos uno frente al otro ante la mesa pequeña y desvencijada, y nos evaluamos con la mirada. Ya me he bebido la mitad de mi Guinness. Él apenas ha tocado su whisky.

—Bueno, ¿y qué te trae de vuelta a Arnhill? —pregunta.

—Un trabajo.

—¿Y ya está?

—Ya ves.

—He de reconocer que eres la última persona que imaginaba que volvería.

—Bueno, las cosas nunca salen como las imaginábamos cuando éramos críos, ¿verdad?

Baja la vista.

—¿Cómo sigue la pierna?

Típico de un Hurst. Va directo a por el punto débil.

—Hay momentos en que me molesta —respondo—. Como un montón de cosas.

Me observa con expresión astuta. A pesar de su falsa amabilidad, percibo el brillo gélido en esos ojos.

—En serio, ¿por qué has regresado?

—Ya te lo he dicho, me salió un trabajo.

—Seguro que se te presentan trabajos en todas partes y a todas horas.

—Esta me atrajo.

—Eres especialista en tomar malas decisiones.

—En algo hay que especializarse.

Sonríe, dejando al descubierto unos dientes de una blancura sobrenatural, totalmente artificial.

—Si Harry me hubiera comentado a quién iba a entrevistar, no habrías conseguido el puesto ni de coña. Arnhill es un pueblo pequeño. Los vecinos cuidan unos de otros. No les gusta que vengan forasteros a causar problemas.

—En primer lugar, no soy forastero y, en segundo, no sé muy bien qué problemas he causado.

—Tu mera presencia aquí supone un problema de por sí.

—¿Te remuerde la conciencia? Ah, no, espera, eso implicaría que tienes conciencia.

Veo que se revuelve en el asiento, solo un poco. Es un acto reflejo. Le gustaría arrearme un puñetazo en la cara, pero se contiene. Por los pelos.

—Lo que pasó aquí ocurrió hace mucho tiempo. ¿No sería hora de que lo superaras?

«Superarlo.» Como si hablara de una travesura infantil. Noto que la rabia empieza a acumularse en mi interior.

—¿Y si está volviendo a pasar?

Su semblante permanece imperturbable. Tal vez se le da mejor que a mí marcarse faroles.

—No sé de qué hablas.

—De Benjamin Morton.

—Su madre estaba deprimida y sufrió una crisis nerviosa. Resulta preocupante el tipo de personas que se convierten en profesores, ¿no crees?

No muerdo el anzuelo.

—Me han contado que Ben estuvo desaparecido poco antes de que lo mataran.

—Los chicos a veces se escapan de casa.

—¿Durante veinticuatro horas? Como tú mismo has dicho, Arnhill no es una población grande. ¿Dónde estaba?

—No tengo ni idea.

—¿Todavía juegan los críos en el terreno de la mina?

Le centellean los ojos y se inclina hacia delante.

—Sé lo que insinúas. Y te equivocas. No tiene nada que...

Se interrumpe cuando un hombre mayor con un halo de cabello blanco y un pantalón marrón acampanado pasa por su lado y alza la mano.

—¿Todo bien, Steve?

—No me quejo. ¿Vendrás mañana a la noche de preguntas y respuestas?

—Hombre, alguien tendrá que pegarte una paliza otra vez.

Se ríen. El hombre se aleja en dirección a otra mesa. Stephen me devuelve su atención. La sonrisa se desvanece de golpe, como si alguien le hubiera dado a un interruptor.

—No me cabe duda de que un hombre con tu preparación podría encontrar otro curro de profesor en algún sitio mejor que este estercolero. Hazte un favor. Márchate antes de que pasen más cosas desagradables.

—¿«Más» cosas?

O sea que sabe lo del acto de vandalismo.

—Contéstame una pregunta —le pido—: ¿Tu hijo tiene un ciclomotor?

—No metas a mi hijo en esto.

—Bueno, no es que quiera meterlo, pero al parecer tiene la desagradable costumbre de tirar ladrillos por mi ventana.

—Eso me suena a difamación.

—Y yo que creía que era un delito de daños contra la propiedad.

—Me parece que lo dejaremos aquí. —Echa su silla hacia atrás.

—Siento lo de Marie.

Algo cambia en su expresión. Le tiembla el labio. Le cae el párpado. Por un momento parece un hombre muy viejo. Y, por una minúscula fracción de segundo, casi siento lástima por él.

—Debe de ser duro, lleváis muchos años casados.

—¿Celoso?

—Decepcionado, en realidad. Siempre creí que Marie se marcharía de aquí. Tenía sueños para su futuro.

—Me tenía a mí.

Por algún motivo, hace que suene más como una carga que como una justificación.

—¿Y eso fue todo?

—¿Te parece poco? Estábamos enamorados. Nos casamos.

—Y vivisteis felices para siempre.

—Pues sí, somos felices, aunque seguramente te costará entenderlo. Llevamos una buena vida aquí. Tenemos a Jeremy. Tenemos una casa grande, dos coches, una villa en propiedad en Portugal.

—Qué bien.

—Pues sí, es cojonudo. Y nadie nos va a joder eso, y menos aún un profesorcillo de tercera que da clases en un colegio de mierda.

—Creía que eso ya lo había jodido el cáncer.

—Marie es una luchadora.

—También lo fue mi madre. Hasta el final.

Pero no es verdad. Al final no luchaba. Solo gritaba. El cáncer que le había comenzado en los pulmones —alimentado por el hábito de fumarse veinte Benson & Hedges al día— se le había extendido al hígado, los riñones, los huesos; lo había invadido todo. Ni siquiera la morfina le aliviaba el dolor. No siempre. Gritaba porque sufría de manera insoportable y, en los breves momentos de tregua, porque la aterraba sucumbir a lo único que podría acabar con ese sufrimiento para siempre.

—Ya, bueno, la situación es distinta. Marie va a vencer el cáncer. Y esos medicuchos del Servicio Nacional de Salud, sin apenas pelo en los cojones, no lo saben todo. —Clava en mí sus ojos azules relampagueantes, con las mejillas coloradas y la saliva acumulándose en las comisuras de los labios.

—Han dicho que se está muriendo, ¿no?

—¡No! —Asesta un manotazo a la mesa. Las bebidas saltan. Yo también—. Marie no se va a morir. No permitiré que eso ocurra.

Esta vez las voces se acallan de verdad y el silencio se apodera del pub; es como si el aire mismo quedara inmóvil. Todas las miradas se centran en nosotros. Sin duda, Hurst lo percibe también. Al cabo de un rato, un rato largo, durante el que temo que suelte un rugido, vuelque la mesa y me estrangule con las manos, echa un vistazo alrededor, recupera la compostura y se pone de pie.

—Gracias por tu interés, pero, al igual que tu presencia aquí, resulta innecesario.

Lo observo alejarse. Y entonces lo noto: una repentina oleada de pavor que, como el vértigo, me ahueca el estómago desde dentro y me debilita los huesos.

«No permitiré que eso ocurra.»

Está volviendo a pasar.


Cuando Hurst se marcha, me termino la cerveza —más para demostrar mi fuerza de voluntad que por unas ganas reales de beber más o de quedarme en el pub— y me voy andando a casa.

La pierna no me lo agradece. Me llama sádico e idiota por no tragarme el orgullo y utilizar el maldito bastón. Tiene razón. A medio camino, me detengo un momento y, respirando hondo, masajeo la extremidad retorcida y llena de bultos.

Faltan unos minutos para las nueve, y el sol se ha extinguido casi por completo. El cielo se ha teñido de un gris polvoriento; la luna parece una sombra pálida y desnuda tras velos cambiantes de nubes.

Caigo en la cuenta de que me he parado junto a la antigua explotación minera. Los restos de la mina reconvertida se alzan a mi espalda y los viejos montones de oscuros escombros semejan dragones dormidos.

Es un terreno enorme, de al menos ocho kilómetros cuadrados. Han construido una valla nueva de este lado, con una robusta puerta que está cerrada con candado. Un letrero fijado a ella reza: «Parque rural de Arnhill. Inauguración en junio».

Teniendo en cuenta que estamos en septiembre, esta previsión me parece como mínimo optimista. Ya cuando era niño había planes para reurbanizar la zona. Se suponía que habían rellenado todos los viejos túneles y pozos después del cierre de la mina. Sin embargo, corría el rumor de que lo habían hecho con demasiadas prisas. Que habían reducido costes. Que no se habían ceñido a rajatabla al proyecto. Se produjeron problemas de hundimientos. Socavones. Recuerdo que circulaba la historia de que uno había estado a punto de tragarse a alguien que paseaba a su perro.

Esta noche, el lugar parece más que nunca un páramo. Un paraje desierto, desolado. Vislumbro una excavadora solitaria en mitad de la falda de uno de los montículos, aparentemente abandonada. Noto la sensación de que unas garras heladas me bajan por el espinazo. «Armatostes inquietantes que escarban en la tierra.»

Aparto la vista y reanudo la marcha lenta y desigual. Oigo un ruido a mi espalda. Un coche se aproxima por la carretera.

Para variar, no va demasiado rápido. De hecho, avanza a paso de tortuga. Me doy la vuelta. Los faros me deslumbran. Lleva puestas las luces largas. Me llevo la mano a la cara para protegerme los ojos. ¿Qué narices...?

De pronto, lo entiendo. El vehículo se detiene.

—¿Todo bien, colega? —pregunta una voz.

Dentro del Cortina hecho polvo está sentado Pelo Rancio, junto a su fornido camarada, que va al volante. La carretera está desierta. No hay otros coches ni edificios. Mi casa queda aún a casi medio kilómetro. Ellos son dos, y yo no tengo a mano nada que pueda usar como arma, ni siquiera un maldito bastón.

—Todo bien, gracias —respondo, intentando mantener un tono neutro.

—¿Necesitas que te acerquemos?

—No, voy bien así.

Continúo cojeando. Oigo el crujido de una marcha al entrar, y el automóvil me alcanza despacio.

—Esa cojera tiene mala pinta, colega. Deberías subir.

—He dicho que no, gracias.

—Y yo te he dicho que subas.

—Soy demasiado caro para vosotros.

El coche se detiene de golpe con un chirrido. «Qué estupidez, Joe. La has cagado a base de bien.» A veces parece que mi boca fuera por ahí buscando pelea. O a lo mejor solo pretende precipitar lo que tenía que suceder de todos modos.

Las puertas se abren y ambos se apean. Podría tratar de correr, pero sería tan inútil como penoso. Sin embargo, no soy reacio a suplicar un poco.

—Oye, era una broma, colega. Solo quiero llegar a casa.

Pelo Rancio da un paso hacia mí.

—Esta no es tu casa. No te queremos aquí.

—Vale, capto el mensaje.

—No, no lo captas. Por eso nos ha enviado.

Hay cosas en la vida que son inevitables. No digo que se

trate del destino, exactamente, sino de una secuencia de acontecimientos imposibles de parar. Momentos antes de recibir el primer golpe en la cara, caigo en la cuenta de lo idiota que he sido. «Nos ha enviado.» Son esbirros de Hurst. Por eso se han retirado discretamente como cachorros obedientes cuando él ha entrado en el pub. Luego, como no he dado el brazo a torcer, los ha mandado a por mí. «Hay cosas —pienso mientras otro puñetazo me hace doblarme en dos y caer de rodillas— que nunca cambian.»

Hecho un ovillo, encajo una patada en las costillas. Me estalla un dolor ardiente en el costado. Me tapo la cabeza con los brazos. Lamentablemente, no es la primera vez que asumo esta posición. Si pudiera hablar (y no puedo, porque intento conservar los dientes), les diría a esos bravucones que me han pegado palizas matones a sueldo mejores que ellos. Que, en lo que se refiere a pegar palizas, son unos simples aficionados. Un pie impacta contra mi espalda, y siento como si una llamarada me subiera por la columna vertebral. Suelto un chillido. Por otro lado, hasta los aficionados tienen golpes de suerte. Dudo que Hurst les haya ordenado matarme, pero se trata de un límite difuso. Algo cuya sutileza no sé si son capaces de entender estos retrasados.

Una bota conecta con un lado de mi cabeza. El cráneo me explota, y se me nubla la vista. De repente, capto un sonido lejano. ¿Un grito o un alarido? Percibo vagamente unas palabrotas apagadas y un aullido de dolor que, por una vez, no sale de mi boca. Luego, para mi sorpresa, oigo unos portazos y el ruido de un coche que acelera y se aleja. Aunque me gustaría sentirme aliviado, estoy demasiado dolorido y pugnando por no perder el conocimiento.

Permanezco tumbado sobre el duro y frío suelo, con el cuerpo reducido a una masa palpitante y lacerada. Me duele respirar, no digamos ya moverme. Mi cabeza, en cambio, está sumida en un entumecimiento preocupante. Por otra parte, tengo la vaga sensación de que no estoy solo aquí en el suelo.

Percibo un movimiento a un lado, aunque no estoy en condiciones de distinguir si a la derecha o a la izquierda. Alguien me toca el brazo. Intento fijar la vista en el rostro que se inclina sobre mí, enfocándose y desenfocándose. Cabello rubio. Labios rojos. Lo último que pienso, antes de que la negrura se apodere por fin de mí, es que espero estar muriéndome.

Porque la alternativa sería mucho peor.

# 11

El rechinido de unas suelas de goma sobre el linóleo brillante. El olor a col, desinfectante y algo más que el desinfectante no consigue enmascarar: heces y muerte.

Si esto es el cielo, apesta. Parpadeo y abro los ojos.

—Ah, vuelve a estar usted entre nosotros en el reino de los vivos.

Cuando se me aclara la vista, veo a una mujer con bata de médico. Es alta, de pelo rubio corto y rasgos fuertes.

—¿Sabe dónde se encuentra?

Me fijo en la fina cortina azul que rodea en parte la estrecha cama; en las enfermeras de aspecto agobiado que pasan a toda prisa por delante, los gemidos y lamentos cercanos, y me tiro a la piscina de cabeza.

—¿En el hospital?

—Bien. —Se acerca y me enfoca las pupilas con una linterna. Entorno los ojos e intento apartarme cuando un nuevo brote de dolor aflora en un rincón de mi resentido cerebro—. Vaaale. —El aliento le huele a café y pastillas de menta. Me sujeta la cabeza con delicadeza y me la mueve de un lado a otro—. ¿Puede decirme cómo se llama?

—Joe Thorne.

—¿Y la fecha, Joe?

—El 6 de septiembre de 2017.

—Bien, ¿y la fecha de su nacimiento?

—El 13 de abril de 1977.

—Bien.

Se retira de nuevo y sonríe con una falta de naturalidad evidente. Tiene pinta de dedicar muchas horas a ser eficiente y el resto del tiempo a dormir, aunque no lo suficiente.

—¿Recuerda lo ocurrido?

—Pues... —Aún tengo la mente confusa y algo tocada. Si me esfuerzo por pensar, me duele—. Me dirigía andando a casa desde el pub cuando... —El coche. Los matones de Hurst. Y había algo más. Hago una pausa—. No me acuerdo muy bien.

—¿Había bebido?

—Un par de pintas. —Por una vez digo la verdad—. Todo ocurrió muy deprisa.

—Entiendo. Bueno, obviamente ha sido víctima de una agresión, por lo que la policía quiere hablar con usted.

Genial.

—¿Estoy bien?

—Tiene contusiones graves en las costillas y algo más graves en la parte inferior del torso.

—Ya.

—Presenta varias escoriaciones y dos chichones considerables pero, milagrosamente, no ha sufrido fracturas ni muestra síntomas de conmoción cerebral, aunque nos gustaría que pasara aquí la noche, en observación.

Ella sigue hablando, pero yo ya no la escucho. De pronto, me viene a la memoria la figura que se cernía sobre mí.

—¿Cómo he llegado aquí?

—Una buena samaritana le ha encontrado. Pasaba en coche por allí. Le ha visto tirado en la acera, ha parado y le ha traído aquí. Ha tenido usted mucha suerte.

—¿Cómo era ella?

—Rubia, menuda. ¿Por qué?

—¿Sigue aquí?

—Sí, en la sala de espera.

Bajo los pies por un lado de la cama.

—Tengo que salir de aquí.

—Señor Thorne, de verdad no creo que sea buena idea.

—Me importa muy poco si le parece una buena idea o no.

Una sombra de rubor asoma a sus pálidas y demacradas mejillas. Asiente con la cabeza. Descorre la cortina con brusquedad y se aparta.

—Muy bien.

—Perdone. Es que...

—No. Es su decisión.

—¿No piensa impedírmelo?

Esboza una sonrisa cansina.

—Si está en condiciones de salir de aquí por su propio pie, poco puedo hacer.

—Le prometo que procuraré no caerme muerto.

Se encoge de hombros.

—Entre usted y yo, tenemos más camas libres en el depósito de cadáveres, de todos modos.

Voy al baño a remojarme un poco la cara. Aunque el agua apenas se lleva la sangre seca, me hace sentir un poco más humano. Acto seguido, salgo al pasillo cojeando despacio. Es un hospital grande, con muchos sitios por donde entrar y salir. Doy la espalda a las señales que me indican la salida principal y me dirijo hacia el interior del edificio, adentrándome en el laberinto de pasillos de color gris azulado. Al cabo de un rato veo otra señal, con una flecha que apunta a la salida norte. Me encamino hacia allí.

Tardo un rato. Mis costillas magulladas protestan casi cada vez que respiro. Siento como si alguien me hubiera metido un clavo ardiendo en la base de la columna, y noto un dolor sordo y constante en el cráneo. Aun así, la situación podría ser peor. Ella podría haberme encontrado.

Cuando llego a la salida norte, abro las puertas de un empujón. El aire nocturno me abofetea el rostro como una mano gélida. Después del calor sofocante del hospital, el cuerpo se me convulsiona, presa de un acceso de escalofríos. Me paro por un momento para intentar dominarlos, respirando a bocanadas aquel aire glacial. Entonces saco el móvil con manos temblorosas. Tengo que llamar a un taxi. Regresar a casa antes de que... Entonces la verdad se abate sobre mí con un golpe seco y apagado.

Si ella está aquí, si iba conduciendo por Arnhill Lane esta noche, es porque ya sabe dónde vivo.

Bajo el teléfono en el instante en que oigo el runruneo de un motor. Sé que es ella incluso antes de que el elegante Mercedes plateado se detenga frente a mí y la ventanilla se deslice hacia abajo.

Gloria me sonríe desde el asiento del conductor.

—Joe, cariño. Estás horrible. Venga, sube. Te llevo a casa.


La mayoría de los adictos lo sabe. Siempre llega un momento en el que uno se da cuenta de que su vicio —ya sea el alcohol, las drogas o, en mi caso, el juego— se ha convertido en un problema real.

Mi momento de iluminación llegó cuando conocí a Gloria. De hecho, podría decirse que ella me salvó de mí mismo.

Creo que hasta entonces había conseguido fingir más o menos que no era más que una afición, un juego, una distracción. Aunque había perdido mi empleo, a mis amigos, mis ahorros, mi coche y casi todas las noches, arrastrado por la atracción que ejercían sobre mí el paño verde y el sonido seco de los naipes al barajarse y repartirse, lo tenía todo controlado.

Resulta curioso que los mayores faroles son los que uno se marca a sí mismo.

Mis abuelos me enseñaron a jugar a las cartas: Gin Rummy,

veintiuno, escoba, seises y, por último, póquer. Apostábamos los peniques que guardaban en un gran tarro de vidrio. Ya a los ocho años lo encontraba fascinante y adictivo. Me encantaban las espirales rojas desvaídas en el dorso de las cartas, los diferentes palos, la doble cara de los ases (a veces carta alta, a veces carta baja), los imperiosos reyes y damas, y las jotas, de aspecto ligeramente siniestro y canallesco.

Me encantaba ver a mi abuelo repartir, lanzando los naipes con movimientos rápidos de sus amarillentos y encallecidos dedos; dedos que, aunque parecían ásperos y torpes, se volvían diestros y ágiles cuando sujetaban una baraja.

Yo intentaba copiar su forma de barajar y de cortar, sus juegos de manos. Pasé algunos de los momentos más felices de mi infancia sentado ante la desportillada mesa de formica de su cocina diminuta y cubierta de manchas de grasa, con un vaso de refresco sin gas para mí, una cerveza negra para el abuelo y cerveza rubia con lima para la yaya, mientras mirábamos con fijeza las cartas y sus cigarrillos se consumían hasta el filtro en el cenicero.

Le enseñé a Annie algunos de esos juegos. Nuestros padres nunca tenían tiempo para jugar, así que no era lo mismo. Por lo general hacían falta al menos tres jugadores, pero matábamos el rato muchas tardes lluviosas jugando al burro o al solitario.

Dejé de jugar después del accidente. Me concentré en mis estudios. Decidí matricularme en Magisterio. Me gustaban la lengua y la literatura, me parecía un trabajo decente (y que tal vez incluso haría que mi madre se sintiera orgullosa de mí), y quizá una parte de mí creía que era una oportunidad de contribuir en algo positivo, de ayudar a los niños y compensar todos los errores que había cometido durante mi infancia.

Para mi sorpresa, resultó que no era mal profesor. En un colegio incluso se me presentaron posibilidades de ascenso, de nombrarme tutor y, más adelante, subdirector. Debería haber estado muy contento o, como mínimo, satisfecho. Pero no era así. Me faltaba algo. Tenía un vacío dentro que nada podía llenar, ni el trabajo ni los amigos ni las novias. Había días en que mi vida entera se me antojaba irreal, como si la realidad hubiera llegado a su fin con la muerte de Annie y desde entonces todo fuera una mala copia.

Mientras tanto, retomé las cartas. Por lo general encontraba a un puñado de conocidos dispuestos a jugar unas manos conmigo en el pub después del trabajo. Como los bebedores, los jugadores suelen buscar la compañía de otros como ellos. Pero pronto las partidas amistosas en las que solo se apostaban una o cinco libras dejaron de parecerme suficientes.

Conocí a un hombre. Siempre hay un hombre, alguien que cambia las reglas del juego. Un demonio que se aparece encima de tu hombro. Una noche me disponía a marcharme, algo achispado, cuando uno de los clientes habituales —un individuo delgado y pálido cuyo nombre nunca oí ni pregunté— me hizo señas para que me acercara y me susurró: «¿Te apetece echar una partida de verdad?».

Debería haberle dicho que no. Debería haber sonreído, señalado que era tarde y que tenía que ir a trabajar en pocas horas, por no hablar de que me quedaban montones de deberes por corregir. Debería haberme recordado a mí mismo que era profesor, no un tahúr. Conducía un Toyota, compraba el café en Costa y los sándwiches en M&S. Ese era mi mundo. Debería haberme marchado, cogido un taxi para volver a casa y seguido adelante con mi vida.

Eso es lo que debería haber hecho. Pero no lo hice.

«¿Dónde?», dije.

Y más tarde, mucho más tarde, cuando caí en la cuenta de que estaba como pez fuera del agua, cuando las deudas habían empezado a acumularse a mis pies como granadas sin detonar, cuando había vendido el Toyota, había dejado el trabajo y me habían rechazado todos los prestamistas; cuando, una noche, me metieron a rastras en la parte de atrás de una furgoneta y me encontré a Gloria allí sentada, con aquella sonrisa de animadora yanqui mezclada con American Psycho.

Fue entonces cuando exclamé: «No. ¡Por favor, no!».

En la actualidad no voy cojo por un accidente de coche de hace veinticinco años, aunque hubo una época en que sí. Pero esa cojera había desaparecido y las heridas habían cicatrizado tiempo atrás cuando Gloria me puso una uña color algodón de azúcar contra los labios y musitó con dulzura: «No supliques, Joe. No soporto a los hombres que suplican».

Dejé de suplicar. Y rompí a gritar.


Tamborilea con las uñas —esta noche pintadas de rojo brillante— sobre el volante. The Human League suena a todo volumen en el estéreo.

Todos mis átomos se apretujan, aterrorizados. Lo que le gusta a Gloria, aparte de hacer daño a la gente, es la música de los ochenta. No puedo oír a Cyndi Lauper sin tener que ir corriendo al baño a vomitar. Por eso las fiestas ochenteras me están vedadas.

—¿Cómo me has encontrado?

—Tengo mis métodos.

Mi corazón deja de latir unos instantes.

—No habrá sido Brendan, ¿verdad?

—Qué va. Brendan está bien. —Me echa una mirada de reproche—. No voy por ahí haciéndole daño a la gente por capricho. Ni siquiera a ti.

Esto me llena de alivio y, estúpidamente, de gratitud. De pronto, me viene algo a la cabeza.

—¿Y los otros dos? ¿Los que me han atacado?

—Ah, los Dos Tontos Muy Tontos. Hombro dislocado y nariz rota. No me ha hecho falta ensañarme con ellos. Ha bastado con eso para que salieran por piernas.

Ya. No me cabe la menor duda. Puede que Gloria parezca

una delicada muñequita de porcelana. Pero el único muñeco con el que tiene algo en común es Chucky. Se rumorea que era una niña gimnasta que cambió su especialidad por las artes marciales. Le prohibieron participar en las competiciones después de que dejara en coma a un contrincante. La mujer es rápida, fuerte y conoce todos los puntos vulnerables del cuerpo humano, incluso algunos que los anatomistas no han descubierto aún.

Me mira de reojo.

—Si no llego a intervenir, te habrían matado.

—Con lo que te habrían ahorrado la molestia.

Chasquea la lengua.

—Muerto no me servirías para nada. Los muertos no pagan sus deudas.

—Qué alivio.

—Y el Gordo sigue queriendo la pasta.

—¿De verdad lo llama así la gente, o es solo un apodo sacado de un cómic?

Suelta una risita ronca.

—¿Lo ves? Es justo la clase de comentario que hace que contrate a personas como yo para darte lo tuyo.

—Qué majo. Tengo que conocerlo algún día.

—No te lo recomendaría.

—Estoy intentando reunir el dinero. Tengo un nuevo empleo.

—Joe, perdona mi franqueza, pero unas libras aquí y allá no bastarán. Treinta de los grandes. Eso es lo que quiere el Gordo.

—¡Treinta? ¡Pero si eso es mucho más!

—El mes que viene querrá cuarenta. Ya sabes cómo funciona esto.

Lo sé. Asiento con la cabeza.

—Tengo un plan.

—Soy toda oídos.

—Hay un hombre en el pueblo que está desesperado por que me vaya.

—¿No será por casualidad el mismo que les ha pedido esta noche a esos matones que te pegaran una paliza?

—Sí.

—¿Y ahora te va a pagar una pasta gansa?

—Sí.

—¿Y cómo es que va a cambiar tanto de idea?

Por lo que sucedió. «Por lo que hizo.» Porque, como él mismo ha dicho, lleva una buena vida aquí, y yo podría jodérsela en un pispás.

—Me lo debe —respondo—. Además, no le interesa mucho que arme follón.

—Interesante. ¿Quién es ese hombre?

—Un concejal y empresario triunfador.

Pone el intermitente para girar en dirección al pueblo.

—Me gustan los personajes públicos. Hay muchas maneras de putearlos, ¿no crees?

—La verdad es que no he pensado mucho en ello.

—Ah, pues deberías. Son los blancos más fáciles. Los que tienen más que perder.

—En ese caso, yo debería ser invulnerable.

—Bueno, nadie lo es. Pero el dolor físico es el más fácil de superar.

En estos momentos, casi todas las partes de mi cuerpo disienten de esta afirmación, pero no le replico. Hablar de dolor con Gloria sería una mala idea. Como ir de safari con un cazador furtivo.

Avanzamos en silencio durante un rato, hasta que ella exhala un suspiro.

—Joe, me caes bien.

—Tienes una forma muy curiosa de demostrarlo.

—Detecto un ligero sarcasmo.

—Me dejaste lisiado.

—En realidad, te salvé de quedar lisiado. —Se para frente a la casa de campo y tira con brusquedad del freno de mano—.

El Gordo quería que te machacara la pierna buena. —Se vuelve hacia mí y me posa la mano en el muslo con suavidad—. Por suerte para ti, como soy una mujercita bobalicona de Manchester, me confundí.

Clavo la vista en ella.

—¿Esperas que te dé las gracias?

Sonríe de nuevo. Sería una sonrisa agradable, si se extendiera mínimamente hasta sus apagados ojos azules. Si la mirada es el espejo del alma, la de Gloria no revela nada más que habitaciones vacías cubiertas de sábanas salpicadas de sangre.

Me desliza la mano por el muslo hasta la rodilla. Y entonces aprieta. Para ser tan pequeñita, tiene mucha fuerza en la mano. En otras circunstancias, tal vez sería algo bueno. Ahora mismo, mi diafragma expulsa todo el aire. Me duele demasiado para gritar siquiera. Justo cuando temo estar a punto de desmayarme, ella me suelta. Con un jadeo, me dejo caer en el asiento.

—No espero que me des las gracias. Quiero que me entregues esas treinta mil, porque la próxima vez no seré tan indulgente. Ni de coña.

# 12

—No me lo digas —salta Beth—. ¿Debería haber visto cómo quedó la apisonadora?.

Intento arquear una ceja. Duele. Casi todo me duele esta mañana. Mi único consuelo es que, en comparación, el dolor en la pierna resulta casi soportable.

—Muy graciosa. —Me siento junto a ella, a la mesa del comedor—. Disculpa que no me ría, pero no me quiero herniar.

Me mira con una pizca más de compasión. O eso, o se le ha atragantado algo.

—¿Qué pasó?

—Me caí por las escaleras.

—¿En serio?

—Son muy empinadas.

—Ya.

—Se prestan a tropezones.

—Ajá.

—Me da la impresión de que no me crees.

Se encoge de hombros.

—Solo me preguntaba si te las habías ingeniado para cabrear a alguien más.

—Qué concepto más bajo tienes de mí.

—No, solo tengo un alto concepto de tu capacidad para irritar a la gente.

Se me escapa una risita. Como era de esperar, duele.

—Bueno —comenta—. Al menos puedes reírte de ello.

—A duras penas.

Su expresión se suaviza.

—Ahora en serio, ¿te encuentras bien? Si hay algo de lo que quieras hablar conmigo.

Cuando me dispongo a responder, capto una vaharada de halitosis mezclada con loción de afeitar barata. Toso y aparto mi sándwich a un lado. La verdad es que no tenía mucha hambre de todos modos.

—Joey, tronco.

Creía que no podía detestarlo más, pero al añadir ese «ey» al final de mi nombre, lo ha hecho posible.

Simon arrastra una silla hacia atrás y se sienta. Hoy lleva una camiseta del programa infantil *Magic Roundabout* y un pantalón de pana granate. Sí, granate.

—Hala, pero ¿qué te ha pasado en la cara, tronco? ¿O debería haber visto cómo quedó el otro?

—Tiene los nudillos hechos polvo —bromea Beth.

Simon suelta una carcajada lánguida. Intuyo que no le caen muy bien las mujeres listas u ocurrentes. Lo hacen sentirse inferior. Y con razón. Y, de hecho, a mi cara no le fue tan mal. Solo tengo un ojo morado y un corte en el labio.

—Me caí por las escaleras —afirmo.

—¿De veras? —Sacude la cabeza—. Creía que era algo relacionado con Stephen Hurst.

Lo miro fijamente.

—¿Qué?

—Anoche os vi hablando en el pub.

—¿Estabas allí?

—Solo estaba tomándome una pinta tranquilamente.

Y espiándome. El pensamiento me asalta de golpe. ¿Paranoia? Tal vez. Pero ¿por qué no me saludó?

—No quería interrumpir —alega.

Es la excusa más falsa que he oído nunca.

—¿Qué tiene que ver que hablara con Stephen Hurst? —pregunto con aire inocente.

Si vamos a jugar a las mentiras, apuesto a que yo tengo las de ganar.

Simon sonríe, lo que me repatea los hígados.

—Bueno, aquí entre nosotros, Stephen Hurst podría dar la impresión de ser un concejal respetable, pero se dice que no hace ascos a recurrir a métodos menos profesionales cuando alguien se interpone en su camino.

—¿Como cuáles?

—Te diré como cuáles —contesta Beth—: Jeremy Hurst tuvo un roce con nuestro último director de Educación física. Antes de que el tipo renunciara, tuvo un roce con los puños de alguien una noche, cuando regresaba a casa.

Me mira, y entonces caigo en la cuenta: lo sabe. Lo sabe desde el instante en que he hecho el doloroso esfuerzo de sentarme.

—Pues no deberías hacer caso de los rumores —digo sin inmutarme.

—No te falta razón —señala Simon, desenvolviendo ruidosamente su sándwich de pollo y dándole un mordisco aún más ruidoso. Apuesto a que es ruidoso hasta cuando duerme—. Pero me recuerda una cosa —masculla—. ¿Te acuerdas de Carol Webster?

—¿Perdona?

—En la Academia Stockford. Era la subdirectora.

Intento mantener el rostro inexpresivo, pese a que se me acelera el pulso como a un corredor que avista la meta a lo lejos. Con la salvedad de que a mí no me gusta mucho adónde conduce este camino.

—Pues me temo que no.

En realidad, sí que la recuerdo. Era una mujer con un sobrepeso brutal, un voluminoso halo de rizos negros y una expresión de desilusión permanente, aunque nunca supe muy bien si estaba decepcionada consigo misma, con el colegio o con el mundo en general.

—Pues mantengo el contacto con ella por Facebook.

No me sorprende un pelo. Facebook es el lugar donde quienes no tienen amigos en la vida real se mantienen en contacto con personas que jamás tendrían como amigos en la vida real.

—Qué bien.

—Ella se acuerda de ti, o, mejor dicho, de cuando te marchaste.

—¿Ah, sí?

—Fue por la misma época en que desapareció todo el dinero de la caja fuerte del colegio.

Lo observo sin pestañear.

—Me parece que no estás bien informado. Tengo entendido que devolvieron ese dinero.

Se acaricia la barbilla con un gesto teatral.

—Ah, sí. Supongo que por eso la policía nunca llegó a investigarlo. Se corrió un velo sobre el asunto.

Beth se vuelve hacia él.

—¿Estás acusando de algo al señor Thorne? Lo pregunto porque estás siendo tan sutil como un puñetero carro de combate.

Alza las manos, fingiendo rendirse.

—Qué va. Para nada. Solo digo que ella lo recuerda por eso. Por la época en que sucedió. A propósito —consulta su reloj—, tengo que hablar con un chaval sobre un castigo. —Se pone de pie y agarra su sándwich—. Nos vemos luego.

—Sí —digo—. Nos vemos luego.

—No si conseguimos inmunizarnos contra ti antes —murmura Beth con una sonrisa cautivadora.

Observo la espalda de Simon alejarse y deseo que se abra un cráter bajo sus pies o quizá que el techo se le derrumbe encima, o que él se convierta en un ejemplo de combustión espontánea humana.

—No dejes que te afecte —dice Beth.

—No lo hace.

—Simon es un profesor penoso, pero si hay algo en lo que destaca es en crisparle los nervios a la gente. Si tienes un talón de Aquiles, lo encontrará y te lo mordisqueará como un terrier hambriento.

—Gracias por grabarme esa imagen en la mente.

—De nada. —Se lleva un bocado de pasta a la boca—. Es mentira, ¿no?

—¿El qué?

—No choriceaste todo el dinero de tu colegio anterior, ¿verdad?

—No.

Había planeado hacerlo. Tan bajo había caído. Pero, cuando llegó el momento, no pude.

Porque alguien se me había adelantado.

—Perdona —dice Beth—. Ni siquiera debería habértelo preguntado.

—No pasa nada.

—Es decir, sé que Harry estaba desesperado por contratar un nuevo profesor de Literatura porque, para ser sinceros, el puesto es, en cierto modo, un caramelo envenenado.

—Como ya te he dicho, olvídalo.

—Pero ni siquiera Harry habría...

—Que lo olvides. —Le he hablado mal. Se queda mirándome. No quiero cabrear a la única aliada que tengo aquí—. Perdona —me disculpo—. Es que estoy un poco dolorido.

—No te preocupes, tranquilo. —Sacude la cabeza entre destellos de sus pendientes plateados—. A veces no sé cuándo cerrar el pico.

—No creas que... —El móvil empieza a vibrarme en el bolsillo. Intento pasar de él. Por otro lado, podría ser Gloria. Anoche me dejó bastante claro que no está dispuesta a tolerar que pase de ella—. Perdona —digo de nuevo—. Tengo que...

—Adelante.

Me saco el teléfono del bolsillo y echo un vistazo a la pantalla. No es Gloria. Me quedo mirando el mensaje de texto. La piel me pica como si me clavaran un millón de minúsculos y helados alfileres.

—¿Ocurre algo?

Sí.

—No. —Me guardo de nuevo el móvil—. Pero acabo de recordar que tengo que ir a un sitio.

—¿Ahora?

—Ahora mismo.

—Tienes una clase dentro de media hora.

—Volveré.

—Me alegra saberlo, Terminator.

Me pongo la chaqueta con una mueca de dolor.

—Hasta luego.

—Ándate con cuidado.

Frunzo el ceño.

—¿Por qué?

Enarca una ceja.

—No querrás volver a caerte por otra escalera, ¿verdad?

# 13

Saint Jude es un edificio pequeño recubierto de hollín que parece más un local de reunión de los boy scouts venido a menos que una iglesia de pueblo. No tiene campanario, solo un tejado desigual y abollado al que le faltan tejas y que tiene agujeros en algunas partes. Hay rejas en las ventanas y tablas clavadas en la puerta. Los únicos feligreses que ocupan sus bancos y elevan sus cantos al cielo son los cuervos y palomas que anidan allí.

Abro la verja de un empujón y avanzo por el escabroso sendero. El cementerio está tan descuidado como todo lo demás. Hace mucho tiempo que no entierran a nadie aquí. A mi hermana y a mis padres los incineraron en el amplio crematorio de Mansfield.

Las lápidas están desportilladas y agrietadas, y las inscripciones, desgastadas por los elementos y el paso de los años. Algunas incluso han desaparecido del todo. Las raíces de los árboles han socavado unas pocas de las tumbas más antiguas hasta volcarlas y dejarlas a merced de las hierbas y la maleza.

Nos esforzamos demasiado por marcar nuestro paso por este mundo, reflexiono. Por dejar en él una parte de nosotros. Pero, a la larga, incluso esas marcas resultan transitorias, pasajeras. No podemos luchar contra el tiempo. Es como intentar correr hacia arriba en una escalera mecánica que baja cada vez más deprisa. El tiempo está siempre en movimiento, siempre activo, limpiando lo que él mismo ha ensuciado, apartando los restos de lo antiguo y allanando el terreno a lo nuevo.

Rodeo despacio la iglesia hasta llegar a la parte de atrás. Allí, el suelo se eleva un poco y hay menos lápidas. Me detengo y miro alrededor. Por unos instantes no consigo verlo. A lo mejor ya no está. A lo mejor el mensaje de texto no era más que... De pronto, lo localizo, al final del cementerio, acechante y medio oculto bajo la hiedra y las plantas trepadoras que lo cubren.

El ángel. No se trata de un monumento ni de una estela. Al parecer, los propietarios de la fosa lo instalaron aquí en la época victoriana. Según algunos, fue después de que las hijas gemelas de la familia fallecieran cuando eran muy pequeñas, pero más tarde, cuando se abrió la sepultura (porque a la iglesia le preocupaba que estuviera sin ninguna inscripción, o algo así), no descubrieron restos humanos en su interior.

Nadie sabe en realidad de dónde salió ni con qué propósito. Últimamente, ni siquiera tiene mucha pinta de ángel. En vez de manos, solo le quedan unos muñones, y la cabeza ha desaparecido. Está un poco inclinado, inestable sobre sus cuadrados pies de piedra. La túnica, que antes formaba unos elegantes pliegues, ahora está descascarada y rota, cubierta de musgo peludo, como si la naturaleza lo hubiera envuelto en una capa adicional para abrigarle los pétreos huesos.

Me agacho —un nuevo e interesante estallido de dolor me recuerda que debo tomarme otro analgésico pronto— y aparto el moho y la hierba de la base. La inscripción, aunque un poco borrosa, sigue siendo legible.

«Mas Jesús dijo: Dejad que los niños vengan a mí, y no se lo impidáis; porque de los tales es el reino de los cielos.»

Echo otro vistazo al mensaje en mi teléfono.

«Asfixiad a los niños. Tratadlos mal. Que descansen en pedazos.»

Hace mucho tiempo, una pandilla de adolescentes llenó el ángel de pintadas. Fueron los mismos que le cercenaron la cabeza y las manos con la pala que llevaban, decapitándolo y mutilándolo. No había otro motivo para este acto vandálico que un gamberrismo descerebrado, estimulado por la sidra barata y la bravuconería juvenil.

El desmembramiento y las pintadas habían sido idea de Hurst. Pero, aunque me avergüenza reconocerlo, las palabras eran mías. En aquel momento, con la vejiga llena de priva y animado por las felicitaciones burlonas de los demás, me había sentido bastante satisfecho conmigo mismo.

Más tarde, cuando me encontraba encorvado sobre el retrete, vomitando bilis y vergüenza, me había sentido fatal. No era religioso, nadie en mi familia lo era, pero aun así sabía que lo que habíamos hecho estaba mal.

Incluso veinticinco años después, me invade una sensación incómoda al recordarlo. Tiene gracia como los buenos recuerdos pasan volando como mariposas: fugaces, frágiles, imposibles de retener sin aplastarlos. En cambio, los malos —el sentimiento de culpa, el bochorno— permanecen allí, como parásitos, royéndote desde dentro.

Ese día éramos cuatro: Hurst, Fletch, Chris y yo. Marie no estaba. Se juntaba cada vez más con nuestra pandilla —para gran irritación de Fletch, que no quería que hubiera chicas en el grupo—, pero no siempre iba con nosotros. De todos modos, Hurst debió de contárselo. Y en los colegios el de boca en boca es imparable; los rumores se propagan. El hecho de que solo estuviéramos nosotros allí ese día no significa que nadie más se enterara.

Por otro lado, sí significa que la persona que ha enviado el mensaje de texto seguramente iba al mismo colegio que nosotros en aquella época. ¿Será tal vez el mismo que mandó el correo electrónico? Intenté llamar a ese número. Saltó el contestador. Le escribí un mensaje de texto. No espero respuesta. Dudo que el remitente quiera mantener una conversación. Lo que querían era hacerme venir aquí. Pero ¿por qué?

Me enderezo y contemplo el ángel sin cabeza. Se niega con

rotundidad a ofrecerme una iluminación divina. Me pregunto qué habrá sido de sus manos y su cabeza. Probablemente la iglesia las tiene guardadas en algún sitio, o algún bicho raro las conserva como recuerdo bajo las tablas del suelo. Mejor eso que una cabeza de verdad, supongo.

Echo en falta algo. Algo obvio. Me fijo en la extraña posición ladeada del ángel. Y de pronto caigo en la cuenta. Doy la vuelta hasta la parte posterior y me pongo en cuclillas de nuevo.

Allí donde las raíces de las plantas trepadoras han comenzado a despegar la estatua del suelo, hay un hueco, un agujero en la tierra húmeda. Hay algo encajado debajo. Meto la mano y tuerzo el gesto al palpar el fango frío y húmedo. Encuentro un paquete allí, envuelto en plástico. Le doy un par de tirones hasta que consigo sacarlo, y luego lo sacudo para quitarle la tierra, babosas y algunas tijeretas. Lo examino, haciéndolo girar entre las manos: de tamaño A4, tiene la mitad del grosor de un libro de bolsillo normal. Está envuelto en una bolsa de basura y sujeto con cinta aislante. Necesitaré tijeras para abrirlo, lo que significa que tengo que volver al colegio.

Guardo el paquete en mi cartera (donde llevo mis cuadernos y algunos trabajos que seguramente debería estar corrigiendo en este momento). Abrocho la hebilla de la cartera, me levanto y desando el camino en torno a la iglesia a paso más veloz. Cuando estoy a punto de llegar a la verja, advierto que no estoy solo. Una figura está sentada en el único y pequeño banco que hay fuera de la iglesia, a la sombra de un vetusto sicómoro. Una figura encorvada y delgada que me resulta familiar. Se me cae el alma a los pies. Ahora no, por favor. He de regresar al colegio y abrir el paquete. No tengo tiempo para interpretar el papel de profesor preocupado o del maldito buen samaritano.

Sin embargo, una parte de mí, la más exasperante, la que se interesa de verdad por los chicos y me impulsó a dedicarme a la docencia, puede más que yo.

Me acerco al banco.

—¿Marcus?

Sobresaltado, levanta la vista y da un ligero respingo. Es la reacción de alguien que no espera recibir más que insultos o golpes.

—¿Qué haces aquí? —pregunto.

Se revuelve en el asiento, sonrojado.

—Nada.

—Ya.

Me quedo esperando. Es lo que hay que hacer a veces. No conviene presionar a los chicos para que te hablen. Hay que respetar su espacio y dejar que te cuenten las cosas cuando les salga de dentro.

Suspira.

—Vengo aquí a comerme el almuerzo.

Estoy a punto de preguntarle por qué, pero sería una tontería. ¿Por qué se comía Ruth Moore el almuerzo bajo la marquesina de la parada de autobús cercana al colegio todos los días? Porque allí se sentía más segura. Era un lugar donde podía estar a salvo de los abusones. Más valía irse a un refugio que apestaba a orina o a un banco mojado en un frío cementerio que soportar la humillación ritual del comedor y el patio.

—¿Va a echarme la bronca por salir del recinto escolar? —pregunta Marcus.

Me siento a su lado, reprimiendo un gesto de dolor por la punzada que noto en la espalda.

—No, aunque siento curiosidad por saber cómo has conseguido traspasar las puertas de seguridad.

—¿De verdad cree que se lo diría?

—Tienes razón. —Miro alrededor—. ¿No hay algún sitio mejor adonde ir?

—En Arnhill, no.

También tenía razón en eso.

—¿Has venido para evitar a Hurst?

—¿Usted qué cree?

—¡Oye!

—Si va a soltarme el sermón de que debería plantarle cara a Hurst porque los matones te respetan si les plantas cara, puede guardarse todas esas gilipolleces en su estúpida cartera, junto con su ejemplar del *Guardian*.

Me lanza una mirada desafiante. Y está en lo cierto: los matones no te respetan si les plantas cara. Solo te pegan más fuerte. Porque siempre son más. Es una simple cuestión numérica.

—No era eso lo que quería decirte, Marcus —intento de nuevo—. Porque es verdad que son gilipolleces. Lo mejor que puedes hacer es intentar pasar desapercibido, mantenerte alejado de Hurst y capear el temporal lo mejor posible. No te pasarás la vida entera en el colegio, aunque ahora te lo parezca. Pero siempre puedes acudir a mí. Yo lidiaré con Hurst. Puedes contar con eso.

Se queda mirándome, intentando determinar si le estoy vendiendo la moto o si soy de fiar. La balanza podría decantarse hacia cualquiera de los dos lados. Finalmente, asiente con una leve inclinación de la cabeza.

—No soy el único. Hurst se mete con un montón de chicos. Tiene a todo el mundo acojonado, incluso a los otros profes.

Pienso en lo que dijo Beth en el pub: que Hurst formaba parte del grupo de tutoría de Julia Morton. Y que Ben había estado un tiempo desaparecido.

—¿Y la señora Morton? Fue su tutora durante el curso anterior, ¿no?

—Sí, pero ella no le tenía miedo. Ella era más como usted.

Teniendo en cuenta que mató a su hijo y se voló la tapa de los sesos, no sé si tomarme eso como un cumplido.

—¿Conocías a Ben Morton? —pregunto.

—No mucho. Era solo un chaval de primero.

—¿Qué me dices de Hurst? ¿Se metía con Ben?

Sacude la cabeza.

—Hurst no se metía con Ben. Ben era popular. Tenía amigos. —Se interrumpe, vacilante.

—Pero ¿ocurrió algo?

Me mira de reojo.

—Muchos de los chavales más jóvenes están ansiosos por impresionar a Hurst. Por ganarse su favor. Por formar parte de su grupo.

—¿Y qué?

—Hurst los obliga a hacer cosas para demostrar que están a la altura.

—¿Ritos de iniciación o algo así?

Asiente con la cabeza.

—¿Qué clase de cosas?

—Nada, retos ridículos y cosas así. Era bastante lamentable.

—¿Dentro del recinto escolar?

—No. Hurst conoce un lugar, en los terrenos donde estaba la mina.

Mi torrente sanguíneo se ralentiza y se hiela.

—¿En los terrenos, o debajo? ¿Encontró algo allí? ¿Túneles, cuevas?

He alzado demasiado la voz. Me observa con fijeza.

—No lo sé, ¿vale? Yo nunca he querido formar parte de la maldita pandilla de Hurst.

Lo he presionado más de la cuenta. Y sí que lo sabe. Simplemente no está preparado para revelármelo aún. De todos modos, creo que me he hecho una idea bastante aproximada. Por ahora, dejo pasar el momento. Ya retomaremos el tema en otra ocasión. Con los chicos como Marcus siempre la hay. Tal vez Hurst abuse de forma indiscriminada, pero, como los padres, todos los matones tienen a un favorito, aunque no lo reconozcan.

Desplazo otra vez la vista por el cementerio.

—¿Sabes? Cuando era un chaval, mis amigos y yo veníamos aquí a veces a pasar el rato.

—¿En serio?

—Sí, nos gustaba —«vandalizar ángeles»— beber, fumar, cosas por el estilo. Aunque seguramente no debería contártelo.

—A mí me gusta mirar las tumbas antiguas —afirma—. Leer los nombres de la gente. Me gusta imaginar cómo era su vida.

Corta, difícil y desgraciada, pienso. Así era la vida de la mayoría de la gente en el siglo XIX. Idealizamos el pasado con nuestros dramas de época y fastuosas adaptaciones cinematográficas. En cierto modo, con la naturaleza pasa lo mismo. La naturaleza no es hermosa; es violenta, impredecible e implacable. O devoras o te devoran. Así funciona la naturaleza. Por más que la edulcoren Attenborough o Coldplay.

—La mayoría de la gente llevaba una existencia muy dura en aquella época —le digo a Marcus.

Asiente, preso de un entusiasmo repentino.

—Ya. ¿Sabe cuál era la esperanza de vida de la gente en el siglo XIX?

Levanto las manos a los lados.

—Literatura, no historia.

—Hasta los cuarenta y seis, los que tenían suerte. Y Arnhill era un pueblo industrial. Los trabajadores manuales de clase baja morían más jóvenes, por infecciones de pulmón, accidentes en la mina y también, claro, por las enfermedades habituales: viruela, fiebre tifoidea, etcétera.

—No era la mejor época para nacer.

Se le ilumina la mirada. Intuyo que hemos tocado su tema favorito.

—Esa es otra. En el siglo XIX, las mujeres tenían de ocho a diez hijos en promedio, pero muchos morían siendo bebés o antes de llegar a la adolescencia. —Hace una pausa para dejarme asimilar el dato—. ¿Ha notado alguna vez algo extraño en este lugar?

Miro alrededor.

—¿Aparte de todos los muertos, quieres decir?

Vuelve a encerrarse en sí mismo. Cree que me burlo de él.

—Perdona por la falta de seriedad. Es una mala costumbre que tengo. Cuéntame.

—¿Qué falta en el cementerio?

Echo una ojeada en derredor. Es verdad que falta algo. Algo obvio. Algo que debería haber echado de menos antes. Una parte recóndita de mi mente lo ha notado, pero no consigo concretarlo.

Niego con la cabeza.

—Continúa.

—No hay un solo niño o menor de edad enterrado aquí. —Me mira con expresión triunfal—. ¿Dónde están todos los niños?

# 14

Cuando Annie contaba unos tres años, me preguntó: «¿Dónde están los muñecos de nieve?».

En realidad, la pregunta venía a cuento. Estábamos en noviembre y había caído una copiosa nevada un par de días antes. Todos los críos del pueblo habían salido corriendo de casa a lanzarse bolas de nieve y formar unos mazacotes grandes y deformes que no se parecían en nada a los muñecos de nieve que salen en las películas o las postales navideñas. Los de verdad nunca se parecen a esas versiones idealizadas. Por lo general distan mucho de ser redondos, y la nieve nunca es del todo blanca, sino que está mezclada con una cantidad considerable de barro, hierba y, en ocasiones, mierda de perro.

Aun así, ese fin de semana proliferaron esos muñecos de nieve deformes, feos, inclinados y torcidos, en todos los parques, jardines y patios. Desde la ventana de Annie, se divisaban varios frente a las casas de los vecinos. Nosotros también hicimos uno, por supuesto, y aunque pequeño, no quedó tan mal. Los ojos y la boca eran trozos de carbón, y le pusimos uno de mis viejos gorros de lana en la cabeza. Improvisé los brazos con reglas escolares, pues en nuestra calle no había árboles ni ramitas.

A Annie le encantaba nuestro muñeco de nieve, y se levantaba emocionada por las mañanas para echar un vistazo por la ventana y comprobar que seguía allí. Entonces, al tercer día, subió la temperatura, empezó a llover y, durante la noche, la nieve y todos los muñecos desaparecieron casi por completo.

Cuando Annie corrió a mirar por la ventana, se le puso la cara larga al ver los trozos de carbón dispersos, los gorros empapados y las extremidades de pega desmembradas.

—¿Dónde están los muñecos de nieve?

—Bueno, la nieve se ha fundido —le dije.

Me lanzó una mirada de impaciencia.

—Sí, pero ¿dónde están los muñecos? ¿Adónde se han ido?

No entendía que, cuando la nieve se derretía, los muñecos también lo hacían. Para ella, los muñecos eran entidades separadas. Seres reales, sólidos, con sustancia. Una vez creados, no podían desaparecer sin más. Tenían que ir a algún lado.

Intenté explicárselo. Le dije que podríamos hacer otro muñeco cuando volviera a nevar. Pero ella replicó: «No será lo mismo. No será mi muñeco».

Tenía razón. Algunas cosas son así, únicas, efímeras. Uno puede copiarlas, recrearlas, pero no conseguir que vuelvan. Nunca son lo mismo.

Solo desearía que Annie no hubiera tenido que morir para que yo cobrara conciencia de ello.


Me siento en el sofá sin quitarme la chaqueta y deposito el paquete misterioso en la mesa de centro, frente a mí. No he tenido ocasión de abrirlo en el colegio. He llegado tarde a mi clase, así que he tenido que aprovechar la pausa para ponerme al día con las correcciones y, cuando ha finalizado la última hora de clase, solo quería largarme del edificio.

Incluso he declinado la invitación de ir a tomar una copa de viernes por la noche con Beth, Susan y James en el Fox. Y empiezo a arrepentirme. Tomarme una cerveza fresca en compañía agradable y en un pub cálido, aunque sea el Fox, de pronto se me antoja una opción mucho más atractiva que estar en una casa de campo fría sin televisor y sin más compañía que mis pululantes y chirriantes colegas del baño.

Contemplo el paquete. A continuación, cojo las tijeras que he encontrado en el armario de la cocina y corto con cuidado la bolsa de plástico. Dentro hay una carpeta atiborrada de papeles sujetos por dos gomas elásticas.

Garabateada con bolígrafo negro en la tapa hay una sola palabra: «Arnhill».

Cojo mi vaso y bebo un buen trago.

Todos los pueblos, aldeas y ciudades tienen una historia. A menudo más de una. Por un lado, está la historia oficial, la versión aséptica recogida en los libros de texto y los informes del censo y repetida al pie de la letra en las aulas.

Luego está la historia que se transmite de generación en generación: el intercambio de anécdotas en el pub, a la hora del té mientras los bebés se remueven en sus sillitas de paseo, en la cafetería de la oficina y en el parque infantil.

La historia secreta.

En 1949, un derrumbe en la mina de carbón de Arnhill sepultó a dieciocho mineros bajo toneladas de escombros y un polvo asfixiante. El episodio se llegó a conocer como el Desastre de la Mina de Arnhill. Solo pudieron rescatar quince cadáveres.

Los vecinos recuerdan aquel temblor estruendoso que sacudió el pueblo entero. Al principio, muchos creyeron que era un terremoto. La gente salió corriendo de sus casas, presa del pánico. Los profesores evacuaron las aulas a toda prisa. Los únicos que no pegaron la espantada fueron los más viejos del lugar. Se quedaron donde estaban, tomando sorbos de cerveza e intercambiando miradas de preocupación. Sabían que se trataba de la mina. Y cuando la mina rugía de ese modo, seguramente ya era demasiado tarde.

Después del rugido llegó el polvo: unas nubes negras y ondulantes que taparon el cielo y eclipsaron el sol. El agudo aullido de la sirena de la mina se elevó en la oscuridad, seguido del ulular de las ambulancias, los coches de bomberos y los de policía.

Se realizaron informes e investigaciones, pero no se responsabilizó a nadie del accidente. Y los tres mineros desaparecidos quedaron enterrados a gran profundidad.

Oficialmente.

Extraoficialmente —porque ¿quién le contaría esta clase de cosas a un forastero o a un periódico?—, muchos, como mi abuelo (sobre todo después de pimplarse unas pintas), juraban haber visto a los desaparecidos en el terreno de la mina, de noche. Según una leyenda urbana —que se tornaba más imaginativa cada vez que alguien la relataba—, unos supervivientes del accidente estaban bebiendo en el Bull a altas horas de la noche cuando la puerta se abrió de golpe y Kenneth Dunn, el más joven de los desaparecidos, con solo dieciséis años, fue directo a la barra, radiante como el día y negro como la noche por el polvo de carbón.

Cuentan que el camarero dejó a un lado el vaso que estaba llenando, miró al muchacho muerto de hito en hito y dijo: «Largo de aquí, Kenneth. Eres menor de edad».

Es una buena historia de fantasmas, como las que abundan en todos los pueblos. Por supuesto, ningún minero ha reconocido haber estado presente esa noche. Cuando alguien interrogaba al camarero (ya jubilado) respecto al episodio, él se limitaba a darse unos golpecitos con el dedo en la venosa nariz y a decir: «Tendrás que invitarme a mucho alcohol para que te lo cuente».

Nadie había conseguido invitarle a alcohol suficiente. Aunque muchos lo intentaron.

Muy cerca de la calle principal se encontraba el centro social de mineros. No era el edificio original, que había sido derribado en los sesenta cuando un hundimiento había provocado el desmoronamiento de un muro que a su vez había aplastado a varios mineros y a sus familias. Fallecieron dos mujeres y un niño pequeño. Algunos aseguraban que la criatura vagaba por el edificio nuevo y que en ocasiones se aparecía en el largo y oscuro pasillo que separaba el bar principal de los servicios.

Cuando era un chaval y bebía refrescos mientras papá trasegaba cerveza y mamá se tomaba media clara meciendo a Annie en su cochecito (porque los viernes se organizaban veladas familiares en el centro social), obligaba a mi vejiga a aguantarse hasta que regresábamos a casa. Cuando no me quedaba más remedio que ir, corría a todo lo que me daban las piernas por ese lúgubre pasillo hasta los aseos y luego de vuelta, aterrado de que una noche una mano fría me agarrara de la muñeca y al volverme viera a un niño pequeño, con el rostro aún manchado de polvo, la ropa harapienta y desgarrada, y una hendidura roja y sangrienta en la cabeza, allí donde se le había aplastado el cráneo.

En 1857, un hombre llamado Edgar Horne asesinó a su esposa a puñaladas, y una turba lo colgó de una farola. Lo sepultaron en una tumba poco profunda en suelo no consagrado. Cuenta la leyenda que, cuando lo enterraron, seguía con vida. Logró salir escarbando con las uñas y de vez en cuando se le veía sentado junto a la lápida de su mujer, con costras de tierra en el pelo y la ropa. Durante años, Arnhill mantuvo la tradición de quemar una efigie de Edgar Horne en lugar de la de Guy Fawkes en la noche de las hogueras, el cinco de noviembre. Querían asegurarse de que esta vez quedara muerto y bien muerto.

Mi padre siempre se mofaba de esas cosas. Cuando oía al abuelo relatar la historia de Kenneth Dunn, se le ensombrecía la expresión y decía: «Déjalo, Frank, que la boca se te calienta más que una pira».

Pero a veces lo decía en un tono que me hacía sospechar que no estaba enfadado, sino asustado. Sus palabras, más que desdén, denotaban su deseo de protegerse de cosas en las que prefería no pensar.

Ni siquiera mi padre podía negar que Arnhill era un pueblo marcado por el infortunio. Aunque ya no se produjeron más accidentes mortales en la mina, otros de menor gravedad costaron tiempo, dinero y, en una ocasión, las piernas de un minero. La mina se ganó la fama de estar gafada. Algunos mineros se resistían a dejar que sus hijos bajaran al pozo. A pesar de que seguía siendo rentable —había toneladas de carbón bajo la superficie—, en 1988 se tomó la decisión de cerrar la mina de Arnhill para siempre.

Abandonaron todo lo que quedaba allí abajo, de modo que permaneciera oculto, inalterado.


Paso una página de la carpeta tras otra. Constituye una lectura tan morbosa como fascinante. Ya conocía algunos detalles, o al menos eso creía. Hay otros que ignoraba. Hechos que quedan oscurecidos con cada nueva versión de lo sucedido. Siempre había imaginado a Edgar Horne como un patán y un monstruo. En realidad, era un médico respetado por la comunidad, hasta que, una calurosa noche de verano, fue a la iglesia, cenó sopa de patata y le rebanó el cuello a su esposa con un escalpelo mientras dormía.

Sorprendentemente, no se imputó a ningún vecino la responsabilidad de su linchamiento. Todos se cubrían las espaldas unos a otros. Me pregunto cuántos de sus descendientes viven aún en Arnhill hoy en día, y cuántos saben que sus antepasados tienen las manos manchadas de sangre, o a cuántos les importa siquiera.

Cuanto más se remonta en el tiempo, más vaga se vuelve la historia del pueblo: los testimonios habituales de pobreza, enfermedad y muerte prematura. La muerte lo domina todo. Algunas páginas están subrayadas. Cojo una de ellas.

EL SALEM DE NOTTINGHAMSHIRE

En el siglo XVI, las cazas de brujas proliferaban en toda Europa. En Arnhill, los juicios comenzaron cuando un joven llamado Thomas Darling acusó a su tía de tener tratos con demonios para resucitar bebés. Según él, Mary Walkenden llevaba a criaturas muertas a unas cuevas de las colinas y entregaba sus almas a cambio de la vida eterna.

El apellido Darling no me suena, pero sí que recuerdo que en el colegio tuve un compañero que se llamaba Jamie Walkenden. Es como si todos estuvieran condenados, generación tras generación, a nacer, vivir y morir aquí.

Dejo la hoja a un lado y elijo otra.

EZEKERIAH HYRST, EL MILAGRERO (1794-1867)

Hyrst era un conocido curandero espiritual a quien se atribuyen muchos milagros. Según testigos, curó a un niño de parálisis en las piernas, expulsó el diablo del cuerpo de una mujer y devolvió el aliento a una criatura nacida muerta. Casi todos estos prodigios tuvieron lugar en Nottinghamshire, en una pequeña aldea llamada Arnhill.

¿Hyrst? ¿Hurst? No puede tratarse de una casualidad, ¿o sí? Además, un curandero charlatán encajaría bien en la tradición familiar. Milagros y tragedias. Tragedias y milagros. Siempre van de la mano.

Paso a la siguiente página, y siento que se me escapa todo el aire de los pulmones.

CONTINÚA LA BÚSQUEDA DE LA NIÑA
DE OCHO AÑOS DESAPARECIDA

El rostro risueño de Annie me mira. Muestra una gran sonrisa mellada y lleva el cabello recogido en lo alto de la cabeza en una cola de caballo. Aunque mi madre siempre intentaba hacerle trenzas, Annie era incapaz de quedarse sentada quieta durante el rato suficiente. Siempre estaba ansiosa por irse a otra parte a hacer otra cosa. Siempre en busca de aventuras. Siempre siguiéndome. No me hace falta leer esa historia. La viví en primera persona. Deslizo la carpeta sobre la mesa para apartarla de mí, alargo el brazo hacia mi vaso y caigo en la cuenta de que está vacío. Cosas raras que pasan. Me pongo de pie y de pronto me quedo inmóvil. Me ha parecido oír algo. Un crujido en el pasillo. ¿Una tabla del suelo? «Joder.» ¿Gloria?

Cuando me doy la vuelta, por poco me fallan las piernas. No se trata de Gloria.

—¿Qué tal, Joe?

# 15

La vida no es amable con nadie a la larga.

Nos va cargando poco a poco las espaldas, entorpece nuestro andar. Nos arrebata todo lo que apreciamos y nos endurece el alma con pesadumbre.

No hay ganadores en la vida. A fin de cuentas, esta gira en torno a la pérdida: de la juventud, de la belleza y, sobre todo, de los seres queridos. A veces pienso que no es el paso de los años lo que nos hace envejecer, sino la desaparición de las personas y cosas que nos importan. Ese tipo de envejecimiento no se disimula con agujas ni se suaviza con infiltraciones. El dolor se refleja en la mirada. Los ojos que han visto demasiadas cosas siempre acaban por delatarse.

Como los míos. O los de Marie.

Se sienta en el sofá hundido, incómoda, con las rodillas juntas y las manos entrelazadas con fuerza encima. Está más delgada —mucho más delgada— que la lozana adolescente que recuerdo. En aquel entonces, tenía las mejillas redondas y se le formaban hoyuelos profundos cuando sonreía. Tenía las extremidades largas y ágiles, acolchadas con las firmes carnes de la juventud.

Ahora, las piernas enfundadas en vaqueros ajustados parecen palillos. Tiene las mejillas hundidas. Sigue teniendo una cabellera negra, espesa y brillante. Tardo un momento en comprender que debe de ser una peluca, y que sus cejas son líneas hábilmente trazadas con lápiz.

Me quedo callado, vacilante, tan violento como ella. He guardado a toda prisa en la carpeta los papeles que estaba leyendo. No sé si Marie ha llegado a verlos. No sé cuánto rato llevaba allí de pie, después de haber decidido entrar porque yo no la había oído llamar a la puerta. O por lo menos ella asegura que ha llamado.

—¿Quieres algo de beber? ¿Té, café, algo más fuerte?

Siento una leve punzada de vergüenza. «Qué frase tan manida», pienso, tomando nota mentalmente con bolígrafo rojo.

Ella tuerce la cabeza, y el cabello le cae hacia un lado, como en los viejos tiempos.

—¿Cómo de fuerte?

—¿Cerveza, bourbon? Aunque no has probado el café que preparo, claro.

Esboza un asomo de sonrisa.

—Cerveza, gracias.

Asiento con la cabeza y me dirijo a la cocina. El corazón me late a toda velocidad. Me siento un poco débil. Debe de ser porque tengo el estómago vacío. La verdad es que debería comer algo. O tomarme un refresco. Si bebo más alcohol, seguro que me encontraré peor.

Abro la nevera y saco dos cervezas.

Antes de regresar al salón, abro el armario de debajo del fregadero y meto la carpeta. A continuación, vuelvo y deposito una lata sobre la mesita de centro, delante de Marie. Abro la mía y le doy un largo sorbo. Me equivocaba. No me hace sentir peor. Tampoco mejor, pero eso es lo de menos.

Me desplomo en el sillón.

—Bueno, cuánto tiempo —comento, como la máquina de frases manidas que soy esta noche.

—Pues sí. ¿Vas a decirme que no he cambiado nada?

Niego con la cabeza.

—Todos cambiamos.

Ella asiente, coge su bebida y levanta la anilla.

—Ya. Pero no todos nos estamos muriendo de cáncer.

La crudeza de sus palabras me transporta al pasado. Y entonces, cuando empina la lata, caigo en la cuenta: no es su primer trago de la noche.

—Supongo que ya lo sabes —dice—. Al fin y al cabo, esto es Arnhill.

Asiento con la cabeza.

—¿Cómo va el tratamiento?

—No funciona. El tumor sigue extendiéndose. Avanza más despacio, pero solo estoy retrasando lo inevitable.

—Lo siento.

Una frase manida tras otra. Después del accidente, detestaba que la gente me dijera cuánto lo sentía. ¿Por qué? ¿Acaso provocaste tú el accidente? ¿No? Entonces ¿qué es lo que sientes, exactamente?

—¿Qué dicen los médicos?

—Poca cosa. Le tienen demasiado miedo a Stephen para darme una respuesta clara. Él opina que saben muy poco, de todos modos. Cree que puede conseguir que me seleccionen para un ensayo clínico en Estados Unidos. La clínica Bardon-Hope. Un tratamiento nuevo y milagroso.

«Ezekeriah Hyrst, el milagrero —pienso, y acto seguido—: Marie no se va a morir. No permitiré que eso ocurra.»

—¿Te ha comentado en qué consiste el tratamiento? —pregunto.

Niega con la cabeza.

—No, pero estoy dispuesta a probar lo que sea. —Fija sus hundidos ojos en mí—. Quiero vivir. Quiero ver crecer a mi hijo.

Por supuesto. Todos haríamos lo mismo. Pero los milagros no existen. A menos que pagues un precio por ellos.

Desvío la mirada. Ambos echamos un trago de cerveza. Resulta curioso que, cuantas más cosas compartes, menos cosas que decir tienes.

—¿Das clases en la academia? —pregunta al cabo de un rato.

—Así es —respondo.

—¿No se te hace raro?

—Un poco. Ahora soy un celador, no un preso más.

—¿Qué te llevó a volver?

Un correo electrónico. Un impulso incontenible. Un asunto pendiente. Todas esas cosas y a la vez ninguna. En esencia, siempre supe que volvería.

—En realidad, no lo sé. Se me presentó la posibilidad de trabajar aquí y me pareció que era una buena oportunidad.

—¿Para qué?

—¿Cómo que para qué?

—Me sorprendió enterarme de que habías regresado. Creía que nunca volvería a verte.

—Bueno, ya sabes cómo soy. Mala hierba.

—No —dice—. Tú eras uno de los buenos, Joe.

Noto que me pongo colorado y de pronto es como si volviera a tener quince años y me bañara en el calor de su aprobación.

—Y tú, ¿qué? —pregunto—. ¿Nunca te has marchado?

Se encoge de hombros con un gesto lánguido y apagado.

—Siempre surgía algún obstáculo. Y entonces Stephen me propuso matrimonio.

—¿Y aceptaste?

—¿Por qué no iba a hacerlo?

Me viene a la mente la imagen de una chica de quince años llorándome en el hombro, con un ojo morado. Prometiendo que no permitiría que volviera a ocurrir.

—Creía que tenías planes.

—Bueno, los planes no siempre salen adelante, ¿verdad? No saqué las notas que necesitaba. Despidieron a mi madre por reducción de plantilla. Como necesitábamos más dinero, conseguí un trabajo y luego me casé. Fin de la historia.

No del todo, pienso.

—¿Y tienes un hijo?

—Ya sabes que sí.

—Sí, un digno hijo de su padre. Apuesto a que tu marido está muy orgulloso.

Me clava una mirada tan cortante que me duele.

—Los dos estamos orgullosos de Jeremy.

—¿En serio?

—¿Tú no tienes hijos?

—No.

—Entonces no eres quién para juzgar. —Aplasta la lata con la mano—. ¿Tienes más?

—¿Estás segura?

—Hombre, de eso no me voy a morir.

Me levanto y voy a la cocina a por dos latas más. Entonces recapacito. Marie debe de haber conducido hasta aquí. La he visto guardarse las llaves del coche en el bolso. Seguramente debería dejar de beber por hoy y regresar a su casa.

Por otro lado, no es problema mío. Vuelvo al salón y le entrego una cerveza. Ella mira alrededor y se estremece.

—Qué frío hace aquí.

—Ya, la calefacción no funciona muy bien.

Pero esa no es la razón.

—¿Por qué aquí?

—Se presentó la oportunidad.

—Como con el trabajo.

—Exacto.

—Déjate de gilipolleces. —Ahí está: la bilis amarga que ha estado deseando escupir desde que ha entrado por la puerta—. Si has venido para remover el pasado...

—¿Qué? ¿De qué tienes miedo? ¿De qué tiene miedo Hurst?

Se queda callada unos instantes.

—Te marchaste —dice al fin con voz más suave—. Los demás nos quedamos aquí. Solo te pido que no te entrometas. No por Stephen; por mí.

De pronto, lo comprendo todo.

—Te ha enviado él, ¿a que sí? —salto—. Como sus matones no lo consiguieron, ha pensado que tú podrías tocarme la fibra sensible y convencerme de que me largue, por los viejos tiempos, ¿no?

Sacude la cabeza.

—Si Stephen quisiera que te fueras, no me enviaría a mí, sino a alguien que terminara el trabajo que los chicos de Fletch dejaron a medias.

—¡¿Los chicos de Fletch?!

Claro. Fornido y Pelo Rancio. Con razón me resultaban familiares. Tendría que haberlo adivinado. Fletch siempre fue un fortachón descerebrado cuando éramos niños. Ahora su prole mantiene viva la tradición.

—Debería haberme fijado en el parecido familiar —digo—. El modo en que arrastran los nudillos por el suelo.

Se ruboriza. Y noto que algo se me remueve por dentro. Pero no se trata de la fibra sensible, sino de ese retortijón deprimente que te atenaza las entrañas cuando tus peores temores sobre alguien se ven confirmados.

—¿Sabías lo de mi fiesta de bienvenida?

Eso explica por qué no me ha hecho preguntas sobre las contusiones en mi cara cuando ha llegado.

—Me enteré después. Lo siento.

—Yo también.

Se pone de pie.

—Debería marcharme. Esto ha sido una tontería, una pérdida de tiempo.

—No del todo. Puedes llevarle un recado a Hurst.

—Mejor no.

—Dile que tengo algo que le pertenece.

—Dudo que tengas nada que le interese a Stephen.

—Digamos que es un recuerdo. De la mina.

—Por Dios santo, eso sucedió hace veinticinco años. Éramos solo unos críos.

—No, mi hermana era solo una cría.

Seguramente dice algo de mí el hecho de que me produzca satisfacción ver que se le descompone el delgado y amarillento rostro.

—Lamento lo de Annie —asevera.

—¿Y lo de Chris?

—Eso fue decisión suya.

—¿Tú crees? ¿Por qué no se lo preguntas a Hurst? Pregúntale si Chris saltó de verdad.

# 16

Chris lo descubrió. Ese era su don: descubrir cosas.

Al igual que yo, era una incorporación extraña a la pandilla de Hurst: alto y larguirucho, con un pelo rubio platino y erizado como paja electrificada, tenía un problema de tartamudez que empeoraba cuando se ponía nervioso (y, como a la mayoría de los chicos tímidos y torpes, los nervios lo dominaban durante buena parte de la jornada escolar).

Nadie conseguía explicarse por qué Hurst lo había tomado bajo su protección. Pero yo lo entendía. Tal vez Hurst era un abusón, pero también era un tipo listo. Sabía a quién debía aplastar y a quién mantener a su lado. Y Chris tenía su utilidad. Supongo que eso nos pasaba a todos.

Si bien el grupo de aliados ocasionales de Hurst se componía de una mezcla de farsantes y camorristas, su círculo de confianza era algo distinto. Fletch era la fuerza bruta, el matón cabeza hueca que se reía de los chistes de Hurst, le hacía la pelota y partía las caras que hicieran falta. Chris era el cerebro, el inadaptado, el genio incomprendido. Su talento para la ciencia nos ayudaba a elaborar las mejores bombas fétidas de fabricación casera, trampas ingeniosas para víctimas confiadas, y en una ocasión dio lugar a una explosión química que provocó la evacuación del colegio entero y le costó el empleo a un profesor sustituto de Ciencias.

Pero Chris poseía otra rareza útil: una curiosidad febril. El deseo de averiguar y descubrir cosas. Una capacidad de ver las cosas que se le escapaba al resto de la gente. Si alguien quería las respuestas de un examen, Chris encontraba la manera de conseguirlas. Si alguien quería encontrar el punto del campo que ofrecía la mejor vista al interior del vestuario de las chicas, Chris lo calculaba. Si alguien proponía colarse en el quiosco para robar caramelos y petardos, Chris trazaba un plan para lograrlo.

Si no se le hubiera reventado el cráneo en el patio y el brillante cerebro no se le hubiera desparramado sobre el hormigón teñido de gris, Chris habría llegado a ser un emprendedor multimillonario o un cerebro criminal. Al menos es lo que yo siempre pensaba.

Esa tarde de viernes, cuando llegó fanfarroneando al parque infantil, tarde, como siempre (porque siempre llegaba tarde, y no con elegancia, sino con el rostro congestionado, la corbata torcida, manchas de comida en la camisa y pidiendo disculpas), estaba aún más colorado que de costumbre. Supe enseguida que se traía algo entre manos.

—¿Todo bien, Chris?

—La mina... He-he-he encontrado... En-en-en el suelo...

Cuando se ponía nervioso, a Chris se le trababa la lengua más de lo normal, hasta el punto de resultar casi incomprensible.

Eché una mirada a Hurst y a Fletch. Marie no nos acompañaba esa tarde, pues tenía que ayudar a su madre con alguna tarea, así que allí solo estábamos nosotros tres, matando el tiempo, hablando de gilipolleces. En cierto modo, era mejor así. Por más que me gustara Marie..., bueno, ese era el problema: que Marie me gustaba. Demasiado. Y cuando se juntaba con nosotros, siempre estaba con Hurst, que la abrazaba por los hombros con actitud posesiva.

El jefe de la pandilla tiró al suelo su cigarrillo a medio fumar, dejó el columpio de un salto y contempló a Chris en la penumbra brumosa del atardecer.

—Vale, colega. Tranquilízate. Joder, que suenas como un maldito disco rayado.

Fletch soltó una risita, como si alguien le hubiera llenado el pitillo de gas hilarante.

A Chris se le encendieron aún más las mejillas, cuyo color rojo subido contrastaba con la palidez de su cara. Tenía el pelo alborotado y tieso, como un pajar en un día especialmente ventoso, y la camiseta arrugada y manchada de tierra. Pero lo que más me impresionó de él fueron sus ojos. Ya de por sí eran de un azul llamativo, pero aquella tarde relampagueaban. Aunque no me gustaba reconocerlo, porque me habría hecho quedar como un bicho raro y un poco gay, Chris me parecía una especie de hermoso ángel enloquecido.

—Déjalo en paz —le solté a Hurst.

Yo era el único que podía hablarle así a Hurst y quedarse tan fresco. Me hacía caso. Supongo que en eso residía mi utilidad: yo era la voz de la razón para él. Se fiaba de mí. El hecho de que le hiciera a menudo los deberes de lengua tampoco es que me perjudicara.

Aplasté mi cigarrillo para apagarlo. En realidad, nunca me había entusiasmado fumar. Ni beber cerveza. El sabor me daba ganas de escupir y lavarme la lengua. Por supuesto, he madurado desde entonces y ahora soy más sabio, además de un adicto.

—Respira —le dije a Chris—. Habla despacio. Cuéntanos.

Él asintió y pugnó por refrenar sus frenéticos resoplidos y jadeos. Entrelazó las manos con fuerza frente a sí, intentando contener los nervios y el tartamudeo.

—Retrasado mental —murmuró Fletch, y lanzó un escupitajo cargado de flema al suelo.

Hurst me miró. Me llevé la mano al bolsillo, saqué una barra de caramelo Wham medio derretida y se la tendí a Chris, como quien le ofrece una golosina a un perrito.

—Toma.

Contrariamente a la creencia actual, un tentempié azucarado era casi lo único que podía apaciguar a Chris. Tal vez por eso iba casi siempre bien aprovisionado de ellos.

Chris aceptó la barra y la mordisqueó un poco.

—He estado en el terreno de la mina —dijo sin dejar de masticar.

—Vale.

Todos los chavales íbamos allí de vez en cuando a hacer el tonto. Antes de que empezaran a derribar los viejos edificios, entrábamos a hurtadillas y robábamos cosas, piezas de metal y maquinaria antigua, solo para demostrar que habíamos estado allí. Sin embargo, Chris iba a menudo y, lo que resultaba más extraño, solo. Por otro lado, todo en Chris era tan extraño que al cabo de un tiempo acababa por parecer normal. Una vez, cuando le pregunté por qué iba con tanta frecuencia, me contestó:

—Tengo que buscar.

—¿El qué?

—Aún no lo sé.

Las conversaciones con Chris en ocasiones podían llegar a ser frustrantes. Yo reprimía la irritación mientras él luchaba por formular una frase sin que se le enredara en la lengua.

—He descubierto algo —afirmó al fin—. En el su-su-suelo. Po-po-podría ser una entrada.

—¿Una entrada adónde?

—A la mina.

Me quedé mirándolo, con la curiosa sensación de que ya había oído esas palabras antes. O de que esperaba oírlas. Un raro escalofrío me recorrió el cuerpo, como cuando uno toca un carrito de supermercado y siente un hormigueo de electricidad estática en la mano. «A la mina.»

Hurst se acercó trotando.

—¿Sabes cómo entrar en los pozos de la mina?

—Fantástico —añadió Fletch.

Sacudí la cabeza.

—Imposible. Los cegaron todos. Además, esos pozos están a decenas de metros bajo tierra.

Hurst se volvió hacia mí y asintió con la cabeza.

—Thorney tiene razón. ¿Estás seguro, Chicomanteca?

Hurst le había puesto a Chris el apodo de Chicomanteca porque era «blando como la manteca».

Chris nos miró alternadamente, indefenso como un conejo gigante paralizado por el resplandor de nuestros faros. Tragó en seco.

—N-n-no lo sé con certeza. Os lo enseñaré.

No fue sino más tarde, al pensar a fondo en ello —tuve ocasión de sobra para hacerlo—, cuando caí en la cuenta de que nunca llegó a responder a la pregunta de Hurst.

—¿Una entrada a los antiguos pozos de la mina?

Supusimos que se refería a eso. Pero yo no lo creo, ni tampoco lo creí siquiera en ese momento. Se refería al Pozo. Como si ya supiera de qué se trataba. Y el Pozo era algo muy distinto.


Cuando llegamos allí arriba, la luz comenzaba a perder su dominio sobre el día. Estábamos a finales de agosto, las vacaciones de verano se acababan y «las noches se estiraban», como decía mi madre (lo que hacía que me imaginara las noches como grandes chicles negros).

Creo que todos teníamos esa sensación de que estábamos viviendo los últimos momentos de algo, como les sucede a todos los niños cuando sus seis semanas de vacaciones están a punto de terminar. Supongo que también sabíamos que era el último verano en que seguiríamos siendo «niños». El año siguiente tendríamos que preparar exámenes de final de ciclo y, aunque ya estábamos en los noventa, muchos de nuestros compañeros entrarían a trabajar en cuanto finalizaran los estudios, aunque ya no bajarían a la mina, como pasaba antes.

Para entonces, la antigua explotación minera no era más que una gran cicatriz lodosa en el paisaje. La hierba y unos arbustos achaparrados empezaban a crecer aquí y allá. Sin embargo, en el terreno seguía predominando la carbonilla, y estaba sembrado de piedras, maquinaria oxidada, fragmentos afilados de metal y cascotes de hormigón.

Nos colamos por un agujero en la poco efectiva verja de seguridad en la que había colgados letreros como «Peligro», «No entrar» o «Prohibido el paso», que para el caso bien habrían podido decir «Bienvenido», «Adelante» o «¿A que no te atreves a entrar?».

Chris encabezaba la marcha. Bueno, más o menos. Trepaba, resbalaba, se tropezaba y se detenía a mirar alrededor antes de volver a trepar, resbalar y tropezar.

—Joder, Chicomanteca, ¿seguro que es por aquí? —jadeó Hurst—. Los antiguos pozos quedan en esa dirección.

Chris sacudió la cabeza.

—Es por aquí.

Hurst me miró. Me encogí de hombros. Fletch hizo girar el dedo cerca de su sien.

—Dadle una oportunidad —dije.

Proseguimos nuestro penoso avance. Al llegar a lo alto de una loma empinada y cubierta de barro, Chris se detuvo y paseó la vista alrededor durante un buen rato, como un perro grande olfateando el aire. Acto seguido, descendió de golpe por la pendiente casi vertical, patinando y dando traspiés sobre la grava y los escombros.

—No puedo —farfulló Fletch—. Yo por ahí no bajo.

Reconozco que sentí la tentación de dar media vuelta, pero al mismo tiempo se apoderó de mí una emoción extraña y burbujeante, como cuando ves una atracción de feria que asusta demasiado para montar en ella, pero a la vez te dan unas ganas tremendas de probarla.

Me volví hacia Fletch.

—¿Tienes miedo? —pregunté, incapaz de resistirme.

Me fulminó con la mirada.

—¡Vete a la mierda!

Hurst sonrió de oreja a oreja, feliz como siempre que surgía alguna desavenencia entre las tropas.

—¡Mariquitas! —gritó y, con un aullido de euforia, se lanzó cuesta abajo. Yo lo seguí con más prudencia. Fletch soltó otra imprecación y descendió también.

Al llegar al pie de la loma estuve a punto de resbalar y caer de culo, pero conseguí mantener el equilibrio. Notaba que la gravilla que me había entrado en las zapatillas se me clavaba en las plantas. El cielo sobre nuestras cabezas parecía más bajo, combado bajo el peso de la oscuridad inminente.

—Dentro de poco no se verá un pijo —protestó Fletch.

—¿Falta mucho? —preguntó Hurst.

—¡Ya hemos llegado! —gritó Chris y desapareció.

Miré en torno a mí, parpadeando, hasta que vislumbré una sombra gris. Chris estaba agazapado en un hueco, bajo un pequeño saliente. A primera vista, resultaba casi indetectable en aquella hondonada. Bajamos a trancas y barrancas para reunirnos con él. Hierbas y matas dispersas habían empezado a echar raíces tímidamente cerca de la concavidad, lo que contribuía a camuflarla. Había varias rocas grandes desperdigadas alrededor. Cuando Chris desplazó un par de ellas, comprendí que las había colocado allí a propósito, a modo de señales.

Después de apartar polvo y piedras más pequeñas con las manos, se sentó sobre los talones, mirándonos con aire triunfal.

—¿Qué? —espetó Fletch, indignado—. No veo nada.

Todos contemplamos con los ojos entornados la zona de tierra que acababa de dejar al descubierto. Tal vez era un poco más irregular y de un color ligeramente distinto al del terreno circundante, pero por lo demás no había nada destacable.

—¿Nos estás vacilando, Chicomanteca? —gruñó Hurst, agarrándolo del cuello de la sudadera—. Porque si una broma...

—No es ninguna broma —aseguró Chris con los ojos desorbitados.

Más tarde, me percaté de que en ese momento no había tartamudeado, a pesar de que Hurst casi lo estaba estrangulando.

—Espera —dije. Me incliné hacia delante, aparté un poco más de tierra con los dedos y palpé algo más frío. Metal. Me eché hacia atrás y entonces lo vi.

Una forma circular en el suelo, casi del mismo color debido a la herrumbre, pero no del todo. En cierto modo, semejaba un viejo tapacubos, pero, al fijarse mejor, uno advertía que era demasiado ancha y gruesa para tratarse de un tapacubos. A lo largo del borde había varios bultitos redondos, como remaches. En el centro sobresalía ligeramente un círculo más pequeño, con estrías.

—Ahí está —dije—. ¿Lo veis ahora?

Señalando el suelo, miré a los demás.

Hurst soltó a Chris.

—¿Qué es eso?

—No es más que un viejo tapacubos —masculló Fletch, expresando en voz alta mi primera impresión.

—Es demasiado grande —repuso Hurst de inmediato, expresando mi conclusión. Volvió la mirada hacia Chris—. ¿Y bien?

El otro se limitó a mirarlo con fijeza, como si la respuesta fuera obvia.

—Es una trampilla.

—¿Una qué?

—Como una abertura —expliqué—. Que comunica con un lugar subterráneo.

A Hurst se le dibujó una gran sonrisa en el rostro.

—Fenomenal. —Bajó de nuevo la vista hacia la forma circular en el suelo—. Entonces ¿qué será? Una especie de vía de escape de la mina, o algo así. Creo que he oído hablar de ellas.

Yo no, y eso que mi padre había sido minero durante casi toda su vida, pero sí sabía que en las minas había pozos de ventilación. Sin embargo, no veía qué utilidad podría tener eso para nosotros. Esos pozos eran lo equivalente a chimeneas. Llegaban desde lo más profundo de la mina hasta la superficie. Allí debía de haber una caída de unos cien metros en línea recta. Intentar bajar por allí no sería una forma de entrar, sino de suicidarse.

Me disponía a señalarlo cuando Hurst habló de nuevo:

—Venga, pues —animó a Chris—. Ábrela.

—No puedo —respondió Chris con expresión afligida.

—¿No? —Hurst sacudió la cabeza, molesto—. Vamos, no me jodas, Chicomanteca. —Se agachó e intentó sujetar el canto de la pieza de metal, metiendo los dedos por debajo. Sin embargo, era tan grande y pesada que perdía agarre y no conseguía levantarla. Estuvo un rato gimiendo y resoplando antes de gritarnos a los demás—: Venga, hombre, ayudadme, panda de idiotas.

A pesar de mis temores, obedecí, junto con Fletch. Todos hundimos los dedos en la tierra e intentamos agarrar el objeto metálico por el canto, pero resultaba imposible. Era demasiado grueso y estaba bien incrustado en el suelo. Seguramente nadie la había abierto en años. Por más que tirábamos, retorcíamos y hacíamos fuerza, no conseguíamos moverla un milímetro.

—A la mierda —jadeó Hurst, y los demás nos dejamos caer al duro suelo, agradecidos, con los brazos doloridos y el pecho agitado.

Observé de nuevo el extraño círculo de metal. Sí, estaba firmemente encajado en la tierra, pero si se trataba de algún tipo de trampilla de humo o de escape, sin duda, habría un tirador o palanca con el que levantarla rápidamente en caso necesario. Ese era el propósito de una trampilla. Pero no había nada, salvo ese curioso segundo círculo, casi como si la hubieran puesto allí con el fin de que no pudiera abrirse, no con la idea de que la gente pudiera entrar o salir por ella.

—Bueno —dijo Hurst—. Hay que conseguir unas herramientas como Dios manda para levantarla.

—¿Ahora? —pregunté. Estaba oscureciendo tan deprisa que

apenas alcanzaba a entrever los fantasmales círculos de sus rostros.

—¿Qué pasa? ¿Te estás rajando, Thorney?

Me reboté.

—No, solo digo que ya casi es de noche. No nos queda mucho tiempo. Si vamos a entrar, debemos estar preparados.

No era que yo tuviera la menor gana de entrar, incluso en el caso de que hubiera algún sitio en el que meterse, pero parecía el mejor argumento por el momento.

Creía que iba a replicarme.

—Tienes razón —dijo en cambio—. Mañana volveremos. —Desplazó la vista por todos nosotros—. Necesitaremos linternas. Y una palanca —añadió con una mueca.


Tapamos la trampilla de cualquier manera con tierra y piedras, y luego, a modo de señal, Hurst dejó su corbata del uniforme escolar en el suelo, con un nudo flojo. Nadie que pasara por allí por casualidad le concedería mayor importancia a ese detalle. Era frecuente encontrar corbatas, así como zapatillas y calcetines, desperdigados por el terreno de la antigua mina.

Cuando los últimos rayos de luz se extinguieron en el cielo, echamos a andar con dificultad hacia casa. No estoy seguro, pero creo que miré hacia atrás una vez al notar un hormigueo de inquietud en la nuca. Aunque era imposible que alcanzara a ver algo desde aquella distancia, en mi mente pude distinguir la extraña trampilla oxidada.

Me daba mala espina.

«Una palanca.» Eso tampoco me gustó un pelo.

# 17

No consigo tranquilizarme cuando Marie se marcha. La pierna me vuelve a doler, y ni siquiera un buen vaso de bourbon y dos pastillas de codeína me alivian las contracciones nerviosas.

Cuando me siento, noto un dolor sordo. Cuando camino de un lado a otro, noto punzadas. Suelto un taco y me masajeo con agresividad. Intento distraerme con un libro, escuchando un poco de música, y luego me levanto y me fumo un cigarrillo frente a la puerta trasera. Otra vez.

Mi mente también está haciendo horas extra. «Asfixiad a los niños. Que descansen en pedazos.» Está ocurriendo de nuevo. La persona que me envió el mensaje de texto tiene que ser la misma que me escribió el correo electrónico. Y si saben lo del ángel, es probable que me conozcan desde hace muchos años. No es Hurst, ni Marie. «¿Fletch?» Dudo que Fletch sea capaz de redactar un mensaje de texto coherente, considerando que carece de pulgares oponibles. Entonces ¿quién? Y, lo que es más importante, ¿por qué, por qué, por qué?

Mi estado de aturdimiento y confusión general no ha mejorado con la inesperada visita de Marie esta noche. No estoy seguro de haber actuado de forma correcta. Tal vez he enseñado mis cartas demasiado pronto. Un buen jugador sabe que eso no se hace. No sin saber con absoluta certeza qué mano tiene el contrincante.

Por otro lado, no me queda mucho tiempo. Desde luego, menos del que pensaba. Porque Gloria está aquí, esperando con impaciencia, tamborileando con esas uñas pintadas de rojo brillante. Si no me doy prisa en satisfacer sus exigencias, la partida habrá terminado. Porque estaré muerto, probablemente sin manos. O pies. O cualquier otra cosa que sirva para identificar mi cadáver.

Tiro la colilla hacia la oscuridad y observo que el resplandor rojizo de la punta se apaga hasta desaparecer. Doy media vuelta, entro cojeando en la cocina y saco la carpeta de debajo del fregadero. Porque ¿a quién quiero engañar? Era evidente desde el principio que acabaría por leerla. Me sirvo otra copa, me dirijo al salón y la coloco en la mesita de centro, frente a mí.

Los nervios de mi pierna no son lo único que está inquieto esta noche. Noto que la casa entera se remueve a mi alrededor. Las luces parecen debilitarse y parpadear de vez en cuando —cosas del suministro eléctrico en los pueblos pequeños—, pero además oigo algo. Un ruido que me resulta familiar. Perturbador. Son esos leves chirridos otra vez. Provoca que me zumben los implantes y que se me erice el vello. Es como un acúfeno externo que causa dentera.

Me pregunto si Julia se sentaba aquí e intentaba desconectar del mismo e insidioso ruido. Noche tras noche. ¿O quizá el ruido apareció después? El huevo y la gallina. ¿Lo que le ocurrió a Ben cambió la casa de alguna manera, o la casa ya formaba parte de ello? ¿Los correteos tras las paredes y el frío traicionero alimentaban el miedo y la paranoia de Julia?

Me paso las manos por el pelo y me restriego los ojos. Los chirridos parecen sonar con más fuerza. Intento ignorarlos. Paso las páginas de la carpeta hasta que el rostro de Annie me mira sonriente de nuevo.

«Continúa la búsqueda de la niña de ocho años desaparecida.» Eso reza el titular. Pero no refleja toda la historia. Ni por asomo.

Papá la llevó a la cama esa noche, hacia las ocho. O eso creyó él. Estaba borracho, como casi todos los días a esa hora por aquel entonces. Mamá estaba en casa de los abuelos porque la yaya había sufrido una «mala caída» unos días antes y se había roto el tobillo y la muñeca. Yo estaba fuera, con Hurst y su pandilla. No fue sino hasta la mañana siguiente cuando mamá descubrió que Annie no estaba en su cama, ni en su habitación, ni en ninguna parte de la casa.

Llamaron a la policía. Se formularon preguntas, se organizaron búsquedas. Agentes de uniforme y vecinos del pueblo, entre ellos mi padre, se distribuyeron en filas desiguales por la antigua explotación minera y los campos que se extendían al otro lado, encorvados bajo la intensa lluvia, con largos impermeables negros que les hacían parecer buitres gigantes. Avanzaban con paso lento y cansino, como al compás de un sombrío ritmo interior, tanteando el suelo con ramas y palos.

Yo quería acompañarlos. Se lo pedí, les supliqué, pero un agente de cara amable con barba y la coronilla calva me posó la mano en el hombro y me dijo con delicadeza: «Creo que no es buena idea, hijo. Mejor quédate aquí y ayuda a tu madre».

En aquel momento me enfadé. Creí que estaba tratándome como a un niño, como a un incordio. Más tarde comprendí que intentaba protegerme. Evitar que yo encontrara el cadáver de mi hermana.

Yo habría podido decirle que era demasiado tarde para protegerme. Habría podido contarle un montón de cosas a la policía, pero nadie estaba interesado en escuchar. Lo intenté. Les conté que en ocasiones Annie me seguía cuando me iba con mis amigos y salía de casa a hurtadillas. Ya la había llevado de vuelta varias veces. Ellos asentían y tomaban nota, pero en realidad mis palabras no cambiaron nada. Ellos ya sabían que Annie había salido de casa a hurtadillas. Simplemente ignoraban adónde había ido.

Lo único que no podía contarles era la verdad, la verdad completa sobre lo sucedido, porque nadie me habría creído. Hasta a mí mismo me costaba creerlo.

Con cada segundo, cada minuto y cada hora que pasaban, el terror y el sentimiento de culpa iban en aumento. Nunca he sido tan consciente de mi propia cobardía como en aquellas cuarenta y ocho horas posteriores a la desaparición de mi hermana. El miedo y la conciencia libraban en mi interior una lucha que me desgarraba las entrañas. No sé cuál de los dos habría vencido al final si no hubiera ocurrido lo imposible. Paso la página.

«Encuentran a la niña de ocho años desaparecida.»

«Los padres, felices.»

Yo estaba en la cocina preparándoles unas tostadas a mis padres cuando Annie regresó. El pan estaba rancio y un poco mohoso. Nadie había ido a hacer la compra en la última semana. Raspé el moho con un cuchillo y coloqué las rebanadas bajo la parrilla. Daba igual. De todos modos, no se las iban a comer. Al final tendría que tirarlas a la basura junto con la comida de otros días que tampoco habían probado.

Se oyeron unos golpes en la puerta. Todos alzamos la vista, pero nadie se movió. Tres golpes. ¿Presagiaban malas noticias? Nos quedamos escuchando, como si fuera un mensaje en código Morse. Toc, toc, toc. ¿Bueno o malo?

Mi madre fue la primera en reaccionar. Tal vez era la más valiente, o simplemente estaba harta de esperar. Necesitaba que algo la liberara de toda esa tensión. De un modo u otro. Echó su silla hacia atrás y se tambaleó hacia la puerta. Mi padre no movió un músculo. Yo me quedé en el pasillo, indeciso. Me llegó el olor a quemado de las tostadas, pero ninguno de nosotros fue a retirarlas de la parrilla.

Mamá abrió la puerta. Al otro lado había un policía. Aunque no oí lo que dijo, vi que mi madre perdía las fuerzas y se agarraba del marco. Mi corazón comenzó a latir a trompicones hasta detenerse. No podía tragar ni respirar. De pronto, ella se dio la vuelta y gritó:

—¡Está viva! ¡La han encontrado! ¡Han encontrado a nuestra niña!

Fuimos juntos a la comisaría (en aquella época Arnhill tenía la suya propia) apretujados en el asiento de atrás de un coche de policía blanco y azul: mis padres con los ojos llorosos de alegría y alivio, y yo hecho un sudoroso manojo de nervios. Cuando nos apeamos, me flaquearon las piernas, de modo que mi padre tuvo que sujetarme del brazo.

—Ánimo, hijo —me alentó—. Todo irá bien a partir de ahora.

Yo quería creerle con todas mis fuerzas. De verdad. Antes pensaba que mi padre tenía razón en todo. Siempre confiaba en su palabra. Pero ya entonces sabía que las cosas no iban bien. Las cosas no volverían a ir bien jamás.

—No ha dicho gran cosa —nos informó el agente mientras caminábamos por un largo pasillo azul celeste que olía a sudor y orina—. Solo su nombre. Y nos ha pedido algo de beber.

Todos asentimos.

—¿La raptó alguien? —barbotó mi madre—. ¿Le han hecho daño?

—No lo sabemos. Una persona que paseaba a su perro la ha encontrado vagando por el terreno de la antigua mina. Al parecer no presenta daños físicos. Solo tiene frío y está un poco deshidratada.

—¿Podemos llevárnosla a casa? —preguntó mi padre.

El agente asintió con la cabeza.

—Sí, creo que sería lo mejor.

Nos abrió la puerta para que pasáramos a la sala de interrogatorios.

—Joe. —Mi madre me dio un codazo suave y, antes de que pudiera recuperar la compostura o encontrarle sentido a algo, entramos.

Annie estaba sentada en una silla de plástico junto a una agente de policía que claramente no trataba mucho con niños, pues parecía encontrarse violenta e incómoda.

Sobre la mesa había un vasito de refresco sin gas y unas galletas intactas. Annie, con la mirada fija en la pared sucia y rayada que estaba al otro lado, balanceaba las piernas adelante y atrás. Tenía el pijama manchado de barro y rasgado en algunas partes. La policía la había envuelto en una manta azul demasiado grande para ella, que, sin duda, solían utilizar los presos adultos que frecuentaban las celdas. Tenía los pies descalzos. Y ennegrecidos con polvo de carbón.

Sujetaba contra el pecho algo que quedaba medio oculto bajo la manta. Alcancé a ver unos rizos rubios sucios, plástico rosa, un ojo azul. Abbie-Ojos. «La ha traído de vuelta.»

—Oh, Annie.

Mis padres se abalanzaron hacia ella y la abrazaron. La cubrieron de besos, manchándose de tierra y carbonilla, pero les daba igual, porque habían recuperado a su hija. Su niña estaba en casa, sana y salva.

Annie permanecía inmóvil, impasible, sin mover más que las piernas, adelante y atrás. Mamá se apartó despacio, con el rostro surcado de lágrimas. Extendió el brazo para acariciarle con suavidad la mejilla a Annie.

—¿Qué sucedió, cariño? ¿Qué te ha pasado?

Yo me quedé en la puerta, esperando que los policías confundieran mi reticencia con timidez adolescente. Tal vez incluso intentaba convencerme a mí mismo de que esa era la razón por la que no me había acercado más.

Annie alzó la vista. Nuestras miradas se encontraron.

—Joey.

Sonrió y fue en ese instante cuando comprendí qué es lo que iba mal. Lo que iba terrible, espantosamente mal.

Me pongo de pie. La cercanía de los recuerdos me resulta asfixiante, como si me estrangulara. Noto la amargura de la bilis en la garganta. Subo las escaleras tambaleándome y llego al baño justo a tiempo. Arrojo el acre líquido marrón en el manchado lavamanos. Hago una pausa, respirando de forma irregular, hasta que el estómago me da otro vuelco. Otra arcada se abre paso por mi esófago y me brota por la nariz. Agarrado a la fría pila de porcelana, intento recobrar el aliento y dejar de temblar. Me quedo un rato allí inclinado, esperando a que mis piernas recuperen algo de firmeza, contemplando el lavamanos salpicado de vómito.

Al cabo de un rato, abro el grifo, y el grumoso y parduzco contenido de mi estómago se va por el desagüe. Escupo varias veces y respiro hondo y despacio. El agua del grifo gorgotea por las cañerías.

No es lo único que oigo. Ahora que he terminado de vomitar, vuelvo a cobrar conciencia de esa invasiva mezcla de chirridos y correteos. La noto cada vez más próxima. Insistente. Me rodea por todas partes. Me estremezco. El frío ha vuelto también. «El frío traicionero.»

Vuelvo la vista hacia el retrete. El ladrillo sigue estando encima. Lo retiro con cuidado. A continuación, me agacho para coger la escobilla del váter y levanto la tapa. Me inclino hacia delante y echo un vistazo a la taza. Vacía. Miro alrededor. La cortina de la ducha está corrida. La agarro por la mohosa orilla y le doy un tirón hacia un lado. Lo único que acecha detrás es una capa de gel de ducha y una esponja cochambrosa.

Salgo del baño. Los chirridos y correteos parecen acompañarme. ¿Por las tuberías, por las paredes? Cruzo el rellano sin dejar de blandir la escobilla. Echo una ojeada a mi habitación. No hay nada que ver allí. Esto me provoca una ligera inquietud. Se me pasa enseguida. Sigo avanzando, ahora hacia el dormitorio de Ben.

Percibo un olor. No proviene de la escobilla. Es intenso, metálico. Ya lo he olido antes. Otra casa. Otra puerta. Pero el mismo aroma salvaje, el mismo «frío traicionero», deslizándose por mis entrañas como un parásito gélido.

Agarro el pomo. Luego abro la puerta de un empujón y rápidamente enciendo el interruptor. La bombilla desnuda vomita una luz amarillenta, ictérica. Paseo la vista en torno a mí. No es una habitación amplia. Apenas hay espacio suficiente para una cama individual, un armario y una pequeña cómoda. Han pintado las paredes. Le han dado varias manos, supongo...

Observo todo esto, pero en realidad no lo veo. Porque lo único que veo es el rojo que empapa el colchón nuevo y chorrea por la pared. Resbaladizas gotas color rubí que se escurren desde las palabras pintadas allí.

La letra de ella. La sangre de él.

«No es mi hijo.»

¿Cuándo tomó ella la decisión? ¿Cuándo lo descubrió? ¿Había sido un proceso lento en el que el horror y el miedo se iban acumulando minuto a minuto, hora tras hora, día tras día, hasta que no fue capaz de soportarlo más? El olor, el frío traicionero, los ruidos. Ya tenía el arma. Pero no la utilizó contra Ben. Lo mató con sus propias manos. ¿Actuó consumida por el pavor, por la rabia? ¿O sucedió algo más que no le dejó otra alternativa?

Me obligo a cerrar los ojos. Cuando los abro, la sangre y las palabras han desaparecido. Las paredes están lisas y limpias, y son del mismo tono de blanco crudo que el resto de la casa. Magnolia malévola. Le echo un último vistazo antes de retroceder y cerrar la puerta. Apoyo la frente contra la madera, respirando hondo.

«Es solo la casa, que está jugando con tu imaginación.»

Cuando me doy la vuelta, se me para el corazón.

—¡Joder!

Abbie-Ojos está sentada en la moqueta, en medio del rellano. Sus regordetas piernas de plástico extendidas ante ella, los rizos rubios desgreñados, y el ojo torcido que mira hacia una telaraña polvorienta en un rincón. El ojo bueno y azul me observa, burlón.

«Hola, Joe. He regresado. Otra vez.»

Desplazo la vista alrededor, como si quisiera pillar a un ladronzuelo depositador de muñecas escabulléndose por las escaleras mientras se ríe de su bromita. Pero no hay nadie.

Con las piernas temblorosas, me acerco a Abbie-Ojos y la recojo. El ojo suelto cascabelea. Oigo los susurros del rígido vestido de poliéster barato. El peso de la muñeca y el tacto duro y frío del plástico en la mano me erizan la piel.

Aunque siento el impulso casi irrefrenable de lanzarla por la ventana hacia la maleza del jardín trasero, me asalta una imagen aún más desagradable de ella volviendo hacia la casa a gatas y apretando su cara de plástico de mejillas sonrosadas contra el cristal, asomándose al interior desde la oscuridad.

Así que, sujetándola con el brazo estirado, como si fuera una bomba sin detonar, bajo las escaleras y entro en la cocina. Abro el armario de debajo del fregadero, la meto allí junto con la escobilla de váter y cierro de un portazo.

«Joder.» Me tiembla todo el cuerpo. No sé si estoy a punto de desmayarme o de sufrir un ataque al corazón. Me pongo un vaso de agua y me la bebo con avidez.

Intento encontrar una explicación racional. A lo mejor yo mismo cambié de lugar la muñeca de Annie y lo olvidé, a causa de algún desmayo ocasionado por el alcohol. Recuerdo que Brendan me contaba que, en la época en que bebía, padecía alucinaciones y pérdidas de memoria. Un día, al despertar, descubrió que había tirado un armario escaleras abajo. No conservaba el menor recuerdo de haberlo hecho ni tenía la menor idea de por qué.

«En ese entonces yo era bastante más corpulento, claro —comentó, guiñándome un ojo—. El alcohol engorda.»

Brendan, pienso. Tengo que hablar con Brendan. Marco su número. Salta el buzón de voz. Esto no me reconforta, a pesar de que Gloria asegura que se encuentra bien. Gloria no es una embustera, me digo. Pero me resultaría agradable oír su voz, aunque solo fuera para decirme «vete a la mierda, hombre». Me percato de que he llegado a contar con que Brendan siempre estará ahí cuando lo necesite, con su presencia, familiar y tranquilizadora como un par de vaqueros viejos o mis zapatos de baile. La preocupación me carcome los ya bastante atormentados sesos.

Me dirijo cojeando al salón. La carpeta sigue abierta sobre la mesa de centro. Aún no he terminado de examinar su contenido. Algunas páginas las he leído solo por encima. Pero decido dejarlo por hoy. He captado el mensaje. Arnhill es un pueblo pequeño y deprimente en el que ha ocurrido un montón de cosas malas. Un pueblo gafado, maldito. Oh, vosotros los que entráis, abandonad toda esperanza.

Empiezo a guardar las hojas en la carpeta. Una de ellas me llama la atención. Se trata de otro recorte de periódico: «Trágica muerte de una estudiante prometedora».

La foto: una adolescente risueña, guapa, de larga cabellera morena y un reluciente aro plateado en la nariz. Algo en su sonrisa me recuerda a Annie. A pesar de lo que había decidido, echo un vistazo al artículo. Emily Ryan, de trece años, era una estudiante de la Academia Arnhill que se suicidó con una sobredosis de alcohol y paracetamol. La describen como «brillante, divertida y llena de vida».

«¿Alguna vez has perdido a alguno?»

Oigo de repente la voz de Beth en mi cabeza. La alumna de la que me habló. Tiene que ser ella. Pero hay algo en eso que no cuadra. Me siento. Tardo un momento en conseguir que mi exhausto cerebro arranque. Finalmente, con un ruido metálico sordo, los oxidados engranajes encajan entre sí.

Casi nunca sé ni en qué día vivo, pero puedo recitar pasajes enteros de Shakespeare (solo ante personas muy desafortunadas que no me caen muy bien). Soy capaz de memorizar páginas y páginas de texto y palabras inconexas. Así funciona mi mente. La información inútil se acumula en ella como el polvo.

«Un año, un día y unas doce horas con treinta y dos minutos.»

Es el tiempo que Beth me dijo que llevaba trabajando en la Academia Arnhill. Lo que significa que empezó en septiembre de 2016. Según el artículo, Emily Ryan murió el 16 de marzo de 2016.

Es posible que Beth se equivocara, claro. Tal vez se hizo un lío con las fechas. Pero no lo creo.

«Pero no llevas la cuenta, ¿no?»

«Ya lo creo que sí.»

Lo que significa que Beth no daba clases aquí cuando Emily Ryan se mató. Emily Ryan desde luego no figuraba entre sus alumnos. Entonces ¿por qué me mintió?

# 18

Me despierto temprano a la mañana siguiente. Esto está fuera de lugar. Entreabro un párpado, suelto un gruñido y me doy la vuelta en la cama. De manera sumamente irritante, mi cerebro se niega a sumirse de nuevo en el letargo, a pesar de que siento el resto de mi cuerpo como si se hubiera amoldado al colchón durante la noche.

Permanezco varios minutos acostado, intentando forzarme a volver al sueño. Al final, me doy por vencido, me desprendo de las sábanas y bajo los pies al frío suelo. Café, me exige el cerebro. Y nicotina.

Hace un día gris y ventoso, y el viento arrea las nubes a través del cielo, como una madre metiendo prisa a sus remolones hijos. Noto un escalofrío y apuro el cigarrillo con rapidez, ansioso por regresar al ambiente relativamente cálido de la casa.

Los sucesos de la noche anterior ya se han vuelto imprecisos y borrosos en mi memoria. Saco a Abbie-Ojos del armario. A la luz del día, parece inofensiva. Solo una muñeca vieja y rota. Un poco maltratada, un poco dejada de lado. «Mira, como yo», pienso.

Ahora me siento culpable por haberla metido debajo del fregadero, así que la llevo al salón y la acomodo en un sillón. Me siento en el sofá y me termino el café. Abbie-Ojos y yo, disfrutando un pequeño respiro matinal.

Marco una vez más el número de Brendan. Y, una vez más, no contesta. Releo de nuevo el artículo sobre Emily Ryan. Le encuentro tan poco sentido como anoche. Intento distraerme corrigiendo un montón de trabajos. Voy por la mitad de uno cuando me percato de que acabo de escribir «¡¡¡no, hombre!!!» al lado de un párrafo especialmente obtuso, así que decido dejarlo por ahora.

Consulto mi reloj. Son las nueve y media de la mañana. No tengo muchas ganas de quedarme encerrado todo el día en la casa. Ni tampoco otra actividad en la que ocupar el tiempo.

No me queda otra opción.

Decido dar un paseo.


Las primeras excavaciones prospectivas en Arnhill se realizaron hace unos años, en el siglo XVIII. La mina creció, se expandió, fue demolida, reconstruida y modernizada a lo largo de un período de doscientos años.

La subsistencia de miles de hombres y sus familias acabó por girar en torno a la mina. No era un trabajo, sino un estilo de vida. Si Arnhill era un organismo vivo, la mina era su corazón, un corazón que expulsaba humo con cada latido.

Cuando la mina cerró, el ayuntamiento tardó menos de dos años en arrancar ese corazón, aunque para entonces ya había dejado de latir. El hollín y el humo habían dejado de circular por sus arterias de acero. Los edificios se habían venido abajo y habían sido objeto de actos vandálicos. Los ladrones se habían llevado buena parte del metal, el equipo y los accesorios. En cierto modo, cuando los buldóceres entraron, fue un acto de misericordia.

Al final no quedó nada. Solo una herida profunda en el terreno, un recordatorio constante de lo que se había perdido. Algunas familias se mudaron a otros sitios en busca de trabajo. Otros, como mi padre, se adaptaron. El pueblo avanzó a trancas y barrancas hacia una especie de recuperación. Pero hay heridas que nunca se cierran del todo.

El accidentado paisaje se eleva frente a mí, cubierto de una espesura de flores y hierbas silvestres. Cuesta creer que, en otro tiempo, en el mismo lugar, se alzaban grandes edificios industriales. Debajo de la tierra siguen estando los tiros y la maquinaria, abandonada allí porque resultaba demasiado caro retirarla.

Pero no es lo único que hay bajo tierra. Antes de que existieran las minas, antes de que unas máquinas perforaran el suelo, se habían llevado a cabo otras excavaciones allí. Había otras tradiciones sobre las que se asentaba el pueblo.

Cuando empiezo a ascender, me alegro de llevar el bastón conmigo para apoyarme al andar por este terreno tan irregular. Encuentro una estrecha abertura en el cercado por donde entrar. Por la hierba pisoteada y las zonas de tierra desnuda al otro lado, deduzco que se trata de una vía de acceso bastante transitada.

De niño conocía bien el lugar. Ahora me resulta ajeno. No sé exactamente dónde estoy ni la ubicación de los antiguos pozos. Además, la trampilla ya no existe. Se perdió, junto con la entrada que utilizábamos, gracias a Chris. Yo creía que había desaparecido para siempre, pero debería haber imaginado que hay cosas que se resisten a permanecer enterradas. Y los chicos siempre encuentran un camino.

Me detengo en lo alto de una empinada colina para recobrar el aliento. Aunque no tuviera una pierna lisiada, no estoy acostumbrado a las excursiones ni a las subidas. Dada mi constitución, estoy hecho para sentarme delante de una mesa o encaramarme en un taburete frente a una barra. Ni siquiera he corrido nunca para coger un autobús. Intento forzar a mis pulmones a aspirar el oxígeno que tanto necesita. Entonces me doy por vencido, saco mis cigarrillos y enciendo uno. Creía que al venir aquí experimentaría una especie de evocación instintiva, una punzada, la sacudida de una vara de zahorí interna. Pero no noto nada. La única punzada es la que siento en mis magulladas costillas. Tal vez me he esforzado demasiado por olvidar. No estoy seguro de si esto me produce decepción o alivio.

Contemplo las ondulantes franjas marrones y verdes que me rodean. Hierbajos escuálidos y arbustos de duras espinas, pendientes cubiertas de grava resbaladiza y profundas hondonadas llenas de agua cenagosa y juncos oscilantes.

Casi los oigo susurrar: «¿Creías que podrías subir hasta aquí tan tranquilo y encontrar el camino? Las cosas no funcionan así, Joey, nene. ¿Es que no has aprendido nada a estas alturas? Tú no me encuentras. Te encuentro yo a ti. Grábatelo bien en la maldita cabeza».

Me estremezco un poco. Quizá este pequeño paseo por la colina de los recuerdos sea un ejercicio inútil, como tantos otros de mis actos. Tal vez el correo electrónico tampoco sea importante. Ni el mensaje de texto. Ni nada de esto. Quizá lo mejor que podría hacer sería cobrarme lo que se me debe y marcharme. No tengo madera de héroe. No soy el personaje de la peli que regresa, resuelve el misterio y se lleva a la chica. En todo caso, soy el amigo holgazán que nunca pasa del segundo acto. Lo que sucedió aquí ocurrió hace mucho tiempo. He vivido veinticinco años sin rememorarlo. ¿Por qué molestarme en hacerlo ahora?

«¿Porque está volviendo a pasar?»

¿Y qué? No es mi problema. No es mi guerra. Con un poco de suerte, las excavadoras conseguirán que la tierra se trague a todo el condenado pueblo, y entonces todo habrá terminado de verdad.

Me dispongo a dar media vuelta, pero entonces algo capta mi atención. Algo que se agita en el suelo. Me quedo mirándolo un momento. Luego me agacho para recogerlo. El envoltorio de una barra de caramelo Wham. Reconocería ese azul y ese rojo chillones en cualquier parte. Chris solía llevar los bolsillos atiborrados de ellas. Aunque él hubiera llegado a la edad adulta, dudo que sus dientes lo hubieran conseguido también.

Me enderezo y dirijo la vista colina abajo. Calculo que la cuesta no es demasiado abrupta. Aun así, me meto el envoltorio en el bolsillo y emprendo el trabajoso descenso. En realidad, es más empinada de lo que parecía desde arriba, por lo que a media ladera la pierna mala me falla, pierdo el equilibrio y recorro los últimos metros resbalando de culo. Me quedo tumbado jadeando al pie de la ladera durante un momento, con los nervios alterados. Creo que recuperar la verticalidad me supondrá un esfuerzo considerable. Cierro los ojos y respiro hondo varias veces.

—No has llamado a mi madre.

Me incorporo, sobresaltado. Una joven con el pálido rostro enmarcado por la capucha de la parka me mira desde arriba. Lleva un perrito negro y zarrapastroso sujeto con una correa. Algo en ella me resulta familiar. De pronto, la reconozco. Es la encantadora camarera del pub. «Lauren.»

Nada en su expresión parece indicar que se haya percatado de que estoy tumbado en el suelo y cubierto de tierra.

—Estoy bien —digo—. Gracias por preguntar.

—El año pasado un carcamal que andaba por aquí se cayó. Murió de hipotermia.

—Doy gracias a Dios de que me haya encontrado una buena samaritana como tú.

Empuño el bastón y me pongo de pie torpe y trabajosamente. El chucho me olisquea las botas. Me gustan los perros. Son seres poco complicados. Despreocupados. A diferencia de las personas. O los gatos. Cuando alargo el brazo para rascarle la barbilla, él retrae los labios y suelta un gruñido. Retiro la mano rápidamente.

—No le gusta que lo acaricien —explica Lauren.

—Ya.

El animal tiene en el cuello una zona sin pelo que le da casi toda la vuelta: una vieja cicatriz.

—¿Qué le pasó?

—Se enganchó en una alambrada. Se le rajó el pescuezo.

—Es increíble que sobreviviera.

Se encoge de hombros.

—¿Es tuyo?

—No, de mi madre. Lo tiene desde hace años.

—¿Lo paseas a menudo por aquí?

—Supongo.

—¿Te encuentras a muchas personas?

—Unas cuantas.

Las palabras «sangre» y «piedras» me vienen a la cabeza.

—Tengo entendido que algunos chicos del colegio se juntan aquí para pasar el rato.

—Algunos.

—Cuando yo era un chaval, también venía con mis amigos. Buscábamos sitios por donde entrar a los pozos.

—Eso debió de ser hace mucho tiempo.

—Así es. Gracias por restregármelo.

Ella no sonríe.

—¿Por qué no has llamado a mi madre?

—No necesito asistenta ahora mismo. Lo siento.

—Vale.

Cuando gira sobre los talones para marcharse, caigo en la cuenta de que estoy desaprovechando una oportunidad.

—Espera.

Mira hacia atrás.

—¿Tu madre le limpiaba la casa a la señora Morton?

—Sí.

—¿O sea que la conocía?

—No mucho.

—Pero debía de hablar con ella, ¿no?

—La señora Morton era muy reservada.

—¿Tu madre nunca te comentó que la señora Morton estuviera comportándose de un modo extraño? ¿Que pareciera molesta, preocupada?

Vuelve a encogerse de hombros.

—Me han contado que Ben desapareció. ¿Crees que se escapó de casa?

Otro encogimiento de hombros. Hago un último intento.

—¿Ben era uno de los chicos que solían subir aquí? ¿Descubrieron algo? ¿Un túnel, quizá una cueva?

—Deberías llamar a mi madre.

—Ya te he dicho que no. —De pronto, me contengo—. Si llamo a tu madre, ¿querrá hablar conmigo?

Me observa con fijeza.

—Cobra diez libras la hora. Cincuenta por una limpieza a fondo.

Pillo la indirecta.

—Vale. Lo tendré en cuenta.

El perro se acerca de nuevo a olerme las botas. Lauren le da un tirón suave a la correa. El animal la mira, arrugando el morro gris.

—Es bastante viejo, ¿verdad?

—Según mi madre, ya tendría que haberse muerto.

—Seguro que no lo dice en serio.

—Y tanto que sí. —Se da la vuelta—. Tengo que irme.

—¡Nos vemos! —le grito.

No se despide, pero mientras se aleja la oigo murmurar, casi para sí.

—Te has equivocado de sitio.

Decir que esto me pareció extraño sería quedarme corto.


Cuando regreso a casa, me encuentro una furgoneta blanca aparcada delante. Luce un gran dibujo de un grifo en la parte de atrás. Hago la aventurada suposición de que pertenece a un fontanero. Teniendo en cuenta mis actuales problemas con el baño, sería una buena noticia. Si hubiera llamado a un fontanero.

Cuando me acerco, mis peores temores se ven confirmados. Unas palabras en el costado del vehículo rezan: «Fletcher e hijos. Fontanería y calefacción». Advierto que las puertas se abren de golpe. Pelo Rancio baja por un lado. Otra figura, que tengo menos vista últimamente, se apea por el lado del conductor. Escupe una flema amarillenta en el suelo.

—Thorney. Vaya, pensaba que ya no volvería a verte por aquí.

No puedo decir lo mismo. Siempre supe que Fletch nunca se marcharía. Algunos chavales te dan esa impresión, sin más. No es que no quieran mudarse a otros lugares, sino que ni siquiera se les ha pasado por la cabeza la idea de que existan.

—¿Qué quieres que te diga? —Extiendo los brazos a los lados—. Me perdí la calurosa bienvenida.

Fletch me mira de arriba abajo.

—No has cambiado.

Tampoco puedo decir lo mismo en este caso. Si bien los años no nos han tratado con amabilidad a los demás, han sido extremadamente crueles con Nick Fletcher. Él, que había sido un joven de rostro achatado —uno de esos niños que, sin duda, ya parecían viejos cuando iban en pañales—, ha perdido los nervudos músculos que en otro tiempo habían hecho de él un matón temible para Hurst. Ahora está delgado, casi esquelético. Tiene el pelo trasquilado de color amarillo nicotina y la cara entrecruzada por unos surcos profundos que solo pueden deberse a una enfermedad o a una vida entera de priva y tabaco.

Se me acerca, con Pelo Rancio acechando por detrás de un modo que me imagino que pretende resultar amenazador, pero que solo lo hace parecer estreñido. Reparo en la hinchazón de su nariz y los moratones bajo sus ojos. Gloria. Me pregunto si el hermano aún estará recuperándose de la lesión en el hombro. Noto un atisbo de satisfacción.

En cuanto a Fletch, tiene los andares de un hombre que —como yo— batalla contra algún tipo de dolor o rigidez en las articulaciones. ¿Artritis, tal vez? Los nudillos deformados así parecen indicarlo. Supongo que machacar cabezas acaba por pasar factura.

Conforme se aproxima, percibo su olor a chicle Juicy Fruit y cigarrillos. Fletcher siempre olía a Juicy Fruit y tabaco. A lo mejor no ha cambiado tanto.

—Nadie te quiere aquí, Thorney. ¿Por qué no le haces un favor a todo el mundo y te largas cagando leches al maldito agujero del que has salido?

—Vaya. Ha sido una frase muy larga para ti. Un poco trillada. Una mezcla algo pobre de adjetivos y verbos, pero no está mal.

Se le ensombrece el rostro. Pelo Rancio avanza unos pasos. Noto la agresividad apenas contenida. No solo está preparado para pegarme de hostias. Está deseando hacerlo. Salivando como un perro frente a un jugoso hueso.

De tal palo, tal astilla. Fletch siempre ha sido partidario de golpear primero y preguntar después. Aunque no necesitaba excusas para hacer daño a la gente, Hurst se las proporcionaba amablemente. A Fletch le gustaba romper dientes y poner ojos a la funerala. Era una alimaña que peleaba sucio. Y nunca se rendía. Lo había visto enfrentarse a tipos más corpulentos que él y dejarlos agotados con su ferocidad y su perseverancia. Si Hurst no lo hubiera atado corto, creo que incluso entonces habría podido matar a alguien a golpes.

Alza una torcida mano, y su hijo frena, dando un traspié.

—¿Qué quieres?

—Paz en el mundo, salarios justos para todos, un futuro mejor para nuestros hijos.

—¿Aún crees que tienes gracia?

—Alguien tiene que pensarlo.

La mano vacila en el aire.

—Quiero ver a Hurst —digo atropelladamente—. Creo que podemos llegar a un acuerdo que nos convenga a los dos.

—¿De veras?

—Tengo algo que él quiere. Se lo daré encantado. Por un precio.

Suelta un resoplido.

—¿Sabes? La otra noche, Hurst nos pidió que fuéramos indulgentes contigo. A lo mejor no se sentirá tan generoso ahora que lo estás amenazando.

—Estoy dispuesto a correr ese riesgo.

—Entonces eres más gilipollas de lo que pareces.

—¿En serio? Porque creo que tu hijo también se llevó una buena somanta de palos la otra noche. —Le dedico una sonrisa a Pelo Rancio—. ¿Cómo sigue tu hermano del hombro?

Se pone rojo.

—Tuviste suerte, tullido.

—Sí —asiente Fletch—. Hoy tus amigos cachas no están aquí para protegerte.

«¿Amigos cachas?» Así que sus hijos no han sido capaces de reconocer que una mujer les había dado la del pulpo.

—Y nadie se mete con mis chicos —gruñe Fletch, y baja la mano.

Pelo Rancio se abalanza hacia mí. Pero esta vez estoy preparado. Cuando levanta el puño, lanzo un mandoble con el bastón. Este impacta con fuerza encima de su oreja, haciéndolo caer al suelo. Le golpeo el estómago con la punta y luego le asesto un bastonazo en la espalda. Se dobla como una obra de papiroflexia especialmente fea.

Fletch arremete contra mí, pero es más viejo y lento que su hijo. Doy un paso a un lado y le arreo con el bastón entre las piernas. Suelta un chillido y cae de rodillas. Yo también he aprendido algunos truquillos para infligir dolor a lo largo de los años. Me inclino sobre él, jadeando un poco.

—Te equivocas —digo—. Sí que he cambiado.

Alza hacia mí los ojos entornados y arrasados en lágrimas.

—Eres hombre muerto, cabronazo.

—Dijo el hombre con las manos en las pelotas. Ahora ve y dile a Hurst que quiero reunirme con él. Puede elegir la noche que le venga mejor. Pero tiene que ser esta semana.

—No tienes idea de en qué te estás metiendo.

Pelo Rancio hace ademán de levantarse. Se le ve aturdido y parece más joven de lo que yo había supuesto en un primer momento. Siento una punzada de culpabilidad. Pero es solo una punzada. Blando el bastón y lo estampo contra su nariz hinchada. La sangre sale a borbotones. Se lleva las manos a la cara, gritando.

—No. *Tú* no tienes idea de la que me estoy librando. Te doy cinco minutos para largarte si no quieres que llame a la policía.

Giro sobre los talones y echo a andar cojeando hacia la casa. Ahora que se me están pasando los efectos de la adrenalina, mi maltrecho cuerpo empieza a protestar a voces por los esfuerzos a los que lo he sometido.

—Tu hermana está muerta —grita Fletch a mi espalda—. No puedes traerla de vuelta.

La frase queda en el aire. No la termina. No hace falta.

# 19

Habíamos quedado a las nueve de la noche en la mina. Nadie subía allí a esas horas, lo que nos venía bien, porque no queríamos que alguien nos pillara y nos preguntara qué nos traíamos entre manos.

Yo había planeado escabullirme de casa en algún momento después de la cena. Mamá estaba ocupada planchando una pila de ropa, y papá se iría al pub. Pero, antes de marcharme, tenía que hacer una cosa. Salí con sigilo por la puerta de la cocina y me dirigí al cobertizo del patio trasero. Mi padre guardaba allí sus herramientas y su viejo equipo de minero.

Tuve que hurgar un poco, apartando telarañas y arañas muertas, hasta que lo encontré: una gastada chaqueta de trabajo, unas botas recias, una cuerda, una linterna y sí, un casco de minero. Lo cogí, le quité un poco el polvo con la mano y toqueteé la luz frontal. No tenía muchas esperanzas de que funcionara, pero, para mi sorpresa, emitió un potente haz amarillo.

—¿Qué haces?

Di un respingo y giré sobre los talones con tal brusquedad que el casco por poco se me cayó de las manos.

—¡Joder! ¿Qué haces tú? ¿Me estabas espiando?

La delgada silueta de Annie se recortaba en el vano de la

puerta contra la claridad menguante del atardecer. Llevaba puesto el pijama —rosa, con un estampado de los Osos Amorosos—, y la larga cabellera negra recogida por detrás en una cola de caballo.

Mi hermana pequeña. Contaba ocho años, pero era como si estuviera a punto de cumplir los dieciocho. Era graciosa, echada para adelante, testaruda, aficionada a hacer el ganso. Descacharrante, desesperante, divertida. Tenía el cuerpecito más huesudo y a la vez el más tierno que me había envuelto jamás en una maraña larguirucha de brazos y piernas. Una sonrisa llena de dientes que ablandaría el corazón más duro. Era un pequeño marimacho que aún quería creer en Papá Noel y la magia. Aunque, por otro lado, ¿quién no?

—No deberías decir palabrotas —señaló.

—Vale, vale. Lo sé. Y tú no deberías seguir a la gente a escondidas.

—No te seguía a escondidas. Lo que pasa es que no escuchabas con atención.

Una de las cosas más inútiles que se pueden hacer en la vida es discutir con una criatura de ocho años. Por muy listo que seas, la lógica de la criatura siempre gana.

—Bueno, es que estaba ocupado.

—¿Haciendo qué? ¿Eso es de papá?

Me apresuré a dejar el casco donde estaba.

—Sí, ¿y qué?

—¿Qué vas a hacer con él? —Se fijó en la mochila que sujetaba con la otra mano—. ¿Vas a llevarte las cosas de papá?

Quería a mi hermana. La quería un montón. Pero a veces era un auténtico incordio. Me recordaba a un terrier: en cuanto apresaba algo, ya no lo soltaba.

—Oye, solo voy a cogerlo prestado, ¿de acuerdo? Además, él ya no lo utiliza.

—¿Para qué lo quieres?

—No es asunto tuyo.

Cruzó los brazos y entornó los ojos, con una expresión que yo sabía que no auguraba nada bueno.

—Dímelo.

—No.

—Dímelo o se lo contaré a mamá.

Suspiré. Estaba tenso e irritable. En realidad, no me hacía ninguna ilusión volver a esa extraña trampilla en el suelo. Ni siquiera sabía bien por qué lo hacíamos, pero tenía que seguir adelante hasta el final o quedaría como un gallina ante los demás, y ahora mi hermanita de ocho años me estaba dando la vara.

—Oye, será un rollo de mier... Un rollo patatero. Estaremos un rato en la vieja mina, eso es todo.

Se me acercó con disimulo.

—Entonces ¿para qué necesitas las cosas de papá?

Exhalé otro suspiro.

—Vale, si te lo digo, tienes que prometerme que no se lo contarás a nadie, ¿de acuerdo?

—De acuerdo.

—Hemos encontrado un agujero que llega hasta el centro de la tierra y vamos a bajar por él, porque creemos que ahí abajo hay un mundo perdido lleno de dinosaurios.

Me fulminó con la mirada.

—Eres un mentiroso.

Menos mal que no había que decir palabrotas.

—Vale, pues no me creas.

—No te creo.

—Tú misma.

Me quedo callado un momento. He metido el casco, la ropa, la cuerda y las botas en la mochila, la he cerrado y me la he echado a la espalda.

—¿Joey?

No consentía que nadie me llamara Joey, salvo mi hermana, entre otras cosas por la facilidad con la que podía convertirse en un insulto.

—¿Qué? —contesté.

—Ten cuidado.

Y regresó corriendo hacia la casa, con los pies descalzos y sucios, y la cola de caballo saltando arriba y abajo.

La observé alejarse, y me gustaría asegurar que sentí un escalofrío premonitorio, que un nubarrón surcó el cielo impulsado por un viento maligno. Que una bandada de pájaros echó a volar graznando desde los árboles o que el repentino estampido de un trueno rompió el silencio del atardecer.

Pero no sucedió nada de eso.

Es lo malo de la vida. Nunca te envía avisos. No te ofrece la menor señal de que quizá estás viviendo un momento importante, de que tal vez deberías tomarte un tiempo para asimilarlo. Nunca te indica que vale la pena aferrarse a algo hasta que lo pierdes.

Mientras miraba a Annie alejarse a saltitos —contenta, inocente, libre de preocupaciones—, no tenía la menor idea de que era la última vez que la vería así.

Ni me percaté de que ella había cogido la linterna.


Nos encontrábamos plantados alrededor de la trampilla: Fletch, Chris y yo. Hurst aún no se había presentado. Una parte de mí —una parte importante— esperaba que no apareciera.

Todos íbamos equipados con botas, ropa oscura y chaquetas gruesas, excepto Chris, que tenía pinta de haberse apuntado a un paseo por el parque, con su cazadora y pantalón vaqueros y sus deportivas. Yo era el único que llevaba un casco de minero (y la mochila, con la cuerda dentro), pero todos contaban con linternas. Estábamos listos. Aun así, sin herramientas con las que hacer palanca para abrir la trampilla, poca cosa podíamos hacer.

—¿Dónde narices estará? —gruñó Fletch, sacando un paquete de B&H.

Me encogí de hombros.

—A lo mejor no viene.

Entonces todos podríamos irnos a casa y olvidarnos de este estúpido plan sin sentirnos culpables o parecer unos rajados.

Chris restregaba las zapatillas sobre la tierra. Fletch se fumó un cigarrillo hasta que solo quedó una colilla al rojo. Yo consultaba una y otra vez mi reloj, fingiendo estar cabreado, pero en el fondo me sentía cada vez más aliviado. Estaba a punto de proponer que lo dejáramos para otro día y nos marcháramos a casa cuando oí una voz familiar:

—¿Todo bien, chicos?

Nos dimos todos la vuelta. Hurst bajaba por la cuesta a grandes zancadas. No iba solo. Marie descendía con dificultad tras él.

—¿Por qué está ella aquí? —preguntó Chris.

—Porque es mi novia. Por eso.

El alma se me cayó a las botas, que me iban grandes. Marie, además de un atuendo no precisamente ideal para la espeleología —vaqueros lavados a la piedra y zapatos con tacón de aguja—, llevaba una bolsa de la compra por la que asomaba una botella de Diamond White.

—Bueno, ¿estamos todos listos? —Con una gran sonrisa, Hurst blandió la palanca. Arrastraba un poco las palabras al hablar.

—Listos. —Fletch lanzó a un lado la colilla, que se quedó en el suelo, brillando como un ojo enrojecido y rencoroso.

Chris volvía a arrastrar los pies adelante y atrás, como si tuviera que ir al baño o las deportivas le vinieran pequeñas. Se le veía nervioso, pero su nerviosismo parecía distinto del mío. Irradiaba una agitación matizada de impaciencia.

—Ella no debería haber venido —farfulló, casi para sí.

Marie le lanzó una mirada desafiante.

—¿Te refieres a mí? —preguntó.

A pesar de la situación —y de que opinaba lo mismo que Chris—, no pude evitar fijarme en que estaba especialmente guapa esa noche. Tenía el cabello alborotado, y la caminata hasta allí (seguramente en combinación con la sidra) le había teñido las mejillas de un rubor sonrosado que la favorecía. Tragué en seco y restregué también el suelo con los pies.

Dio unos pasos hacia Chris.

—¿Insinúas que no debería estar aquí porque soy una chica? ¿Crees que soy demasiado patética para apuntarme a vuestras cosas?

Aunque Marie ya era peleona de por sí, esa noche había algo en ella —quizá también la sidra— que le infundía una actitud más agresiva.

Chris se echó para atrás.

—No. Es solo que...

—¿Qué?

—Nada —me apresuré a decir—. Chris solo quería protegerte. No sabemos qué habrá ahí abajo. Podría ser peligroso.

Ella hizo ademán de replicarle algo de nuevo, pero cambió de idea y suavizó su expresión.

—Bueno, te lo agradezco, pero no te preocupes. Puedo cuidar de mí misma. —Sacó la botella de Diamond White de la bolsa, desenroscó el tapón y tomó un sorbo.

—Y si ella no puede, yo cuidaré de ella —saltó Hurst, agarrándole primero el culo y luego la sidra, y se echó varios tragos entre pecho y espalda.

—Hagámoslo de una vez —masculló Fletch.

Advertí que tampoco estaba muy contento con la presencia de Marie, aunque por motivos diferentes. Fletch siempre se había considerado el mejor amigo de Hurst. Ahora que Marie estaba allí, él descendía un puesto en la jerarquía.

—Tienes toda la maldita razón —dijo Hurst, devolviéndole la sidra a Marie.

Se acercó a la trampilla con chulería e hincó la palanca bajo el borde metálico. En su primer intento, trastabilló y la barra se le resbaló de las manos.

—¡Mierda!

La recogió y la insertó de nuevo bajo la trampilla. Se le escapó de nuevo.

—A lo mejor está atascada —aventuré.

Me miró con mala cara.

—¿Tú crees, genio? —Desplazó la vista entre Fletch y yo—. ¿Y si me echáis una mano?

De mala gana —al menos por mi parte—, nos dirigimos hacia allí. Fletch llegó el primero. Asió la palanca justo por debajo de donde la estaba sujetando Hurst, y ambos empujaron hacia abajo.

Clavé la mirada en la trampilla, ordenándole con el pensamiento que no se moviera. Pero esta vez se oyó el chirrido del metal oxidado, que cedía después de años de desuso.

—Más —gimió Hurst con los dientes apretados.

Empujaron de nuevo, y esta vez vi que la trampilla se elevaba. Unos pocos centímetros de oscuridad aparecieron entre el metal y el suelo. Una oscuridad tan negra como mis presentimientos.

—Otra vez —gruñó Hurst.

Fletch soltó un grito, un auténtico rugido, y volvieron a apoyar todo su peso sobre la palanca.

La trampilla subió un poco más.

—¡Cogedla! —bramó Hurst.

Chris y yo nos agachamos y agarramos la portezuela metálica por la orilla. Marie se unió a nosotros. Tiramos de ella entre los tres. Pesaba, pero no tanto como yo había imaginado.

—Una, dos y tres.

Hicimos fuerza juntos, y esta vez la trampilla saltó, de forma tan repentina como inesperada. Nos tambaleamos hacia atrás cuando cayó al suelo en medio de una nube de tierra y polvo, con un golpe sordo cuyas vibraciones noté a través de las suelas de mis botas.

Hurst profirió un aullido de triunfo. Tiró la palanca al suelo y chocó esos cinco con Fletch. Marie sonreía como una lela. Hasta yo sentí una descarga momentánea de adrenalina. Solo Chris permanecía en silencio, con el semblante impasible.

Todos nos aproximamos al agujero y echamos un vistazo hacia abajo. Fletch encendió su linterna. Yo regulé la lámpara del casco de minero. Suponía que no vería más que oscuridad, una negrura profunda apenas hendida por nuestras luces; una larga caída en línea recta hacia la nada.

No fue eso lo que vi. Vi algo mucho peor. Escalones. Peldaños de metal incrustados en la piedra, formando una escalera de mano que descendía en vertical, muchos muchos metros. No alcanzaba a vislumbrar el fondo. Un escalofrío glacial me bajó por el espinazo.

—Joder —murmuró Hurst—. Tenías razón, Chicomanteca. Era una entrada.

Pero ¿hacia dónde?, me pregunté. ¿Qué diantres creíamos que encontraríamos ahí abajo?

Hurst alzó la vista de nuevo. Le brillaban los ojos. Yo conocía esa mirada, fija, peligrosa, enloquecida.

—Bueno, ¿quién baja primero?

Es una pregunta ociosa, porque...

Se volvió hacia mí.

—Thorney, tú llevas todo el equipo.

Se veía venir. Cuando miré por el agujero, se me revolvieron las tripas. Yo no quería descender allí. Nada de lo que pudiéramos encontrar en el fondo de ese pozo largo y oscuro valdría la pena. Nada de todo aquello valía la pena.

—No sabemos adónde conduce —objeté—. Esos peldaños parecen viejos y oxidados. Podrían romperse. La caída desde aquí sería brutal.

Fletch emitió un cloqueo largo y lento.

—¿Qué te pasa, Thorney? ¿Eres un gallina?

Sí, lo era. Un gallina de tomo y lomo, de los que tenían plumas y ponían huevos.

Hay momentos en la vida en que uno tiene que decidir entre hacer lo correcto o ceder a la presión del grupo. Si daba media vuelta y me marchaba en ese instante, estaría tomando la decisión juiciosa y sensata —y tal vez incluso los demás me seguirían—, pero podría despedirme de seguir formando parte de la pandilla de Hurst. Tendría que resignarme a pasar el resto de mi vida escolar comiéndome el almuerzo en una parada de autobús.

Aun así, podría comerme el almuerzo porque seguiría con vida.

—¿Joe? —dijo alguien. Era Marie. Me posó la mano en el brazo. Me dedicó una sonrisa lánguida y etílica—. No tienes que hacerlo si no quieres. No pasa nada.

Entonces me decidí. Levanté las manos para ajustarme la correa del casco de mi padre.

—Iré —dije.

—Genial. —Hurst me dio una palmada en la espalda. Paseó la vista por el rostro de los demás—. ¿Estáis todos listos?

Gestos afirmativos y murmullos de asentimiento. Sin embargo, percibí el nerviosismo en la cara de Fletch. Solo Hurst parecía convencido, animado por el alcohol y un entusiasmo frenético. Y también Chris. Se le veía tan tranquilo como si estuviera de compras.

—Bien. Vamos allá. —Hurst recogió su corbata del suelo, se la anudó a la cabeza y sonrió de oreja a oreja—. Acorralado. —Acto seguido, impulsado por una ocurrencia de último momento, se agachó y empuñó la palanca.

Me quedé mirándola mientras se me formaba un nudo extraño y apretado en el estómago.

—¿Para qué quieres eso?

Sonriendo de nuevo, se dio unos golpecitos en la palma de la otra mano con la barra.

—Solo por si acaso, Thorney. Solo por si acaso.

Los peldaños no solo estaban oxidados, sino que eran estrechos. A duras penas conseguía apoyar en ellos la punta del pie. Crujían y se combaban cuando descansaba mi peso sobre ellos. Me aferraba a ellos como a un clavo ardiendo, rezando porque no me fallaran las fuerzas antes de llegar al fondo.

Por encima de mi cabeza, oía que los demás me seguían, haciendo caer trocitos de metal y tierra sobre mi casco de minero. Aunque en el momento de ponérmelo me había sentido un poco ridículo, ahora me alegraba de contar con esa protección, que, además, me dejaba libres las dos manos para agarrarme.

Iba contando conforme descendía. «Diez, once, doce.» Cuando iba por el diecinueve, mi pie no encontró un peldaño en el que posarse. Lo agité al aire hasta que encontré apoyo sobre tierra firme. Me invadió un gran alivio. Bajé al suelo. Lo había conseguido.

—¡He llegado al fondo! —grité.

—¿Qué es lo que ves? —preguntó la voz de Hurst.

Miré alrededor, proyectando el haz pálido y amarillo del casco. Me encontraba en una pequeña cueva en la que apenas cabía media docena de personas. Estaba vacía, salvo por lo que parecían unos huesos de animal en el suelo. No estaba seguro de si esto era tranquilizador o decepcionante.

—No gran cosa —respondí.

Hurst aterrizó a mi lado con un ruido sordo. Lo siguieron Fletch, Chris y Marie. Esta bajaba con torpeza por los zapatos de tacón y sin soltar la bolsa en la que llevaba la botella de sidra.

—¿Ya está? ¿Era esto? —dijo.

Fletch recorrió la cueva con la luz de su linterna y escupió en el suelo.

—No es más que un agujero.

—Supongo que esto ha sido una pérdida del tiempo —comenté, intentando no parecer demasiado complacido.

Hurst frunció el ceño.

—A la mierda. Tengo que mear.

Se volvió hacia la pared. Oí que se bajaba la cremallera y a continuación el chorro de orina al golpear el suelo. El olor acre, acentuado por la sidra, inundó aquel reducido espacio.

Chris seguía mirando en torno así, con el entrecejo arrugado.

Me volví hacia él.

—¿Qué ocurre?

—Creía que habría algo más.

—Pues no hay nada, así que...

Pero él no me escuchaba. Comenzó a dar vueltas por la cueva, como un perro olfateando el rastro de un hueso. De pronto, se detuvo frente a una parte de la roca donde las sombras parecían fusionarse y hacerse más oscuras. Se agachó.

Y, de repente, desapareció. Parpadeé. ¿Qué demonios...?

—¿Dónde se ha metido? —preguntó Marie.

Hurst se subió la cremallera y se dio la vuelta.

—¿Dónde está Chicomanteca?

—Aquí —respondió una voz incorpórea.

Enfoqué mi lámpara en dirección a la voz. Y entonces lo vi: un hueco en la roca, estrecho y de poco más de un metro de alto. Fácil de pasar por alto, salvo para quien buscara con atención. O supiera que estaba allí.

—¡Baja más todavía! —gritó Chris desde la oscuridad—. Hay más peldaños.

—¡Eso está mejor, joder! —exclamó Hurst.

Me apartó de un empujón y se metió por el angosto agujero para reunirse con Chris. Tras unos instantes de vacilación y otro trago de sidra, Marie fue tras él, con Fletch a la zaga.

Suspiré, maldiciendo a Chris en mi fuero interno, y me agaché para seguirlos. Me pegué un topetazo contra la piedra. El casco de minero era demasiado ancho. La luz parpadeó y se apagó. Mierda. Seguramente le había dado un golpe a la pila. Retrocedí un poco y me quité el casco. Tendría que pasarlo de costado. Empecé a atravesar la abertura, paso a paso, pero me detuve. Me pareció oír algo. Un roce y una cascada de piedrecillas. El sonido procedía de detrás de mí, de los peldaños de metal por los que habíamos bajado.

Me volví, pero sin la luz del casco no veía más que sombras y chispas que me bailaban frente a los ojos.

—¿Hola? —grité—. ¿Hay alguien?

Silencio.

«Qué estupidez, Joe.» Allí no había nadie. El ruido seguramente había sido causado por el viento al soplar por la trampilla abierta. ¿Cómo iba a haber alguien ahí? Nadie sabía de la existencia de aquella entrada. Nadie sabía que estábamos allí. Nadie en absoluto.

«Aquí solo estamos las gallinas —pensé absurdamente, recordando una vieja canción que nos ponía la abuela—. Aquí no hay nadie más.»

Escruté por última vez las tinieblas antes de dirigir la vista al frente, pasar con dificultad por el hueco e iniciar el descenso en pos de los demás.

# 20

—¿Qué tal el fin de semana?

Beth emerge de entre una muchedumbre de alumnos y avanza a mi lado.

Se la ve lozana, llena de vida y con todas esas cualidades que por lo general detesto percibir en alguien los lunes antes de las ocho y media de la mañana.

La miro a través de unos párpados que parecen cargados con plomo.

—Divino.

Me escruta el rostro con los ojos entornados.

—¿En serio? Parece todo lo contrario.

Camino por el pasillo arrastrando los pies.

—Así es como te deja un buen fin de semana.

—Ya. Supongo que a tu edad se tarda más en recuperarse de la resaca.

—¡¿A mi edad?!

—Ya sabes, la madurez. La edad de las crisis, la grasa abdominal y los exámenes de próstata.

—Eres un auténtico rayito de sol en esta deprimente mañana de lunes, ¿sabes?

—Oh, y aún no he desplegado mis mejores artes.

—Hagamos cuenta que ya has llegado al punto culminante.

Me dedica un guiño.

—Oh, créeme que cuando llegue, lo notarás.

—Lo dudo. A mi edad...

Suelta una risita grave y sonora que, en realidad, me ayuda un poco a salir de mi sombrío estado de ánimo.

«Entonces ¿por qué me mintió?»

Estoy buscando la manera de preguntárselo cuando un alumno de segundo peinado como un miembro de un grupo pop juvenil y un uniforme que raya en lo inaceptable dobla la esquina derrapando y por poco choca con nosotros, pero consigue reducir el impulso y frenar con un chirrido.

—¿Nadie te ha explicado que en los pasillos no se corre? —digo en tono cortante.

—Perdón, señor, señorita, pero tienen que ir a los servicios.

—Yo ya he ido, gracias.

Beth me echa una mirada de reproche.

—¿Qué ha pasado? —pregunta.

Él se revuelve, nervioso.

—Creo que deberían ir a verlo, señorita.

—Tendrás que contarnos algo más —digo.

—Es Hurst. Se ha metido ahí con un chico y... —Le falla la voz. A ningún alumno le gusta ser un chivato.

—Vale. Vamos para allá. —Asiento con la cabeza para indicarle que puede retirarse—. Y no te preocupes: tú no has visto nada.

Agradecido, se aleja a toda prisa por el pasillo.

Miro a Beth, que suspira.

—Ya me he quedado sin mi café.


Oigo unos gritos y risotadas apagadas cuando nos acercamos. Intento abrir la puerta. Alguien la mantiene cerrada desde el otro lado.

—Largo. Está ocupado.

—No, ya no.

Empujo con el hombro e irrumpimos en los servicios. El muchacho que estaba sujetando la puerta da un traspié y cae sobre los urinarios. Contemplo la escena que se despliega ante mí. Tres de los compinches de Hurst forman un semicírculo. El propio Hurst está arrodillado en el suelo sobre un chico, con un táper al lado. Lo agarro del brazo y lo obligo a levantarse.

—Vete a ese rincón y espera allí.

Me vuelvo hacia el chico que está en el suelo. Se me encoge el corazón. Marcus. Quién si no.

—¿Estás bien?

Asiente. Intenta incorporarse, sin conseguirlo. Le tiendo la mano, pero no la acepta. Noto algo extraño en su boca.

—Marcus, dime algo. ¿Te encuentras bien?

De pronto, se aprieta el abdomen con las manos, se convulsiona y sufre una arcada. Trozos de tostada a medio digerir salen despedidos sobre las losas agrietadas y con manchas, junto con algo más: una maraña aplastada de cuerpos oscuros y patas finas como hilos. Uno de ellos se levanta penosamente e intenta escabullirse. Noto que el estómago también me da un vuelco. Son típulas.

Cojo el táper. Aún está medio lleno de insectos larguiruchos. Han estado obligando a Marcus a comérselos. Por un momento se me nubla la visión. Solo veo manchas blancas.

—¿De quién ha sido la idea? —pregunto. Como si no lo supiera.

Se hace de nuevo el silencio.

—¡He dicho que de quién ha sido la idea!

Mi voz resuena entre las paredes alicatadas.

Hurst da un paso al frente, curvando los labios en una sonrisa burlona. Me muero de ganas de arrancársela de la cara.

—Mía, señor. Pero él me había provocado.

—¿De veras?

—Sí. Marcus ha estado insultando a mi madre. Por lo del cáncer. Pregúntele a quien quiera.

Mira a su cuadrilla de cabezas huecas. Todos asienten con la cabeza.

—Mientes —espeto.

Se me acerca despacio hasta que estamos casi nariz con nariz.

—Demuéstrelo, señor.

Sin poder contenerme, le propino un empujón contra el lavamanos. Lo agarro del pelo y le estampo la cabeza contra los grifos oxidados, una y otra vez. La sangre salpica los azulejos de las paredes, decorándolos con formas rojas abstractas. Noto que el cráneo se le agrieta y se le astilla. Varios dientes salen disparados de su boca y caen al suelo. No puedo detenerme. No puedo hasta que...

Beth me posa la mano en el brazo.

—¿Por qué no deja que me encargue yo de esto, señor Thorne?

Parpadeo. Hurst continúa de pie frente a mí con su sonrisa burlona. Mi mano derecha se ha cerrado en un puño junto a mi costado. Pero no le he tocado un pelo.

Beth coge el táper que sostengo con la otra mano.

—Hurst, estoy a un cojón de mosquito de expulsarte. Si dices una palabra más, lo haré. Al despacho del director, todos. Rapidito.

—Debería acompañarte —digo.

—No —replica con firmeza—. Tú quédate aquí y ocúpate de Marcus.

Abre la puerta de un tirón y todos salen en fila, incluido Hurst. Ella vuelve la cabeza y me lanza una mirada extraña.

—Ya hablaremos de esto más tarde, señor Thorne.

—Lo tenía controlado.

Por toda respuesta, cierra de golpe la puerta. Fijo la vista en ella un momento antes de bajarla de nuevo hacia Marcus, que está hecho un ovillo en el suelo, jadeando.

—¿Puedes ponerte de pie?

Asiente levemente. Esta vez, cuando le tiendo la mano, la acepta. Lo ayudo a levantarse y señalo el lavamanos.

—¿Por qué no te lavas la cara y te enjuagas la boca?

Asiente de nuevo, aturdido. Contemplo los restos de las tostadas y típulas regurgitadas. El insecto medio muerto se ha dado por vencido y ha quedado despatarrado en el suelo.

Exhalo un suspiro. Las tareas de un profesor. Entro en uno de los cubículos y cojo un buen trozo de papel (dadas las normas del colegio, hace falta juntar varias hojas para conseguir un fajo que no se desintegre al contacto con cualquier cosa húmeda o sólida). Caigo en la cuenta de que hay algo en el retrete, aparte de una ingente cantidad de orina que despide un olor ácido. Un objeto negro flota en el centro de la taza. Un teléfono móvil. Tiro de la cadena, asumiendo el riesgo de que sea lo bastante pequeño para irse por el desagüe, lo cojo con escrúpulo y lo seco con papel de váter. Después de echar un vistazo al viejo Nokia, salgo del cubículo.

Marcus cierra el grifo, se limpia la cara con la manga del blazer y me mira, pestañeando. Tiene los ojos bordeados de rojo.

—¿Esto es tuyo? —pregunto, sosteniendo en alto el móvil.

Asiente con la cabeza.

—Sí.

—¿Qué le ha pasado a tu iPhone?

Baja la vista hacia sus zapatos.

—¿Usted qué cree?

La rabia me arde en el pecho. No podemos protegerlos a todas horas. Soy consciente de ello. Hacemos todo lo posible mientras están en el colegio. Pero no podemos acompañarlos en el camino a casa, en el parque, en el patio de juegos, cerca de las tiendas. Los abusones no dejan de serlo después de clase.

—Marcus...

—No pienso ir a hablar con el director.

—Ni yo pienso obligarte. Tanto Beth como yo hemos visto

lo que ha ocurrido. Con un poco de suerte, expulsarán temporalmente a Hurst.

—Sí, claro.

Me gustaría contradecirlo, pero me falta la fuerza de voluntad necesaria.

—Nunca se sabe —comento.

—Yo sí lo sé. Y usted también.

No contesto.

—¿Puedo irme ya, señor?

Asiento con un gesto cansino. Tras echarse la mochila al hombro, se marcha arrastrando los pies. Yo me quedo en los servicios, contemplando la pota en el suelo. Marcus no es mi problema, me digo. Ni siquiera estaré aquí mucho tiempo más. Aun así, mi irritante lado bueno desea ayudarlo. Intento ignorarlo y cojo otro trozo de papel de baño. Entonces caigo en la cuenta de que aún tengo su teléfono. Me lo guardo en el bolsillo. Ya lo buscaré más tarde para dárselo. Limpio el vómito —con el rostro crispado y el estómago revuelto— y salgo cojeando de los servicios.

Podría dirigirme al despacho de Harry, pero el instinto me dice que mi presencia solo empeoraría la situación. Además, ya sé lo que pasará. Como si lo viera: un tirón de orejas. Un castigo leve. Harry exhalando un hondo suspiro mientras explica que tiene las manos atadas, que expulsar a Hurst no resultaría apropiado en estos momentos, considerando el estado de salud de su madre, por no hablar de los inminentes exámenes. Además, ya sabemos cómo son los adolescentes.

El problema es que, si dejamos que los adolescentes sean como son, pronto estarán embadurnándose la cara en sangre de cerdo, despeñándose unos a otros y aplastándoles la cabeza a sus amigos. Nuestro deber como profesores, adultos y padres es impedir a todos los efectos que los adolescentes sean como son, o el mundo entero se irá a la mierda.

Avanzo a paso lento por el pasillo, ahora desierto, aunque

en realidad los pasillos de los colegios nunca parecen desiertos del todo. Resuenan entre sus paredes las risas, los gritos y los chillidos de alumnos que pasaron por allí años atrás. Sus fantasmas permanecen, arremolinándose alrededor de mí, propinándome empellones entre exclamaciones como «¡eh, Thorney!» y «¡vamos a por ti, Chicomanteca!». El timbre suena una y otra vez mientras zapatillas deportivas podridas y reducidas a polvo chirrían por las esquinas en su carrera hacia clases que nunca acaban. En algunos momentos me parece vislumbrar un reflejo de alguien que no soy yo en el cristal de las ventanas. Una mata de pelo rubio, un chico menudo y delgado con un amasijo rojo allí donde antes tenía la cara. Y de pronto, se esfuman, relegados al registro de la memoria.

—¿Señor Thorne?

Pego un brinco. La señorita Grayson se encuentra frente a mí, sujetando un montón de carpetas azules contra el pecho y observándome con frialdad a través de las gafas.

—¿No debería estar en clase? —pregunta ella en un tono que me hace sentir que debería ir en pantalón corto.

—Eh, sí, ahora mismo me dirigía hacia allí.

—¿Va todo bien?

—Bueno, ha sido una de esas mañanas en que uno se pregunta por qué decidió dedicarse a la docencia.

Asiente con la cabeza.

—Está haciendo usted un buen trabajo, señor Thorne.

—¿De verdad?

—Sí. —Me posa la mano en el brazo. El frío de sus dedos traspasa la tela de la camisa—. Lo necesitamos aquí. No se rinda.

—Gracias.

Algo que guarda un parecido asombroso con una sonrisa asoma por unos instantes a su rostro. Acto seguido, ella se aleja con sus silenciosos y funcionales mocasines, su cárdigan y su falda beige, como el fantasma de los años de colegio pasados.

Cuando por fin llego al aula, me encuentro a mis alumnos de tercero esperándome. Y por «esperándome», quiero decir sentados, con la vista fija en sus móviles y los pies encima de un pupitre. Algunos se meten con desgana el teléfono en el bolsillo o se enderezan en sus asientos cuando entro. La mayoría ni siquiera se toma esa molestia y apenas se vuelve hacia mí mientras dejo la cartera sobre mi silla.

Me quedo contemplándolos. A pesar de las palabras de la señorita Grayson, me ha invadido una sensación deprimente por la inutilidad de mi trabajo, mi vida, mi retorno a este lugar. Camino por toda la sala repartiendo ejemplares gastados de *Romeo y Julieta*.

—Guardad esos móviles o los confiscaré. Y os advierto que confundo a menudo el microondas con la caja fuerte del colegio.

Se produce un pequeño despliegue de actividad.

—Muy bien —digo cuando regreso al frente del aula—. La clase de hoy: cómo podéis sacar todos un notable, como mínimo, en los mediocres trabajos que me entregasteis la semana pasada.

Un murmullo recorre la sala. Un sospechoso imprudente levanta la mano.

—¿Cómo, señor?

Me siento y extraigo la pila de deberes que debería haber corregido durante el fin de semana.

—Quedaos sentados en silencio fingiendo que repasáis, mientras yo finjo que me los leo.

Saco mi bolígrafo rojo y lanzo una mirada significativa a los alumnos. Ellos abren los libros.

Después de clase, una vez que los alumnos se han marchado y yo he terminado de corregir —al contrario de lo que he dicho, me los he leído casi todos y algunos incluso merecían de verdad un notable—, recojo mis cosas, enciendo el móvil y compruebo si tengo mensajes. Nada. Ni una respuesta de mi críptico mensajero. En realidad, tampoco contaba con recibirla. Las cosas no funcionan así. De todos modos, fiel a mi amor por las causas perdidas, marco el teléfono una vez más.

Oigo el tono de llamada. Arrugo el entrecejo. Otro teléfono está sonando, en perfecta sincronía, en esta misma sala. En mi bolsillo. Meto la mano y saco el viejo Nokia. El móvil de Marcus. Miro la pantalla. Mi número parpadea en ella. Los tonos cesan, y una voz automática me informa de que me atiende el buzón de voz de Vodafone y blablablá.

Sigo observando el teléfono con fijeza, intentando encontrar un sentido a las cosas, el que sea, cuando oigo unos golpes enérgicos en la puerta del aula. Me guardo de nuevo el Nokia en el bolsillo.

Beth entra con paso tranquilo y se sienta encima de un pupitre.

—Buenas.

—Adelante, toma asiento.

—Gracias, así lo haré.

—¿Qué ha pasado con Hurst?

—Lo han castigado a quedarse después de clase durante una semana.

—¿Y ya está?

—Es más de lo que esperaba. Conozco amebas con más sangre en las venas que Harry.

—¿Así que los amiguetes de Hurst han corroborado su versión?

—Oh, han coreado todos su estribillo como la boy band más fea del mundo.

—Ya.

Nos quedamos callados por unos instantes.

—Oye, respecto a lo sucedido...

—Tenías razón —digo—. He estado a punto de perder los papeles.

—Eso me ha parecido.

—A veces, con Hurst, tengo una sensación muy fuerte de que la historia se repite.

—Sé que seguramente no es asunto mío.

—Seguramente.

—Pero ¿tienes algún problema con Hurst padre, por haber vuelto?

—¿Por qué lo preguntas?

—No soy la única que lo pregunta.

—¿Ah, no?

—A Harry le ha llegado el rumor de que compartís un pasado. Creo que le preocupa que eso le acarree problemas. Y, con problemas, me refiero a más trabajo.

—No tiene por qué preocuparse. Ese pasado en particular ya está olvidado.

—En este lugar no se olvida nada.

No le falta razón. En Arnhill hay más secretos que genes compartidos.

—En fin —continúa—. ¿Te apetece tomar una birra y charlar mañana por la noche?

Medito por un momento. No tengo muchas ganas de hablar de Hurst. Por otro lado, sí que me gustaría hablar con Beth.

—De acuerdo.

—Bien. Invitas tú.

—Ah. Vale.

Sonríe y se baja del pupitre. Hay otra cosa que necesito preguntarle.

—Beth, ¿cuánto sabes acerca de Marcus y su familia?

—¿Por qué?

—Por curiosidad.

—Pues su madre es asistenta. Lauren te dio su tarjeta el otro día en el pub.

Oigo un leve chasquido en un recoveco de mi cerebro. Es mi mente atando cabos. Saco la cartera y recupero la tarjeta.

—¿Dawson, Azotes de la Suciedad?

—Exacto —dice Beth.

Lo que significa que Lauren —camarera hosca, paseadora de perros reticente— es la hermana de Marcus. De pronto reparo en el parecido. La torpeza desgarbada. La ineptitud social. Reflexiono. El mensaje de texto salió del teléfono de Marcus. Ese día estaba en el cementerio. No fue casualidad. Pero ¿cómo consiguió mi número? ¿Y cómo sabía lo de las pintadas, lo de mi hermana? No, hay algo más. Algo que se me escapa.

—¿La madre de Marcus ha vivido siempre aquí?

—Como la mayoría de los vecinos de Arnhill, ¿no?

—¿Cuál es su nombre de pila?

—Ruth.

De pronto, algo se remueve en mi cabeza, como el primer día, frente a la verja del colegio. Un antiguo recuerdo que despierta.

—¿Dawson es su apellido de soltera?

Beth pone cara de exasperación.

—¡Madre mía! ¿Quién te has creído que soy? ¿El registro de matrimonios de todos los habitantes de Arnhill? Aunque te cueste creerlo, tengo una vida fuera de este pueblucho, ¿sabes?

—Claro. Perdona.

Me clava la mirada, cruzando los brazos.

—¿Por qué quieres saberlo, a todo esto?

Porque sí. Porque necesito respuestas.

—Creo que es posible que estudiáramos juntos.

Suelta un sonoro suspiro.

—Pues no, de hecho, no es su apellido. Su esposo murió hace ya varios años. No fue una gran pérdida; era un mal bicho, según todos los que lo conocían. Por eso Lauren ni siquiera quiere usar su apellido.

—¿Y todo esto cómo lo sabes?

—Ayudé a Lauren a rellenar solicitudes de empleo. Me di cuenta de que el apellido era diferente. Me explicó que utiliza el de su madre.

—¿Es decir?

—Moore.

Casi me pego una palmada en la frente.

«Ruth Moore es muy pobre, aunque come gratis se queda con hambre.» «Ruth Moore, fea y sin blanca, se mete en el váter a lamer la caca.»

Otra adolescente desmañada y socialmente discapacitada. Otra víctima. Y, no obstante, a veces son esos chicos los que más se fijan en lo que ocurre a su alrededor. Como pasan desapercibidos, lo absorben todo: los rumores, los cotilleos, los residuos de la vida escolar; los pillan al vuelo, como quien intercepta un tronco arrastrado por las aguas turbulentas de un río. Y nadie descubre jamás lo mucho que saben. Porque nadie se lo pregunta.

Beth frunce el ceño.

—¿Va todo bien?

—Sí. Solo estaba pensando que tal vez podría hablar con ella sobre Marcus.

Entre otras cosas.

—Puedes intentarlo. Pero es un poco rara. —Me mira y recapacita—. Ahora que lo pienso, seguro que os llevaréis bien.

—Gracias.

—No hay de qué. —Se encamina hacia la puerta—. Luego nos vemos.

Espero a que los rechinidos de sus zapatillas se pierdan a lo lejos para examinar la tarjeta de Ruth. Dawson. Azotes de la Suciedad. Al dorso, un número y un eslogan: «No hay tarea demasiado pequeña ni estropicio demasiado grande».

Ojalá fuera verdad. Por desgracia, hay cosas que no se arreglan con un estropajo y un cubo con lejía. Al igual que la sangre, siguen ahí, pudriéndose bajo la superficie.

«Sé lo que le pasó a tu hermana.»

Y, a veces, vuelven.

# 21

La terraza es pequeña y está bien cuidada. Su aspecto no denota pobreza ni mucho menos. Tiene ventanas nuevas, de PVC, y una puerta de madera elegante, con un vistoso cesto colgante para plantas. Hay un Fiesta azul aparcado en el bordillo que lleva las palabras «Dawson. Azotes de la Suciedad» escritas en el costado con unas relucientes letras plateadas.

Recorro el corto sendero de entrada. Un gato atigrado gordo que holgazanea en el alféizar me observa con perezoso desdén. Vacilo unos instantes ante la puerta. Aunque he tenido todo el día para pensar en ello, sigo sin saber muy bien cómo abordar este asunto. Esos mensajes eran anónimos por algo. Si Ruth los mandó, seguro que no quiere hablar. La pregunta es: ¿por qué los envió?

No conozco a Ruth. No llegué a conocerla bien en aquellos años. Ni yo ni nadie en el colegio, nunca formó parte de un grupo. No hizo amigos. Nadie la incluía en su equipo. Nadie la elegía la primera salvo para juegos de humillación y tormento.

Recuerdo que un día otra muchacha le robó las bragas durante la clase de educación física. Una cuadrilla de chavales —chicos y chicas— armados con palos y reglas salieron del colegio tras ella. Mientras ella intentaba huir a casa, la rodearon, burlándose, insultándola y levantándole la falda para dejar al descubierto su desnudez. Fue un acto cruel y horripilante que ni siquiera tenía connotaciones sexuales, sino simple y sencillamente el deseo de someterla a una degradación inhumana. No sé hasta dónde habrían llegado si la señorita Grayson, que advirtió lo que sucedía desde una ventana, no hubiera intervenido y la hubiera llevado a casa.

Aunque en casa no es que la situación fuera mucho mejor. Su madre bebía y su padre tenía mal genio. Mala combinación. Cuentan que los gritos de ambos se oían desde la otra punta de la calle. Prácticamente el único camarada que tenía Ruth era un perro viejo y sarnoso que ella solía pasear por la antigua explotación minera.

Aquel día, no fui uno de los chavales que la acosó. Pero tampoco me siento orgulloso. No la ayudé. Simplemente me quedé al margen, presenciando su suplicio. Y después me marché. No fue la primera vez. Ni sería la última.

Ruth era una de esas personas en las que te esfuerzas por no pensar en ellas cuando terminas los estudios, porque recordarlas te hace sentir mal contigo mismo. Y yo ya tenía cosas más importantes por las que sentirme mal.

Alzo el puño para dar unos golpes en la puerta cuando esta se abre de repente.

Tengo delante a una mujer baja y fornida. Lleva una bata de limpieza color magenta, con el nombre de la empresa cuidadosamente bordado en el pecho. Lleva muy corta la negra y espesa cabellera. Supongo que más por motivos prácticos que estéticos. Debajo del flequillo romo, su rostro cuadrado muestra la expresión estoica de una persona acostumbrada a la desilusión. Es un rostro castigado por los pequeños golpes de la vida, que por lo general son los que más duelen.

Me observa con suspicacia y los brazos cruzados.

—¿Sí?

—Eh... ¿La señora Dawson? Le he dejado un mensaje hace un rato. Soy Joe Thorne. Doy clase en...

—Ya sé quién eres.

—Claro.

—¿Qué quieres?

Salta a la vista que la falta de delicadeza social es un rasgo de toda la familia.

—Bueno, como decía en el mensaje, quería devolverle su móvil a Marcus. Lo ha perdido hoy en el colegio. ¿Está en casa?

—No. —Extiende la mano—. Ya se lo daré.

Titubeo. Si le entrego el teléfono ahora, estoy seguro de que tendré que proseguir esta conversación con una puerta cerrada.

—¿Puedo pasar?

—¿Por qué?

—Había otra cosa que quería comentar contigo.

—¿El qué?

Me debato en la duda. Hay ocasiones en que conviene mostrar las cartas. Y hay otras en las que lo mejor es emplear una estrategia de largo plazo.

—Necesito una asistenta.

Espero su reacción. Por un momento, temo que me cerrará la puerta en las narices. En vez de ello, se hace a un lado.

—Tengo la tetera al fuego.


La casa está tan impecable por dentro como por fuera, hasta tal punto que me pone un poco nervioso. Huele a desinfectante y ambientador. Noto que las fosas nasales se me ensanchan y me palpitan las sienes.

—Por aquí.

Ruth me guía hasta una pequeña cocina. Hay otro gato echado sobre la encimera: gris, esponjoso, con mirada malévola. Me pregunto dónde andará el perro. A lo mejor Lauren lo ha sacado a pasear.

Me saco el teléfono de Marcus del bolsillo y lo deposito sobre la mesa de la cocina.

—Se ha mojado un poco, pero aún funciona.

Ruth le echa un vistazo. Su expresión no delata nada.

—Marcus tiene un iPhone.

—Me temo que ya no. Se le rompió.

Me dedica una mirada más severa.

—¿Se le rompió o se lo rompieron?

—No sabría decirte.

—No, claro que no. Nadie sabe nada nunca.

—Si Marcus quiere presentar una queja por acoso escolar.

—¿Qué? ¿Qué haríais? ¿Qué haría el colegio?

Me quedo moviendo los labios en silencio, como un pez varado, sin saber qué decir.

Ruth se acerca al aparador y saca dos tazas. Una tiene un dibujo de un gato. La otra proclama: «Mantén la calma. Soy profesional de la limpieza».

—He ido al colegio un montón de veces —dice—. A hablar con el director.

—Entiendo.

—Y ya ves para lo que ha servido.

—Lo siento.

—Creía que tal vez las cosas habían cambiado. Que los colegios ya no toleraban esa clase de comportamientos. Que tomaban medidas contra el acoso.

—En teoría, así es.

—Ya. Bonita teoría. Pero no sirve para un carajo. —Se vuelve hacia la tetera—. ¿Quieres un té?

—Pues preferiría un café.

Preferiría decirle que se equivoca, que hoy en día los colegios sí toman medidas enérgicas contra el acoso escolar. Que no lo barren todo bajo las colchonetas del gimnasio en aras de un informe de inspección educativa aceptable. Que los profesores tratan por igual a todos los alumnos, con independencia de quién sea su padre. Eso es lo que querría decirle.

—No hay café.

Pero no siempre podemos conseguir lo que queremos.

—Vale, un té está bien.

Llena las tazas de agua hirviendo y añade leche.

—Te recuerdo del colegio —dice—. Formabas parte de la pandilla de Hurst.

—Durante un tiempo.

—Siempre me pareciste distinto de los demás.

—Gracias.

—No lo decía como un cumplido.

No sé qué responderle. Decido quedarme callado por el momento.

Cuando termina de preparar el té, lleva las tazas hacia la mesa.

—¿No te vas a sentar?

Dejo caer el trasero sobre una silla. Ella toma asiento frente a mí.

—Me han contado que estás de alquiler en la casa de campo.

—Las noticias vuelan en Arnhill.

—Como siempre.

Coge su taza de té y toma un sorbo. Yo contemplo el líquido parduzco y turbio que reposa en mi taza y decido no imitarla.

—¿Le limpiabas tú la casa a Julia Morton?

—Sí. Aunque dudo que esté en condiciones de darte referencias.

—Supongo que llegaste a conocerlos bien, a Ben y a ella, ¿no?

Rodea su taza con las manos, observándome con un brillo de astucia en los ojos.

—¿Esa es la verdadera razón por la que has venido? ¿Quieres saber qué ocurrió?

—Quisiera hacerte algunas preguntas.

—Te costará.

—¿Cuánto?

—Una limpieza a fondo.

Me viene a la memoria la lista de precios de Lauren.

—¿Cincuenta libras?

—En efectivo.

Medito por unos instantes.

—Puedo vivir con el polvo. Veinticinco y tendrás que aceptar un cheque.

Se retrepa en su silla y cruza los brazos.

—Adelante.

—¿Cómo era Julia?

—No era mala persona, para ser profesora. No se daba demasiados aires. Aun así, se creía demasiado buena para este lugar. Casi todos se lo creen.

Y casi todos con razón.

—Pero ¿no estaba deprimida?

—Yo no noté nada.

—¿Y Ben?

—Buen chaval. O al menos lo era antes de que desapareciera.

—¿Qué pasó?

—Un día no volvió a casa después de clase. Todo el mundo salió a buscarlo. —Hace una pausa—. Hasta que reapareció.

Por primera vez, percibo incomodidad, una grieta en aquella fachada de mujer dura.

—¿Y luego?

—Cambió.

—¿En qué sentido?

—Siempre había sido un muchacho cortés y ordenado. Después de aquello, se olvidaba de tirar de la cadena. Su cama estaba siempre empapada en sudor y otros fluidos. Su habitación apestaba, como si algo hubiera llegado allí a rastras y se hubiera muerto.

—A lo mejor solo estaba atravesando una fase —aventuro—. Hay chicos que pasan de ser jóvenes encantadores a convertirse en adolescentes pestilentes en un abrir y cerrar de ojos.

Me mira mientras bebe un poco más de té.

—Los días que iba allí, era la última casa que limpiaba. A veces coincidía con Ben, que ya había regresado del colegio. Charlábamos. Preparaba té para los dos. Después de que reapareciera, me daba la vuelta y me lo encontraba allí, de pie, observándome sin decir nada. Me ponía la carne de gallina, por su forma de mirarme, por su olor. En ocasiones, lo oía soltar palabrotas entre dientes. Parecía que fuera otro el que hablaba. Aquello no era normal.

—¿Le comentaste algo a Julia?

—Lo intenté. Fue entonces cuando me comunicó que ya no me necesitaba. Me despidió.

—¿Cuándo?

—Justo antes de sacarlo del colegio para siempre.

Echo un vistazo a mi taza y pienso que ojalá estuviera llena de café cargado. No, rectifico: ojalá tuviera un whisky y un cigarrillo.

—Abre la puerta de atrás —me indica Ruth.

—¿Qué?

—Quieres un pitillo. A mí tampoco me vendría mal uno. Abre la puerta de atrás.

Me pongo de pie y me acerco a la puerta. Da a un pequeño patio trasero. Alguien ha intentado darle un aspecto más alegre con algunas macetas que contienen plantas medio marchitas. Al fondo hay una caseta para perros. Vuelvo a entrar y me siento. Saco dos cigarrillos de mi cajetilla, le ofrezco uno a Ruth y enciendo los dos.

—¿Qué crees que le pasó a Ben? —pregunto.

Tarda un momento en contestar:

—Cuando era pequeña, teníamos un perro. Yo lo paseaba por el terreno de la mina.

—Lo recuerdo —digo, preguntándome adónde quiere llegar.

—Un día se me escapó. Me quedé hecha polvo. Adoraba a ese perro. Regresó dos días después, con el pelo apelmazado por la mugre y el polvo, y con una cicatriz grande y sangrienta en torno al cuello. Cuando me agaché para acariciarlo, meneó el rabo y me mordió la mano. La herida me llegó hasta el hueso. Mi padre quería estrangularlo en ese mismo instante. «Cuando un perro se vuelve malo, ya está —dijo—. Ya no hay vuelta atrás.»

Me quedo mirándola.

—¿Estás comparando a Ben Morton con un perro?

—Estoy diciendo que algo le ocurrió a ese chico, algo tan terrible que su madre no pudo vivir con ello. —Da una calada al cigarrillo y exhala una densa vaharada de humo.

—¿Le contaste algo de esto a la policía?

Suelta un resoplido.

—¿Para qué? ¿Para que me tomaran por loca?

—Pero me lo estás contando a mí.

—Porque tú me vas a pagar.

—¿Es la única razón?

Tira la colilla dentro de su taza.

—Como ya he dicho, tú no eres como los demás.

—¿Por eso me mandaste ese correo electrónico?

Frunce el ceño.

—¿Qué correo electrónico?

—El que mencionaba a mi hermana. «Está volviendo a pasar.»

—Yo nunca te he mandado un correo electrónico. No había vuelto a pensar en ti desde que éramos niños hasta hoy.

—Sé que tú me mandaste el mensaje de texto. —Cojo el Nokia, que está sobre la mesa—. Se envió desde este teléfono. Me imagino que era un viejo móvil tuyo y que Marcus lo tomó prestado.

—Tampoco te he mandado un maldito mensaje de texto. Y ese móvil no es mío.

Su expresión de perplejidad parece auténtica. Noto que las palpitaciones en la cabeza se vuelven más intensas. Justo en este momento, la puerta principal se cierra de golpe y Marcus entra en la cocina arrastrando los pies.

—Hola, mamá. —Acto seguido repara en mi presencia—. ¿Qué hace él aquí?

—He venido a devolverte tu móvil —digo, mostrándole el Nokia.

Se le pone la cara larga.

—¿De dónde lo has sacado? —pregunto.

—Lo tengo desde hace siglos.

—¿Ah, sí? Entonces, esto te sonará: «Asfixiad a los niños. Tratadlos mal. Que descansen en pedazos».

El chico irradia sentimiento de culpa como si fuera calor corporal.

—¿Marcus? —lo anima a responder Ruth.

—Era una broma. Una vacilada.

—Así que ¿fue todo idea tuya?

—Sí.

—No te creo.

—Es la verdad.

—¿Te obligó alguien a mandar ese mensaje?

—Qué va. Nadie me obligó a hacer nada. —Saca la barbilla con un gesto desafiante.

—Vale. —Me guardo el teléfono en el bolsillo—. Entonces creo que pondré este asunto en manos de la policía.

Doy un paso hacia la puerta.

—¡Espere!

Me doy la vuelta.

—¿Qué quieres, Marcus?

Me mira con desesperación.

—Ella no perderá su trabajo, ¿verdad?

# 22

Más peldaños. Eran diferentes de los anteriores. Estaban tallados en la roca y formaban una curva que descendía de forma gradual, como una escalera de caracol. Una escalera resbaladiza y peligrosa. Cuando pisábamos algunos escalones, se desprendían de ellos trocitos de piedra que rodaban y rebotaban cuesta abajo. El golpeteo se oía durante mucho rato.

Las paredes de ambos lados eran escarpadas y el techo, bajo. Tenía que ir un poco agachado. Había colocado bien la pila del casco, pero, debido a la curvatura del túnel, la luz solo iluminaba uno o dos peldaños a la vez, por lo que en ocasiones parecía que el tercero conducía a un abismo de oscuridad. Aunque veía frente a mí el brillo oscilante de las otras dos linternas, estas solo me proporcionaban una iluminación irregular que se descomponía en formas abstractas y extrañas. Eso sí, por lo menos me confirmaban que nadie se había roto el cuello al caerse por el borde del precipicio. De momento.

De cuando en cuando, oía a alguien soltar un taco, por lo general Marie. No tenía idea de cómo se las arreglaba para bajar con aquellos tacones de aguja. Con mi mono de minero, estaba bañado en sudor. Las gotas me resbalaban por la frente y se escurrían por las cejas. El corazón me latía con fuerza, y mi respiración se volvía cada vez más desigual, no solo por la tensión y el esfuerzo. Mi padre me había explicado que, a mayor profundidad, menos oxígeno había en el aire.

—¿Falta mucho? —gruñó Fletch, porque, si a mí me estaba costando avanzar, él, que se fumaba diez pitillos al día, debía de estar pasándolo fatal.

Supuse que Hurst le contestaría, pero Chris se le adelantó.

—Ya casi llegamos —dijo con tranquilidad, y yo habría jurado que no estaba jadeando, que hablaba como si ni siquiera hubiera empezado a sudar.

Reanudamos la marcha con paso vacilante y a tropezones. Al cabo de unos minutos, me percaté de algo. Ya no bajaba tan encorvado. Podía ir erguido del todo. El techo era cada vez más alto. La cualidad de la luz también parecía estar cambiando. Hasta el aire se antojaba un poco más respirable, como si hubiera más a nuestro alrededor.

«Ya casi llegamos —pensé—. Pero ¿adónde?»

—Id con cuidado —gritó Chris—. Hay una caída.

Tenía razón. Al doblar el siguiente recodo, la estrecha galería se abría a una caverna mucho más amplia. Era grande. Muy muy grande. Alcé la vista. El techo se elevaba muy por encima de nosotros, formando una especie de cúpula. Unas gruesas vigas de madera lo sostenían. Se entrecruzaban y curvaban de un modo que me recordaba los tejados abovedados de graneros o iglesias. Eran similares, pero más rudimentarias. Los peldaños seguían descendiendo, aunque ya no teníamos una pared a nuestra izquierda, sino solo una pendiente que bajaba de forma abrupta.

—¡Joder! —chilló de pronto Marie. Se oyó el estallido repentino y quebradizo de un objeto de vidrio al hacerse añicos en la oscuridad—. La sidra.

Me sobresalté. Mi concentración flaqueó. El pie que me disponía a apoyar en el siguiente escalón resbaló. El tobillo se me torció bajo mi peso. Con un grito de dolor, intenté agarrarme de la pared, que, por supuesto, ya no estaba allí. En su lugar no había más que aire.

El miedo me arrebató el alarido de la garganta. Intenté sujetarme de algo, lo que fuera, pero era demasiado tarde. Había perdido el equilibrio. Cerré los ojos, preparado para la larga caída...

... y aterricé en el suelo casi de inmediato con un golpe sordo y un chasquido como el de un espinazo al quebrarse.

—Aaaay. Mieeerda.

—¿Joe? —La voz de Chris me llegó desde arriba—. ¿Estás bien?

Intenté incorporarme. La espalda me dolía un poco. Me sentía magullado, pero habría podido estar peor, mucho peor. Levanté la mirada. Veía las linternas y unas siluetas vagas unos pocos metros por encima de mí.

Lo habíamos encontrado, comprendí. Estábamos allí.

Me puse de pie ayudándome con los brazos. Noté otra punzada en el tobillo.

—Joder.

Me lo apreté. Ya estaba un poco hinchado. Esperaba que solo se me hubiera torcido y que no se me hubiera roto nada. Aún tenía que subir esos condenados escalones.

—¡Estoy bien! —respondí—. Pero me he hecho daño en el maldito tobillo.

—Ay, qué pena. ¿Qué ves? ¿Qué hay ahí abajo? —Era la voz de Hurst. Tan considerado y compasivo como siempre.

Llevaba el casco ladeado en la cabeza por el golpe. Apoyándome contra una pared rocosa para descargar peso del tobillo malo, me lo recoloqué. Eché un vistazo alrededor. Había más maderos empotrados en los muros, que se alzaban verticales desde el suelo. Entre ellos alcancé a vislumbrar otras formas y dibujos. Parecían hechos con palos blancos incrustados en la roca. Formaban diseños intrincados. Estrellas y ojos. Letras de aspecto extraño. Muñecos de palo. Reprimí un escalofrío. En algunas paredes se apreciaban menos dibujos. En vez de ello, había montones de palos y piedras amarillas embutidos en grandes nichos coronados con arcos.

No me gustó nada todo aquello. Daba repelús. Era raro. Chungo.

Oí que los demás descendían. Chris bajó con paso tranquilo hasta la caverna. Hurst dio un salto y cayó a mi lado con un golpe sordo, seguido casi de inmediato por Marie y Fletch. Hubo un momento de silencio mientras miraban en torno a sí, asimilando lo que veían.

—Hala, cómo mola —comentó Marie—. Parece algo sacado de *Jóvenes ocultos*.

—¿Tendrá algo que ver con la mina? —preguntó Fletch, en un despliegue de su siempre fecunda imaginación.

—No. —Aunque la palabra procedía de los labios de Chris, me la había quitado de la boca.

Aquello no era obra de mineros. Las minas se excavaban en la roca picando, labrando y extrayendo; ofrecían un aspecto tosco e industrial, pues estaban hechas con herramientas y maquinaria pesada.

Aquello era distinto. No era fruto de la necesidad o de un trabajo estoico. En cierto modo me habría gustado decir que se trataba de algo nacido de la pasión, pero tampoco habría resultado del todo adecuado. Mientras paseaba la vista en derredor, se me metió otra palabra en la cabeza. «Devoción.» Sí, era eso: devoción.

—Mueve la linterna alrededor, capullo —le ordenó Hurst a Fletch, que así lo hizo, obediente.

Giró en un círculo, barriendo la caverna con el haz de luz. Apenas llegaba a rozar las paredes más alejadas y, en vez de iluminarlas, acentuaba los huecos profundos y recovecos sumidos en tinieblas. Seguramente no era más que un extraño efecto óptico, pero si uno lanzaba una mirada fugaz, con el rabillo del ojo, casi parecía que las sombras se movieran, mutando y fluyendo sin cesar.

—Es flipante —masculló Hurst—. Chicomanteca tiene razón. Esto no es una mina. —Se volvió hacia mí—: ¿Tú qué piensas, Thorney?

Por más que me esforzaba, allí abajo no resultaba fácil pensar. Aunque la caverna era espaciosa y mucho menos sofocante que el angosto túnel, todavía me costaba respirar, como si el oxígeno se hubiera visto remplazado por otro elemento, más pesado y algo nauseabundo. Un elemento que nadie habría debido respirar jamás.

«Gases venenosos», pensé de pronto. Mi padre me había hablado varias veces de las emanaciones procedentes de las entrañas de la tierra. ¿Se trataba de eso? ¿Estábamos intoxicándonos lentamente allí abajo? Miré a Chris.

—Oye, ¿qué es este sitio?

Se encontraba cerca de los escalones, sin atreverse a adentrarse en la caverna. En la turbia penumbra, el rostro se le veía pálido, con churretes de suciedad, no exactamente asustado, pero sí tenso. Aparentaba muchos más años que los quince que tenía, como prefigurando el hombre que nunca llegaría a ser. Entonces sus vivaces ojos se encontraron con los míos y de pronto lo comprendí. Él no había descubierto ese lugar. El lugar lo había descubierto a él, y ahora el chico estaba desesperado por librarse de él.

—¿De verdad no lo sabéis? —dijo—. ¿No lo habéis pillado ya?

Volví a desplazar la vista por la caverna. Por el techo alto y abovedado. Por las vigas de madera. Y fue entonces cuando até cabos. Porque, cuando lo pensabas bien, resultaba obvio. Un aire irrespirable. Una cámara subterránea enorme. Como una iglesia, sin serlo.

—¿Si no hemos pillado el qué? —preguntó Hurst.

Y, pisándole los talones al pensamiento anterior, me vino otro. Los palos blancos de las paredes y las pilas de piedras en los nichos. Me dirigí cojeando a la pared más próxima. La lámpara de mi casco iluminó una estrella, un símbolo semejante a una mano y una figura de palo. De cerca, no parecían tan blancos. Y no eran palos. Eran otra cosa.

Algo que uno esperaría encontrar en un lugar así.

En una cripta, en una cámara mortuoria.

—Thorney, ¿vas a explicarme qué narices pasa aquí? —espetó Hurst, amenazador.

—Huesos —susurré, con toda la fuerza de mi voz consumida por el horror—. La roca está cubierta de huesos.

# 23

En ocasiones, uno tarda un rato en percatarse de que algo va mal. De que algo no es como debería. De que algo apesta. Como cuando pisas una mierda de perro y no te das cuenta hasta que estás sentado en el coche, preguntándote de dónde viene ese mal olor: procede de ti. Tú mismo te lo has llevado de paseo.

Cuando regreso a la casa, advierto que la puerta principal está entreabierta, solo un poco. Recuerdo muy bien haberla cerrado con llave. Cuando me acerco, veo que el marco está astillado y agrietado. Alguien ha forzado la puerta. La empujo para abrirla del todo y entro.

Alguien ha tirado los cojines del sofá y los ha rajado, derramando sus espumosas tripas por el suelo. La mesa de centro está volcada, los cajones del pequeño armario, desencajados. Mi ordenador portátil está hecho pedazos.

Alguien ha registrado la casa de arriba abajo. Frunzo el ceño mientras mi mente se toma unos segundos para evaluar la situación. Y entonces lo veo claro. Han sido Fletch y sus hijos, seguramente siguiendo instrucciones de Hurst. Supongo que, a fin de cuentas, no quiere negociar. Típico de Hurst: si alguien no le da lo que quiere, él lo consigue por cualquier método.

Sin embargo, sé muy bien que no han encontrado lo que buscaban.

Subo las escaleras con paso cansino. Encuentro el colchón

hendido y eviscerado, la ropa arrancada de las perchas del armario y amontonada de cualquier manera en el suelo. En cuanto me agacho para recoger unas camisas, noto por la humedad y el olor acre que alguien ha orinado profusamente sobre ellas.

Echo una ojeada al baño: han arrancado a tirones la cortina de la ducha sin motivo aparente, han quitado la tapa de la cisterna y la han destrozado. Yo podría haberles dicho que nada de lo que hicieran aquí me perturbaría más que las cosas que ya he encontrado en este lugar.

Por último, me dirijo hacia la habitación que faltaba: el cuarto de Ben. Abro la puerta y al contemplar el colchón lacerado y la moqueta desgarrada, noto que una pequeña llama de ira empieza a arder en mi interior. Bajo cojeando las escaleras.

Encuentro a Abbie-Ojos en la estufa, junto con la carpeta que descubrí debajo del ángel. Me pongo en cuclillas para sacar ambas cosas. Están ennegrecidas y cubiertas de hollín, pero no han llegado a prender. Me pregunto por qué. Deposito a Abbie-Ojos sobre la mesa de centro. Tras cavilar por un momento, introduzco la carpeta por la raja de uno de los cojines, solo para mantenerlas a salvo. Algo me inquieta. ¿Por qué no las han quemado los chicos de Fletch? ¿Se habían aburrido ya de tanta destrucción? No parece probable. ¿Se les ha acabado el tiempo?

¿O tal vez ha sucedido algo más, que los ha molestado o interrumpido?

De pronto, me invade un muy mal presentimiento. Oigo un crujido procedente de la cocina. Me enderezo y me doy la vuelta.

—Buenas tardes, Joe.


Estoy sentado en el sofá sin cojines. Gloria se ha acomodado con delicadeza en el sillón. Las llamas crepitan ruidosamente en la estufa de leña. La escena no es tan hogareña como parece.

Gloria lleva unos guantes de piel negra y empuña un atizador en una mano.

—¿Qué haces aquí?

—Me preocupo por tu bienestar.

—Eso me resulta difícil de creer.

Se ríe. Noto un calambre en la vejiga.

—He visto que has recibido visita hoy.

—¿Te los has encontrado?

—Ya se iban justo cuando he llegado. No hemos tenido oportunidad de charlar. Mira en torno a sí. —Me llama la atención que estuvieran buscando algo. A lo mejor es lo mismo con lo que esperabas conseguir que tu viejo amigo desembolsara una pasta gansa.

—No han encontrado lo que buscaban.

—Estás seguro.

—Sí.

—¿Por qué?

—Porque no tengo lo que buscan. Aquí no.

Reflexiona sobre esto.

—He descubierto que, para mi profesión, conviene disponer de toda la información.

—Ya te lo he contado.

—¡Y UNA MIERDA ME LO HAS CONTADO TODO!

Golpea la mesa de centro con el atizador. Abbie-Ojos sale despedida y cae cerca de mis pies. Se abre una grieta en su cara de plástico. El ojo flojo se le desprende de la órbita. Me mira con fijeza desde el suelo. Se me acumula el sudor en la base de la columna.

—Por suerte —prosigue Gloria—, me he documentado un poco por mi cuenta. Ha sido interesante. —Se levanta, se acerca a la estufa, se agacha y la abre—. Retrocedamos veinticinco años. Cinco amigos del colegio: Stephen Hurst, Christopher Manning, Marie Gibson, Nick Fletcher y tú. Ah, y tu hermana pequeña Annie. Nunca me habías hablado de ella. —Introduce la punta del atizador en la estufa, bien apretado entre los troncos. Las llamas crepitan con más fuerza—. Una noche, cuando estabas fuera con tus amigos, ella desapareció. Se esfumó de su propia cama. Hubo batidas de búsqueda, llamamientos a los vecinos. Todo el mundo se temía lo peor. Y entonces, milagrosamente, después de cuarenta y ocho horas, ella reapareció. Pero no podía, o no quería, explicar qué le había pasado.

—No entiendo...

—Déjame terminar. Un final feliz, salvo porque, dos meses más tarde, papi estampa el coche contra un árbol, de modo que mueren Annie y él, y tú quedas herido de gravedad. ¿Voy bien por ahora?

Contemplo el atizador en el fuego. «Huir del fuego para caer en las brasas», pienso absurdamente.

—Como muy bien has dicho, te has documentado —respondo.

Gloria echa a andar de un lado para otro.

—Ah, me he dejado un detalle: unas semanas después de la reaparición de tu hermana, tu amigo Christopher Manning se precipita desde lo alto del pabellón de lengua inglesa del colegio. Una coincidencia trágica, ¿no te parece?

—La vida está llena de coincidencias trágicas.

—Avancemos en el tiempo hasta el presente. Tú vuelves al pueblo en el que te criaste, con la intención de chantajear a Stephen Hurst, tu excompañero de colegio, por una gran cantidad de dinero. ¿Qué sabes sobre él? ¿Qué oculta?

—Las personas como Hurst guardan muchos secretos.

—Empiezo a pensar que tú también, Joe.

—¿Y por qué te importa?

—Porque me caes bien.

—Tienes una forma curiosa de demostrarlo.

—Digámoslo de otro modo: me interesas. No puedo decir lo mismo de mucha gente. Para empezar, eres una de las personas con menos madera de profesor que conozco: bebes y juegas. A pesar de todo, tienes vocación. Te dedicas a impartir conocimientos a los niños. ¿Por qué?

—Te dan muchos días de vacaciones.

—Creo que es por lo que ocurrió aquí hace veinticinco años. Creo que intentas reparar alguna cosa mala que hiciste en el pasado.

—O solo intento ganarme la vida.

—La falta de seriedad es un mecanismo de defensa endeble. Créeme, lo he comprobado. Es una de las primeras cosas de las que prescinde alguien cuando teme por su vida.

—¿Eso es una amenaza?

—Qué más quisieras. De hecho, te estoy echando un cable.

Se me acerca y doy un respingo. Se inclina un poco y me tiende algo. Una tarjeta. Está en blanco, salvo por un número de teléfono.

Alarga el brazo y, tras deslizármela en el bolsillo de los vaqueros, me da unas palmaditas en la entrepierna.

—Si necesitas mi ayuda, estaré disponible en este número durante las siguientes veinticuatro horas.

—¿Por qué?

—Porque, muy en el fondo, siento debilidad por ti.

—Reconforta oírlo.

—Tampoco te emociones.

Mis ojos se desvían de nuevo hacia el atizador. El fuego chisporrotea.

—El Gordo empieza a impacientarse.

—Ya te he dicho...

—Cállate.

Ahora el sudor me resbala entre las nalgas. Siento retortijones y el estómago hecho un nudo apretado. Tengo ganas de vomitar, de cagar y de mear a la vez.

—Te concedió una prórroga. Ahora quiere su dinero.

—Lo tendrá. Por eso estoy aquí.

—Lo sé, Joe. Y, si dependiera de mí... —Se encoge de hombros con aire afectado—. Pero él tiene la impresión de que huiste. Eso no inspira confianza. El Gordo quiere cerciorarse de que entiendas que va en serio.

—Lo entiendo. De verdad.

Saca el atizador de la estufa. La punta está al rojo vivo. Miro hacia la puerta. Pero sé que ella me tendría aprisionado en una llave de cabeza antes de que pudiera despegar el trasero del sillón.

—Por favor...

—Como te he dicho, Joe, siento debilidad por ti.

Se aproxima y se acuclilla a mi lado. Sujeta el atizador en alto. Percibo el calor que desprende.

—Así que te dejaré intacta la bonita cara —añade Gloria con una sonrisa.


Estoy tumbado en el sofá. Me he tomado cuatro pastillas de codeína y me he acabado la botella de bourbon. Tengo la mano izquierda envuelta en un viejo trapo de cocina y apoyada sobre un paquete de varitas de pescado congeladas. El dolor es un poco menos atroz que antes. De todos modos, no tengo previsto interpretar un concierto de violín en un futuro próximo.

Noto la piel ardiente y febril. Fluctúo entre la vigilia y la inconsciencia. Pero no me transporto al mundo de los sueños, sino a un lugar ilusorio gris y negro poblado de visiones extrañas.

En una de ellas, vuelvo a encontrarme en el terreno de la mina. No estoy solo. Chris y Annie se hallan en lo alto de una loma. El cielo se cierne sobre ellos como una bolsa de mercurio, preñada de luz plateada, de la que fluye una lluvia negra. El viento sopla con furia y hiere con garras invisibles.

Chris tiene la cabeza curiosamente deformada, hundida por la parte de atrás. Le mana sangre de la nariz y los ojos. Lleva a Annie de la mano. Y sé que esta Annie es mi Annie. Le surca la cabeza aquella horrible herida, profunda y funesta. Mientras la miro, ella abre la boca y dice con voz suave:

«Sé adónde van los muñecos de nieve, Joe. Ya sé adónde van».

Sonríe, y me invade una sensación de felicidad, de calma, de paz. Pero entonces las nubes suspendidas sobre sus cabezas descienden y se hinchan, y en vez de lluvia cae un torrente de escarabajos negros y brillantes. Contemplo cómo mi amigo y mi hermana se desploman, sepultados bajo aquella masa de cuerpecillos pululantes, hasta que no veo más que un enjambre de negrura que los devora, que los engulle enteros.

Empieza a sonarme el móvil. Salvado por la campana o, mejor dicho, por Metallica.

Me doy la vuelta y lo cojo con la mano buena. Miro la pantalla entornando los ojos. «Brendan.» Pulso Aceptar con un dedo trémulo.

—¿Estás vivo? —digo con voz ronca.

—Lo estaba la última vez que lo comprobé. Suenas fatal.

—Gracias.

—Te encanta mi sinceridad.

—Y no olvides tu culito respingón.

—Alimentación sana, nada de alcohol. Deberías probarlo.

—Llevo días intentando localizarte —digo.

—Perdí el cargador. ¿A qué viene tanta urgencia?

—Solo quería comprobar que estuvieras bien.

—Echo de menos mi pub favorito, pero, por lo demás, estoy de maravilla. ¿Cuándo podré regresar?

Echo un vistazo a mi mano vendada y quemada.

—Aún no.

—Maldita sea.

—Tampoco sería mala idea que te alojaras en otro sitio durante un tiempo.

—¡Madre de Dios! ¿Es por algo relacionado con tu costumbre de deber dinero a personas desagradables?

Siento una punzada de culpabilidad en las entrañas. Brendan se ha portado bien conmigo; más que bien. Me ha dejado compartir piso con él sin pagar alquiler. Nunca me ha soltado sermones por jugar. La mayoría de la gente me habría dejado por imposible. Pero Brendan no. Y ¿cómo se lo pago? Poniéndolo en peligro.

—¿Tienes algún lugar donde quedarte esta noche?

—¿Esta noche? Bueno, tengo a mi hermana. Seguro que a su marido le hace mucha ilusión.

—No será por mucho tiempo.

—Eso espero. —Suspira—. ¿Sabes qué diría mi querida y anciana madre?

—«Me estoy quedando sin voz», espero.

—¿Cuándo deja la liebre de huir del zorro?

Se me escapa un quejido.

—¿Cuándo?

—Cuando oye la corneta del cazador.

—¿Y eso qué significa?

—Que a veces necesitas que alguien más fuerte, como la policía, te resuelva el problema.

—Ya me estoy encargando, ¿vale?

—Como lo hiciste la otra vez, robando dinero de la caja fuerte del colegio.

—No cogí un penique.

Es verdad. Pero solo porque Debbie —la secretaria adicta a los bolsos— se me adelantó. Cuando me enteré, llegué a un acuerdo con ella. Yo no la delataría si ella devolvía el dinero. Además, me marcharía discretamente (de todos modos, estaba a punto de recibir el último aviso por impuntualidad, dejadez en el trabajo y una mala conducta en general).

Ah, y ella me debería un favor.

—Eso fue distinto.

—Ya lo recuerdo. Yo era el único que te llevaba uvas al hospital todos los días cuando no pudiste pagar tus deudas y alguien te dejó la rodilla hecha cartón piedra.

—Me visitaste dos veces en el hospital y nunca me trajiste uvas.

—Te mandaba mensajes de texto.

—Me mandabas pornografía.

—Bueno, ¿para qué narices ibas a querer uvas?

—Oye, de verdad que voy a solucionar esto.

—¿Te he comentado que tendré que compartir la habitación de invitados de mi hermana con unos malditos hámsteres que hacen chirriar su rueda toda la noche?

—Lo siento.

—¿Y que tiene dos críos que creen que las cinco de la madrugada es una hora aceptable para usar la barriga de su tío como una cama elástica?

—Ya te he dicho que lo siento.

—Que lo sientas no me ayudará con la hernia.

—Solo necesito unos días más.

Exhala un suspiro que le sale de muy muy adentro.

—Vale, pero si no lo solucionas, o si te encuentras en una situación que te sobrepase...

—Te llamaré.

—Joder, no. Llama a la policía, idiota. O al Equipo A.

# 24

—Así que le dije a la alumna que, aunque respetaba su derecho a expresarse arrojando el zapato...

Simon parlotea sin parar. Es indicativo del estado actual de mi mente que su soporífera voz me resulte relativamente soportable durante el almuerzo. O tal vez simplemente he conseguido desconectar de ella hasta reducirla a ruido blanco, irritante pero fácil de ignorar.

Hoy solo estamos almorzando Simon, Beth y yo. No tengo hambre. Ni pizca. Aun así, me obligo a comer unas patatas fritas con la vaga esperanza de que me alivien la resaca. También tengo delante de mí la segunda lata de Coca-Cola normal.

Simon ha desgranado todo el repertorio de bromas previsibles y de rigor sobre las noches de borrachera antes de un día de clase. Yo sonrío educadamente y a duras penas consigo refrenar el impulso de pegarle un puñetazo en la cara. Para empezar, me haría daño en la mano. He improvisado un vendaje de aspecto más o menos profesional recortando una funda de almohada y le he dicho a la gente que me he quemado con el horno. Que estaba cocinando borracho y demás. De vez en cuando, Beth me echa miradas de desaprobación. No me cree. Me da igual. Ahora mismo, me preocupa más lo de anoche. Lo que me dijo Marcus. Mi encuentro con Gloria. El follón en el que estoy metido y lo difícil que será que las cosas empeoren.

—¿Señor Thorne?

Alzo la vista. Harry está de pie junto a la mesa, con expresión sombría.

—¿Podemos hablar un momento en mi despacho?

Lo veo difícil, pero no imposible.

—Claro.

Espero a que Simon haga algún comentario con sorna, pero se queda callado. Parece concentrado en su comida. Demasiado concentrado. Echo la silla hacia atrás con un chirrido.

Beth arquea las cejas.

—Nos vemos luego.

—Vale.

Sigo a Harry por el pasillo.

—¿Puedo preguntarte a qué viene esto?

—Prefiero esperar a que lleguemos a mi despacho.

Habla en un tono severo, evasivo. No me gusta. Me da muy mala espina. Lo que, teniendo en cuenta cómo he empezado el día, resulta impresionante.

Harry abre la puerta y entra. Yo lo sigo. Y me paro. En seco.

Hay una visita de pie frente a la mesa de Harry.

Diría que se me cae el alma a los pies, de no ser porque ya llevo un rato arrastrándola por el suelo. De hecho, casi suelto una carcajada. En realidad, debería haberlo previsto. Soy un jugador. Se supone que uno debe barajar todos los resultados posibles antes de actuar, desarrollar la estrategia, pero de pronto me siento como si hubiera estado coleteando como un jugoso atún en la mesa de unos tiburones.

Harry cierra la puerta y alterna la mirada entre los dos.

—Me parece que ya se conocen.

—Los dos nos criamos en Arnhill —afirma Stephen Hurst—. Por lo demás, no diría que «conozco» en absoluto al señor Thorne.

—Bueno, ya entonces era muy selectivo con mis amigos —digo.

La arrogancia en el semblante de Hurst flaquea por unos instantes. Entonces se fija en mi mano vendada.

—¿Has vuelto a buscar camorra?

—Solo con el horno. Pero si te ofreces voluntario...

—Señor Thorne, señor Hurst —nos interrumpe Harry con brusquedad—. ¿Podemos sentarnos?

Hurst se acomoda en su asiento. Me acerco a la otra silla y sigo su ejemplo a regañadientes. Me recuerda demasiado a cuando nos obligaban a sentarnos frente al director, hace veinticinco años.

—Bueno —dice Harry, revolviendo unos papeles que tiene delante—. Ha llegado a mi conocimiento cierta cuestión sobre la que creo que debemos hablar.

Intento adoptar un tono afable.

—¿Se trata de algo relacionado con Jeremy Hurst y el incidente de ayer con Marcus Dawson en los servicios? Porque, en ese caso...

—No —me corta Harry de golpe—. No se trata de eso.

—Ah.

Me siento en desventaja. Miro a Hurst. Su rostro ha recuperado la expresión de autosatisfacción. Me gustaría arrancársela a hostias. Me gustaría levantarme de un salto, agarrarlo del pescuezo y estrangularlo hasta que se le desorbiten los ojos y se le ponga morada la lengua.

—Entonces le ruego que me ilumine.

—Antes de que lo contratáramos aquí en Arnhill, usted trabajó en la Academia Stockford.

—Así es.

—¿Nos proporcionó usted una carta de recomendación de su anterior directora, la señorita Coombes?

Noto que el sudor empieza a humedecerme los sobacos.

—Sí.

—Pero esto no es del todo cierto, ¿verdad?

—Perdón, no lo sigo.

—La señorita Coombes no escribió esa carta.

—¿Ah, no?

—Niega saber nada al respecto.

—Bueno, creo que tal vez ha habido un problema de comunicación.

—Lo dudo. La señorita Coombes lo ha expresado con claridad: usted se marchó de la Academia Stockford de repente, no mucho después de que una cantidad considerable de dinero desapareciera de la caja fuerte del colegio.

—Ese dinero se recuperó.

—Al parecer te justa jugar a las cartas, ¿no, Joe? —tercia Hurst, incapaz de contenerse más.

Me vuelvo hacia él.

—¿Por qué? ¿Te apetece echar una partida de mentiroso? Y ¿qué tiene que ver esto contigo, exactamente?

—Por si lo habías olvidado formo parte del consejo escolar. Cuando me han informado de que uno de los profesores del centro no es apto para el trabajo...

—Perdona. ¿«Te han informado»? ¿Quién?

Frunce los labios. De pronto, se me ocurre la respuesta: Simon Saunders. Estaba en el Fox la noche que me topé con Hurst. Lo conoce (¿acaso no lo conoce todo Arnhill?). ¿Por qué habría de ir corriendo a denunciarme a Harry, cuando podía puentearlo y contárselo todo a un miembro del consejo escolar? Al fin y al cabo, ya le caía mal desde antes, y de ese modo podía poner a Hurst de su parte y tal vez ganarse algunos favores. Dos pájaros, un sapo venenoso.

—Deberías pensártelo dos veces antes de escuchar a según quién —le aconsejo.

—¿Así que no lo niegas?

—Diría que la versión aquí expuesta guarda solo un vago parecido con la realidad. Preferiría hablar de ello con mi superior en privado.

A Hurst le relampaguean los ojos.

—La realidad es que conseguiste este empleo de manera fraudulenta y dejaste el anterior en circunstancias sospechosas. Por no hablar de la *vendetta* personal que has iniciado contra mi hijo, basada, sin duda, en las discrepancias que crees que tuviste conmigo en el pasado. Tu actitud y tu desempeño como profesor son de todo punto inadecuados. Ah, y apestas a alcohol.

Se endereza la corbata y se reclina en su silla con aire triunfal. Harry me observa con cara de hastío desde el otro lado de la mesa.

—Lo siento, señor Thorne. Debo informar al consejo sobre esto. Tiene derecho a solicitar representación sindical, pero a la luz de estas revelaciones...

—Acusaciones, y casi todas sin demostrar.

—Aun así, no me queda otra opción que suspenderle de su actividad docente hasta que tomemos una decisión sobre su futuro en la academia.

—Entiendo.

Me pongo de pie, intentando dominar el temblor de mi cuerpo, debido en parte a la resaca, pero sobre todo a la rabia. No debo permitir que se me note, que Hurst se dé cuenta de que ha conseguido alterarme. Hay que mantener siempre la cara de póquer.

—Voy a buscar mis cosas.

Me encamino hacia la puerta. De pronto, me detengo. También debo hacerles saber que aún tengo la carta ganadora. Dirijo la vista hacia Hurst.

—Bonita corbata, por cierto.

Su expresión lo dice todo.


En vez de regresar al comedor, recojo mi abrigo y mi cartera en la sala de profesores —que, por suerte, está vacía— y salgo del colegio antes de toparme de nuevo con Simon. Aunque ahora mismo estoy suspendido, no tengo muchas ganas de añadir una denuncia por agresión a mi currículum.

Cuando llego a la recepción, me detengo un momento. La señorita Grayson no está en su puesto habitual, dentro de su pequeño cubículo de cristal. En su lugar, hay sentada una clon más joven (con cabello negro corto y gafas, pero sin el lunar peludo) que teclea en un ordenador.

—Disculpe, ¿dónde está la señorita Grayson?

—En casa, resfriada.

—Ah.

—¿Necesita hablar con ella?

—Bueno, me marcho, así que quería despedirme. ¿Sabe cuándo volverá?

—No, lo siento.

—Ya. Bueno, gracias por su ayuda.

Me vuelvo hacia la salida.

—Ah, señor Thorne...

—¿Sí?

—El señor Price quiere que entregue usted su pase de acceso cuando se marche.

Mi pase. El pase que me permite entrar en el colegio. Está claro que Harry no quiere correr el menor riesgo.

—¿Le preocupa que regrese a hurtadillas para robar el dinero del almuerzo del cole?

Ella no sonríe. Me pregunto cuánto sabe. Cuánto saben todos ellos.

—Vale. —Me lo saco del bolsillo y consigo dejarlo sobre su mesa sin dejarlo con un golpe.

—Gracias.

—De nada. Y dele recuerdos a la señorita Grayson de mi parte.

—Claro.

Me dedica una sonrisa formal. Coge el pase y, por si albergaba alguna esperanza de que mi expulsión fuera temporal, saca unas tijeras, lo corta limpiamente por la mitad y lo tira a la papelera.

La casa de campo parece resentida conmigo cuando regreso, pues su única ventana practicable me observa con el ceño fruncido. «Mira —imagino que susurra entre los trozos de madera astillada de la puerta principal—. Mira lo que has hecho. Estarás contento.»

«No», pienso. Porque aún no he terminado. Empujo la puerta para abrirla. Se resiste, pero acaba por ceder con un quejido renuente. No estoy seguro de si la casa está de mi parte en este asunto. Mantiene una complicidad demasiado fuerte con el pasado, forma parte inextricable del pueblo. No me quiere aquí. No tiene la menor intención de hacerme sentir cómodo. Pero eso no me preocupa. No pienso quedarme aquí mucho tiempo más.

Entro y tiro la bolsa sobre el sofá. El salón se encuentra más o menos en el mismo estado que cuando volví anoche. Padece lesiones internas. Me planteo limpiar y ordenar parte del estropicio. Entonces decido fumarme un cigarrillo.

Tal vez Hurst me ha hecho un favor al acelerar lo inevitable. Al fin y al cabo, quedarme no entraba en mis planes, ¿o sí? Nunca pretendí instalarme de nuevo en un lugar que despierta en mí recuerdos tan oscuros y dolorosos. El animal herido que logra escapar de un cepo no se arroja luego a sus fauces metálicas para esperar a que le pulverice los huesos.

A menos que tenga un muy buen motivo.

Y me gustaría decir que el motivo era Annie, o el mensaje. Pero la cosa no es tan sencilla. Ni el sentimiento de culpa ni los reproches habrían bastado para arrastrarme de vuelta hasta aquí. No por sí solos.

Lo cierto es que estaba desesperado. Necesitaba largarme y se me presentó la oportunidad de saldar viejas deudas y a la vez ajustar viejas cuentas. Quizá siempre había abrigado esa intención de forma subconsciente. Sabía que tenía algo que podía joderle la vida a Hurst. La idea de que podía sacarle dinero a cambio se me ocurrió más tarde.

No contaba con que él estuviera tan decidido a acosarme hasta echarme del pueblo. Pero, a pesar de sus amenazas y manipulaciones, ha acabado por enseñar todas las cartas que tenía. No le queda nada más. Ahora solo puede librarse de mí de una manera y, aunque no me cabe la menor duda de que Hurst es capaz de recurrir al asesinato, ahora hay mucho más en juego. ¿Está dispuesto a poner en riesgo su vida profesional, su cómoda existencia, su familia?

Espero que la respuesta sea no. Por otro lado, no apostaría un penique por ello.

Cierro la puerta trasera y entro en casa. La sensación de frío se ha vuelto a apoderar de mí. Oigo chirridos en las paredes. Empiezo a acostumbrarme tanto al frío como a los incesantes acúfenos de la casa. No estoy seguro de que sea algo bueno, como mi capacidad para desconectar del parloteo monótono de Simon. En cuanto uno se habitúa, se confía, y luego se convierte en cómplice o en víctima.

Regreso al salón con paso perezoso y saco mi teléfono. Busco el número de Brendan. Responde al segundo tono.

—Y ahora ¿qué quieres?

—¿Oír la dulce melodía de tu voz no te parece suficiente?

—Espero que lleves los gayumbos puestos.

—Necesito un favor.

—¿En serio? Ahora mismo tengo mierda de jerbo en la barba, ¿sabes?

—Creía que eran hámsteres.

—Jerbos, hámsteres, ¿qué más da, hombre? Los cabroncetes se han pasado toda la noche cagándose en mi cabeza. ¿Cuánto tiempo tengo que quedarme aquí?

—¿Sigues teniendo esa bolsa de deporte que te pedí que me guardaras?

—¿Bolsa? ¿Qué bolsa?

—La que tiene los lados descosidos.

—Sí, la tengo.

—¿Podrías mandármela por mensajería para que me llegue mañana?

—Joe...

—Oye, solo quiero decirte que has sido un buen amigo. Gracias.

—No me seas sensiblero.

—Bueno, he pensado en decírtelo por si me ponía sentimental de verdad.

Se produce un silencio.

—Bueno, vete a la mierda antes de que acabe haciéndole un Ozzy Osbourne a uno de estos malditos jerbos —dice con sentida emoción.

Finaliza la llamada. Consulto mi reloj. Son las tres y media de la tarde. Paseo la vista por el salón patas arriba. Recojo del suelo a Abbie-Ojos y la vuelvo a colocar en el sillón. Me observa con un único ojo azul y frío. La cuenca vacía se me antoja una boca abierta y oscura. Echo un vistazo alrededor, pero no encuentro el otro ojo por ninguna parte. De repente me viene a la mente la imagen de unas cucarachas que se lo llevan a cuestas. Le doy las gracias a mi imaginación. Era justo lo que necesitaba.

Pego un brinco cuando empieza a sonarme el móvil. Pulso Aceptar.

—¿Sí?

—¿Pensabas comentarme que ibas a hacer novillos? A lo mejor me habría apuntado.

Beth. Quién si no.

—¿Cómo has conseguido mi número?

—Me lo ha dado Danielle, de recepción. Conozco a su hermano. Está en mi equipo de preguntas y respuestas del pub.

—O sea que estás enterada de lo ocurrido, supongo.

—Harry me ha dicho que vas a tomarte unos días de asuntos propios.

—¿Así lo ha llamado?

—¿Cómo lo llamarías tú?

Vacilo unos instantes.

—Te marchas, ¿verdad?

—Creo que tal vez ya me he marchado.

—Madre mía. Seguro que has roto un récord mundial.

—Me alegro de que la brevedad de mi paso por aquí te impresione.

—No se lo cuentes a todo el mundo. ¿Es por lo que sucedió ayer con Jeremy Hurst?

—No.

—Entonces ¿por qué?

—Es un poco complicado.

—¿Cómo de complicado?

—Bueno...

—¿Complicado como para requerir unas cervezas o complicado como para requerir varios copazos de bourbon?

Medito por un momento.

—Lo segundo, definitivamente.

—Pues entonces nos vemos a las siete en el Fox. No vayas con el estómago vacío.

Cuelga sin despedirse. «¿Por qué le ha dado a todo el mundo por hacer eso?»

Debería haberle dicho algo. Tengo preguntas. Pero supongo que pueden esperar. Me dejo caer pesadamente sobre el duro armazón del sofá y contemplo la posibilidad de prepararme un café. Entonces miro a Abbie-Ojos, o tal vez debería llamarla a partir de ahora Abbie-Ojo. Me sacudo de encima un escalofrío. He tomado una decisión.

Salgo por la puerta y me encamino hacia la freiduría.

# 25

Esta noche el Fox tiene un aspecto aún más decadente y ruinoso de lo habitual. «Se está descomponiendo», pienso. Como si mi presencia hubiera puesto en marcha una especie de reacción en cadena. Como si este sitio reducido y deteriorado hubiera permanecido en un estado momificado y hubiera aparecido una grieta por la que se ha colado un poco de oxígeno en el ambiente enrarecido, provocando que todo se pudra desde dentro.

Abro las puertas de un empujón y entro. Un vistazo rápido me basta para comprobar que ni Hurst ni sus matones andan por aquí. Unos pocos clientes mayores —seguramente los mismos de la otra noche— vegetan frente a sus mesas, contemplando sus pintas de cerveza y sus claras.

Aunque Beth no ha llegado todavía, diviso un rostro conocido. Lauren vuelve a atender la barra, lo que, aunque no evoca precisamente imágenes de arcoíris, días soleados y pajarillos cantarines, al menos es mejor que el careto avinagrado de Nosferatu.

Le sonrío.

—¿Todo bien?

Se queda mirándome, como si no me hubiera visto en la vida.

—Joe Thorne. Profesor. Nos encontramos por casualidad el otro día en la antigua explotación minera.

—Ah, sí. Ya. —Sus músculos faciales se mueven un poco.

Podría tratarse de una sonrisa. O de un tic de irritación, vete tú a saber—. Bueno, ¿qué te pongo?

—Pues bourbon, por favor. Doble.

—Que sean dos.

Me giro. Beth está de pie a mi lado. Lleva el cabello suelto, para variar, de modo que los mechones, que casi parecen rastas, le caen sobre los hombros. La chaqueta de cuero, demasiado grande para ella, le eclipsa el cuerpecillo y hace que sus piernas, enfundadas en unos vaqueros pitillo negros y rematadas por unas botas Doc Martens, parezcan aún más delgadas.

El aro de la nariz lanza un destello cuando despliega una sonrisa.

—Es usted la comidilla de la sala de profesores, señor Thorne.

—¿De veras? Eso explicaría por qué me pitan los oídos.

—Ya, bueno, eso también podría ser porque Simon tiene un muñeco igual a ti al que le clava alfileres.

—Me imagino que estará desconsolado por mi partida prematura.

—Si cantar «Oh, What a Beautiful Morning» es una muestra de desconsuelo, entonces sí.

Lauren suelta de golpe los dos vasos sobre la barra. Aunque la entrega ha sido algo brusca, me doy cuenta en cuanto los veo de que ha sido generosa con la cantidad.

—Nueve libras, por favor.

—Gracias. —Le pago con mi último billete de veinte, preguntándome en cuánto sobrepaso el límite de descubierto y cuánto tardará el banco en bloquearme todas las tarjetas.

Beth coge su vaso.

—¿Vamos?

Nos dirigimos a una mesa situada al fondo, en un rincón. Una de las cosas buenas del Fox es la abundancia de recovecos oscuros y polvorientos en los que uno puede resguardarse si prefiere que los demás clientes no lo vean o escuchen su conversación.

Beth se sienta en una de las duras sillas de madera, y yo la imito. Ambos tomamos un trago de nuestra bebida, el mío un poco más largo que el suyo.

—Bueeeeno —dice de forma elocuente—. ¿Quieres contarme qué es lo que ha ocurrido de verdad?

—¿Qué ha dicho Harry?

—Que vas a ausentarte unos días por razones personales.

—¿Y qué se comenta por radio macuto?

—Pues que has sufrido una especie de crisis nerviosa, que Hurst padre ha pedido que te echen, que te han abducido unos alienígenas. Ya sabes, cosas así.

—Entiendo.

—Bueno, ¿y cuál es la explicación real?

—La de los alienígenas, por supuesto. Se han apoderado de mi cuerpo y mi verdadero yo está en la casa de campo, en un capullo.

—Hummm. Resulta casi creíble, salvo porque todo el mundo ha visto hoy a Hurst con Harry.

Bajo la vista hacia mi vaso.

—Mentí para conseguir el trabajo aquí. Falsifiqué una carta de recomendación de mi colegio anterior. No lo dejé cubierto de gloria, sino de oprobio. Harry se ha enterado.

—Va-le. ¿Qué fue eso tan terrible que hiciste en tu colegio anterior?

—En realidad, nada. Pero planeaba robar dinero de la caja fuerte para pagar una deuda.

La observo mientras absorbe lo que acabo de confesarle.

—Pero ¿no lo robaste?

—No.

Asiente, pensativa.

—Bueno, y ¿cómo se ha enterado Harry? —De pronto, alza la mano—. No, no me lo digas: Simon. Él mencionó que os conocíais de antes, ¿no?

—Sí. Y algo me dice que también conoce a Hurst.

—No lo sabía. Por otro lado, Simon es uno de esos mocos anales que se meten en el culo de quien haga falta para subir otro peldaño en el escalafón.

—¿«Moco anal»?

Alza su vaso.

—Y estoy siendo amable con él.

—Bueno, es evidente que ser un moco anal da buenos resultados, porque aquí estoy, sin trabajo, seguramente de forma permanente.

—Yo no estaría tan segura. Harry te aprecia. Da la impresión de que los chicos también. Harry sabe que le costaría un huevo encontrar un sustituto.

Niego con la cabeza.

—Hurst no permitirá que Harry vuelva a darme el trabajo.

—Lo tuyo con Hurst no es precisamente agua pasada, ¿verdad? ¿Qué es lo que hay entre vosotros?

Bajo mi vaso y la estudio desde el otro lado de la mesa. La penumbra vuelve a conferirle un aspecto más joven. Le suaviza las tenues arrugas en torno a la boca y en la frente. Sus ojos negros parecen muy grandes, y su tez tersa y pálida. Noto que algo se me remueve por dentro. Había una cosa en este lugar que yo esperaba que fuera auténtica y sincera. Solo una.

Beth arruga el entrecejo.

—¿Qué miras? ¿Acaso tengo monos en la cara?

—No. —Hago una pausa—. Qué va.

Continúa observándome, ahora con suspicacia.

—Bueno, ibas a hablarme de tu historia con Hurst —dice al fin.

—¿Ah, sí?

—Sí.

—¿Quieres saber la verdad, toda la verdad y nada más que la verdad?

—Algo por el estilo.

—Nos enfadamos, y mucho, cuando éramos adolescentes.

En retrospectiva, parece una tontería. Fue por una chica, como suele ocurrir.

—¿Esa chica era Marie Gibson?

—Sí.

La mentira me sale con toda naturalidad.

Le da otro sorbo a su bebida.

—No habría imaginado que fuera tu tipo.

—¿Por qué? ¿Cuál te imaginas que es mi tipo?

—Quiero decir que es guapa, pero...

—Pero ¿qué?

—No te lo tomes a mal.

—Vale.

—Sé que queda fatal decir esto, por lo del cáncer y demás, pero siempre me ha parecido un poco mala persona.

Esto me pilla con la guardia algo baja.

—Bueno, podía ser dura cuando quería.

—No quería decir dura, sino mala persona. Se cree con derecho a tratar a la gente con prepotencia por estar casada con Hurst. La he visto hacer llorar a una profesora en una reunión con los padres de los alumnos. En una ocasión, se presentó en casa de una mujer porque su hijo había acusado a Hurst júnior de acoso escolar. La mujer trabajaba a tiempo parcial para el ayuntamiento. Al día siguiente, le habían rescindido el contrato.

Frunzo el ceño. Me imagino que Marie podía ser un poco explosiva. Además, las madres no siempre son conscientes de los defectos de sus vástagos. Aun así, me parece un comportamiento impropio de la Marie que yo recuerdo.

—Bueno, la gente cambia, supongo.

—No tanto.

—Y yo era joven e ingenuo en esa época.

—Y ahora ¿cómo eres?

—Viejo y cínico.

—Bienvenido al club.

«No —pienso—. Su fachada resulta bastante convincente, pero no me la creo. Se lo noto en la mirada. El brillo aún no se ha apagado. No del todo. Aún no.»

—Lo que me recuerda —salto— que no me has dicho a cuál de los dos grupos perteneces.

Se le arruga la frente.

—¿De qué grupos hablas?

—El de los que quieren ayudar de verdad y el de los que no consiguen trabajo en ningún otro sitio.

—Pero, por favor, ¿quién podría no querer esto? —Extiende los brazos a los lados.

—¿O sea que quieres ayudar?

—¿Ahora esto es una entrevista o qué?

—No, solo tenía curiosidad.

—¿Sobre mí?

—Sobre Emily Ryan.

La cara le cambia de golpe. La suavidad se desvanece.

—Era la alumna de la que me hablabas, ¿verdad? La que se suicidó.

—Tú sí que sabes cortar el rollo.

—Dijiste que era alumna tuya, pero no dabas clase aquí cuando murió.

—¿Has estado indagando?

—Llámame Colombo.

—Se me ocurren otras maneras de llamarte. Además, no tengo por qué contarte nada.

—Cierto.

—Apenas te conozco.

—Cierto.

—Me pones de los nervios cuando me das la razón.

—Eso también es...

Alza la mano.

—Vale. Tienes razón. Emily no era alumna mía. —Tras unos instantes, añade—: Era mi sobrina.

—Mi hermana era unos años mayor que yo. Papá se había esfumado y mamá no era precisamente la Madre del Año, así que estábamos muy unidas. Nos criamos en Edgeford. ¿Conoces el lugar?

—He oído hablar de él. No es la zona más recomendable de Nottingham.

—El caso es que Carla, mi hermana, se quedó embarazada muy joven. Tal como mandaba la tradición familiar, el padre desapareció del mapa, pero ella era una madre genial. Crio a Emily mientras se formaba como enfermera. Emily era una niña muy tierna; se convirtió en una adolescente bastante aceptable.

—Eso es toda una proeza.

—Como yo daba clases en un colegio de Derby, no podía visitarlas muy a menudo. Pero Emily y yo nos escribíamos mensajes de texto o hablábamos por FaceTime. A veces se quedaba a dormir en mi casa. Íbamos de compras, al cine y demás. Yo era la tía molona, supongo.

—Bueno, para eso están las tías molonas.

Esboza una sonrisa diminuta.

—No me malinterpretes. Tenía trece años, en ocasiones se ponía de mal humor, pero en general era una compañía agradable: lista, graciosa, curiosa.

El corazón se me encoge un poco. Me pregunto cómo habría sido Annie si hubiera llegado a la adolescencia. ¿Vocinglera, extrovertida, ocurrente, deportista? ¿O se habría encerrado en sí misma, como tantas personas a esa edad?

—Entonces Carla consiguió trabajo. Un buen trabajo. Se mudaron a otro sitio. Emily tuvo que cambiar de colegio.

—Déjame que adivine: ¿se mudaron a Arnhill?

Asiente con la cabeza.

—La contrataron en el hospital de Mansfield. Arnhill no

estaba lejos, las casas eran baratas y se podía ir a pie al colegio. Parecía una decisión razonable.

Como todas las malas decisiones al principio.

—Cambiar de cole, al centro que sea, es duro cuando tienes trece años —señalo.

—De entrada, todo parecía ir bien.

—Pero...

—Era demasiado chupiguay. Ya sabes, cuando todo parece tan ideal, no puede ser verdad.

—¿Qué opinaba tu hermana?

Exhala un suspiro.

—No lo pillaba. A ver, entiéndeme: quería a esa chica con toda el alma, pero no era capaz de ver el problema. O no quería.

Asiento con la cabeza. Todos estamos demasiado ocupados, demasiado absortos en el mero esfuerzo que supone salir adelante cada día —trabajar, pagar las facturas y la hipoteca, hacer la compra— que no queremos ahondar en las cosas. No nos atrevemos. Solo queremos que todo marche bien. Que sea «chupiguay». Porque sencillamente carecemos de la energía mental necesaria para afrontar la realidad cuando no es así. No es sino hasta que ocurre algo malo, algo irreparable, cuando vemos las cosas tal como son. Y para entonces ya es demasiado tarde.

—¿Intentaste hablar con Emily?

—Sí, incluso conduje hasta aquí para verla. La llevé a comer una pizza, como en los viejos tiempos, pero ya no era lo mismo.

—¿A qué te refieres?

—¿Puedo llevarme los vasos?

Los dos alzamos la vista. Lauren merodea en torno a la mesa.

—Pues sí, gracias —respondo—. ¿Nos traes dos más, por favor?

Inclina la cabeza.

—Supongo. —Y se aleja de vuelta hacia la barra como un zombi.

Beth se vuelve hacia mí.

—Debes de caerle muy bien. No atiende la mesa de cualquiera.

—Es por mi encanto natural. En fin, ¿qué me decías?

El rostro se le ensombrece de nuevo.

—Fuimos a su pizzería favorita, pero ella apenas probó bocado. Estaba malhumorada, sarcástica. No era la de siempre.

—Es normal que los chicos cambien en secundaria —comento—. Es como si alguien pulsara un interruptor: las hormonas se les disparan y entonces puede pasar cualquier cosa.

—No me digas. También soy profesora, ¿recuerdas? Sé cómo es eso. *La invasión de los ultracuerpos.* —Coge un posavasos y se pone a arrancarle capas—. Pero antes, cuando Emily ya estaba atravesando una «fase adolescente», me dirigía la palabra. Creía que nuestra relación era diferente.

—¿Te hablaba del colegio, de las cosas que le preocupaban?

—No. Y cuando le hacía preguntas al respecto, no soltaba prenda.

Lauren regresa y suelta de golpe sobre la mesa otros dos vasos de bourbon. Si son dobles, el efecto óptico falla esta vez. A lo mejor Beth tiene razón. A lo mejor es verdad que le caigo bien.

Beth bebe un sorbo.

—Ahora pienso que debería haberle insistido. Obligarla a hablar conmigo.

—Las cosas no funcionan así. Si presionas demasiado a un adolescente, solo consigues que corra a refugiarse en su cascarón.

—Ya. Pero ¿sabes qué es lo más jodido? Que ni siquiera pude darle un abrazo de despedida. Nos abrazábamos un montón. Pero, esta vez, se marchó sin más. Y yo, como buena tía molona, pensé que era mejor dejarla ir. Darle tiempo. Resultó que no nos quedaba tiempo. Dos semanas después, ella había muerto. —Se sorbe la nariz y se enjuga los ojos con rabia—. Tendría que haberla abrazado.

—No podías saberlo.

Porque la vida nunca te avisa.

—Pues yo debería haberlo sabido. Soy profesora. Debería haberme dado cuenta de que no se trataba solo de un mal humor de adolescente. Debería haber detectado las señales de depresión. Era mi sobrina. Y le fallé.

Me invade una oleada de culpabilidad. Me inmoviliza por un momento. Trago saliva.

—¿Qué hizo tu hermana?

Sacude la cabeza, recuperando el aplomo.

—No podía quedarse en esa casa, donde sucedió. Se trasladó de nuevo a Edgeford, más cerca de donde vive mamá. Sigue pasándolo mal. Le cuesta asumir lo ocurrido. La visito siempre que puedo, pero es como si la muerte de Emily fuera una barrera entre nosotras y no encontráramos la manera de salvarla.

Sé a qué se refiere. El duelo es algo íntimo. No se puede compartir como una caja de bombones. Es personal e intransferible. Una bola de acero con pinchos encadenada al tobillo. Una cota de clavos colocada sobre los hombros. Una corona de espinas. Nadie más puede sentir tu dolor. No pueden ponerse en tus zapatos, porque están llenos de vidrios rotos y cada vez que intentas avanzar un paso, te dejan la planta del pie destrozada y sanguinolenta. El duelo es la peor clase de tortura, y nunca se acaba. Tienes ese calabozo para ti solo durante el resto de tu vida.

—¿Por eso viniste? —pregunto—. ¿Por Emily?

—Cuando la plaza quedó vacante hace un par de meses, me pareció que era una señal del destino.

Es curioso cómo suceden estas cosas.

—¿Por qué no me lo contaste desde un principio?

—Porque Harry no lo sabe. No quería que pensara que estoy aquí por un motivo equivocado.

—¿Como cuál?

—La venganza.

—¿Y no es así?

—Al principio, tal vez. Quería que alguien cargara con la responsabilidad por la muerte de Emily. —Suspira—. Pero no he descubierto nada. Al menos, nada concreto. Solo me he enterado de las amistades y distanciamientos habituales.

—¿Y qué hay de Hurst?

—Ella nunca lo mencionó.

—Pero... —la animo a continuar.

—Hay algo en ese colegio que no está bien, y Hurst forma parte de ello. Cuando dejas que un chaval como Hurst haga las cosas que hace y se vaya de rositas, creas un ambiente en el que la crueldad es la norma.

Me pregunto si eso es todo. Recuerdo lo que me comentó Marcus respecto a que Hurst llevaba a otros chicos a la antigua explotación minera. Los chicos que querían encajar. A lo mejor también a una joven desesperada por ganarse la aceptación de sus nuevos compañeros. La mina tiene varias maneras de alcanzarte. Como hizo con Chris.

—Te has quedado callado.

—Solo estaba pensando que la historia tiene la costumbre de repetirse —respondo con amargura.

—Pero no tiene por qué. Los colegios como la Academia Arnhill solo cambian desde dentro. La enseñanza no se reduce a las tablas de clasificación y las inspecciones de educación. Consiste en ayudar a nuestros jóvenes a convertirse en seres humanos decentes y equilibrados, en conseguir que lleguen sanos y salvos al final de la adolescencia. Si los pierdes a esta edad, los pierdes para siempre. —Se encoge ligeramente de hombros—. Seguro que este planteamiento te parece muy ingenuo.

—No, me parece valiente, loable y todas esas cosas que te llevarán a dedicarme una peineta en cualquier momento y... Sí, ahí está.

Ella baja el dedo.

—A pesar de tus gilipolleces de tío cínico que está de vuelta de todo, casi me da la impresión de que me entiendes.

—Es que te entiendo. A ver, no me malinterpretes: las razones por las que estoy aquí son mucho menos encomiables.

—Y ¿cuáles son?

Vacilo por unos instantes. Si hay alguien a quien me gustaría contarle la verdad, esa es Beth. Por otro lado, si hay alguien cuya opinión me importa, esa es Beth.

—Como bien has dicho, solo dos tipos de profesores vienen a Arnhill. Yo no encontraba trabajo en ningún otro sitio.

—Creía que íbamos a ser sinceros.

—Lo estoy siendo.

—No. —Sacude la cabeza—. Me estás ocultando algo.

—De verdad que no.

—Te lo noto en la cara.

—Es la cara que me ha tocado. Es mi cruz.

—Vale, pues no me lo digas.

—De acuerdo.

—¿O sea que sí que me ocultas algo?

—Está bien: era ludópata. Acabé debiendo mucho dinero. Necesitaba escaparme durante un tiempo a un lugar donde pasar desapercibido hasta que pudiera saldar mis deudas. No hay ningún motivo noble para mi regreso. Soy un mal jugador, un profesor mediocre y un ser humano discutible. ¿Contenta?

Me lanza una mirada asesina.

—Mentiroso. Puede que seas un capullo, pero estás aquí por una razón, por algo que consideras importante. De lo contrario, habrías ahuecado el ala en cuanto los matones de Hurst te pegaron una paliza. Pero si no quieres contármelo, me parece perfecto. Creía que empezábamos a ser amigos. Está claro que me equivocaba.

Se pone de pie y coge su chaqueta.

—¿Te marchas?

—No. Me largo enfadada.

—Ah.

—Y tú te quedas aquí solo, como un pobre pringado.

—Lamento darte una mala noticia, pero no te necesitaba para eso.

Se pone la chaqueta con un movimiento brusco.

—Necesitas a alguien.

—Todo el mundo necesita a alguien.

—Qué profundo.

—Es una canción de los Blues Brothers.

—Que te den por saco.

Dicho esto, gira sobre los talones y sale del pub con paso furioso. Nadie aparta la vista de su bebida para mirarla.

Me quedo sentado a la mesa, como un pobre pringado. Pero al menos soy un pobre pringado con dos vasos medio llenos de bourbon. No hay mal que por bien no venga. Vacío el vaso de Beth en el mío y le pego un buen lingotazo. Acto seguido, me llevo la mano al bolsillo y saco un papel en el que he garabateado una dirección.

Es hora de realizar una visita a domicilio. De alegrarle la tarde a otra persona.


En una partida de cartas siempre llega un momento en que ves con claridad las manos de los demás jugadores, como si los naipes se volvieran transparentes. Sabes qué tienen. Calculas las probabilidades. Planeas las siguientes jugadas. Lo ves allí, tan diáfano como si alguien lo hubiera escrito con rotulador fluorescente en el aire, frente a ti.

Y, por lo general, te equivocas.

Si alguna vez, durante una partida, crees que tienes la sartén por el mango, que sabes cómo va a desarrollarse, las jugadas que tienes que hacer, los faroles que debes marcarte, estás en un lío gordo.

Porque es entonces cuando todo se viene abajo.

Me creía muy listo por haber deducido cuál era la conexión entre Ruth y Marcus. Creía saber qué estaba pasando. Ruth vivía aquí en aquella época y me conocía, conocía Arnhill. También conocía a Ben y a Julia. Es posible que consiguiera de alguna manera mi dirección de correo electrónico y mi número de teléfono, y que luego me enviara esos mensajes. Es posible que hiciera todo esto. Pero ¿por qué?

Ahora se me ocurre otra explicación. No tiene mucho más sentido. No sé qué cartas tiene el otro jugador, pero al menos sé contra quién juego.

Doy un paso al frente y toco el timbre. Luego retrocedo de nuevo.

Durante un rato, nadie acude a abrir. No hay luces encendidas tras las cortinas del salón, pero sé que ella está aquí. Tengo razón. Unos segundos después, a través del cristal de la puerta principal, veo que se enciende una luz en el recibidor.

El perfil borroso de una figura se acerca; la oigo toser, sorberse la nariz e introducir una llave en la cerradura. Entonces la puerta se abre despacio...

—Señor Thorne.

No parece sorprendida de verme. Por otro lado, ha dedicado toda una vida a pulir el arte de mostrarse tranquila e imperturbable. Me pregunto a qué otras cosas habrá dedicado su vida.

—Hola, señorita Grayson —saludo con una sonrisa cordial.

# 26

—¡¡Huesos!!

A Hurst se le iluminó el rostro con una alegría tal que parecía que alguien le hubiera bajado los pantalones y le hubiera hecho una mamada allí mismo.

Tardé un momento en darme cuenta de qué me recordaba. La expresión de éxtasis, el brillo de la lámpara de minero sobre sus facciones... De pronto, me vino a la cabeza: me recordaba aquella escena de *En busca del arca perdida* en la que los nazis contemplan el arca justo antes de que broten de ella unos demonios y se les derrita la cara hasta dejar el cráneo pelado.

Creía que no podía estar más asustado. Como de costumbre, me equivocaba.

—¡Huesos! —La palabra resonó entre el grupo como un eco oscuro.

Contemplaban los huesos embutidos en la roca. Algunos presentaban un tono más amarillento vistos de cerca. A lo mejor eran más antiguos. Además, eran pequeños. Aunque saltaba a la vista que algunos estaban partidos o cortados para formar los símbolos y las figuras, otros seguían enteros. Tenían un aspecto frágil, incluso quebradizo.

Hurst extendió el brazo y tocó uno con una delicadeza sorprendente. Entonces hundió los dedos en la pared y lo arrancó. El hueso se desprendió con más facilidad de la que yo esperaba, en medio de una pequeña nube de polvo y fragmentos de roca desmoronada que cayeron al suelo. Hurst se quedó mirándolo. «Un brazo —pensé—. Un brazo pequeño.»

—¡Maldita sea! —chilló Fletch—. ¿Habéis visto eso?

Nos dimos la vuelta. Nos mostró una de las piedras amarillentas, que en realidad no era una piedra, sino un cráneo. Era tan diminuto que le cabía de sobra en la mano. No pertenecía a un adulto, sino a un niño. Casi todos aquellos esqueletos desmembrados eran de niños.

—Creo que deberíamos irnos —dije, pero mi voz sonó débil y lejana.

—¿Estás de coña? —repuso Hurst—. Este sitio es la leche. Y es nuestro.

Fue entonces cuando comprendí hasta qué punto la habíamos cagado. Los sitios como ese no eran de nadie. Uno no podía apoderarse de un lugar así. Más bien el lugar se apoderaba de ti.

Con una mueca, Fletch le lanzó el cráneo a Marie.

—Gilipollas. —Se agachó para esquivar el cráneo, que golpeó el suelo y se partió en dos mitades iguales—. Qué asco —masculló. No tenía muy buen aspecto. Tal vez era por la visión de todos aquellos huesos, o porque los efectos de la sidra empezaban a hacerse notar, pero su rostro había adquirido una tonalidad gris pálido.

Hurst comenzó a rondar por la cueva, intentando desencajar otros huesos de la pared con la palanca y soltando aullidos de júbilo cada vez que lo conseguía. Sí, aullidos.

Fletch cogió otros cráneos y empezó a chutarlos por toda la caverna, como si jugara a fútbol. Se me retorcieron las tripas de horror. Pero no moví un dedo. Simplemente me mantuve al margen. Como siempre.

—¡Aquí! —gritó Hurst, empuñando la palanca.

Fletch recogió un cráneo, agarrándolo como si fuera una

bola de bolos, con los dedos metidos en las cuencas vacías, y se lo arrojó a Hurst. Este blandió la palanca como un bate. Se oyó un crujido cuando el metal conectó con el cráneo. El cráneo se hizo pedazos. El estómago me dio un vuelco.

Miré a Chris como para pedirle ayuda, algo de apoyo, pero él se limitó a quedarse allí, de pie, con los brazos colgados a los costados y la mirada vacía. Como si, ahora que estábamos allí y él había podido ver lo que había descubierto, el trauma lo hubiera sumido en un estado catatónico.

—Joder —balbucí cuando por fin recuperé la voz—. Estáis jugando con huesos de niños muertos.

—¿Y qué? —Fletch me miró—. No los oigo quejarse.

Hurst desplegó una gran sonrisa.

—Tranquilízate, Thorney. Solo nos divertimos un poco. Además, quien lo encuentra se lo queda, ¿no? —Recogió una mitad del cráneo del suelo—. ¿Cómo era esa mierda de Shakespeare? «Ser o no ser.»

Lo lanzó hacia arriba y lo golpeó con la palanca. Varios trozos de cráneo salieron despedidos hacia el otro extremo de la caverna.

Crispé el rostro, pero algo me distrajo. Me pareció oír un ruido que procedía de las paredes. Un ruido extraño. No eran arañazos, sino más bien chirridos y correteos. Pensé en murciélagos. ¿Cabía la posibilidad de que hubiera murciélagos allí abajo, o incluso ratas? Les gustaban los túneles subterráneos oscuros, ¿no?

—¿Habéis oído eso? —pregunté.

Hurst frunció el entrecejo.

—Qué va.

—¿Estáis seguros? Creo que he oído algo. Murciélagos o tal vez ratas.

—¡Ratas! —Marie volvió la cabeza de golpe—. ¡Mierda! —Corrió hasta un recoveco apartado y vomitó de forma ruidosa.

—Joder —dijo Fletch—. Sabía que no deberíamos haberla traído.

A Hurst se le tensó el rostro. No sé si iba a tomarla de nuevo con Fletch o a gritarle a Marie, pero en ese momento sonó otro ruido, esta vez más definido: una lluvia de piedrecillas que rebotaban escalones abajo.

Todos nos dimos la vuelta rápidamente (excepto Marie, que seguía emitiendo ruidos de arcadas y quejidos en el rincón). Un olor a vómito y a sudor impregnaba el aire de la caverna. A pesar de ello, me dio la sensación de que hacía más fresco. Frío incluso. Pero no un frío normal, sino extraño. «Un frío traicionero», pensé de repente. Era como las sombras inquietas. No permanecía estático, sino que se movía, tenía vida.

Apuntamos las linternas en la dirección de la que procedía el ruido. Hacia los peldaños desiguales que se elevaban hacia las tinieblas.

—¡Eh! —gritó Hurst—. ¿Hay alguien ahí arriba?

No se oyó más que silencio, seguido de otro pequeño alud de piedras.

—O bajas ahora, o subiré a por ti y...

Su voz se fue apagando. Una sombra se erguía contra la pared. Alta y estilizada, sujetaba entre sus largos dedos algo que parecía un bebé.

Todos nos quedamos callados, e incluso los gemidos de Marie remitieron. Percibí de nuevo aquel otro sonido, el de los chirridos y correteos. La sombra dobló la esquina. Se me tensó el cuero cabelludo. Hurst alzó la palanca. Poco a poco, la sombra encogió y se fundió en una figura sólida. Una figura pequeña con una sudadera gris, un pantalón de pijama rosa y unas zapatillas de deporte. En una mano, sujetaba una linterna. En la otra, una muñeca de plástico.

—La madre que me parió. —Hurst bajó la palanca.

—Hay que joderse —farfulló Fletch.

Clavé la vista en Annie.

—¿Qué narices haces aquí?

## 27

Estamos los dos sentados en el estudio del fondo. Está mal iluminado y amueblado con solo dos robustos sillones de piel, un escritorio y una mesa de lectura. Una alfombra descolorida, pero que sin duda fue cara en otro tiempo, cubre las desnudas tablas del suelo. Ocupan casi todo el espacio de las paredes unas estanterías altas, abarrotadas de libros con los lomos agradablemente gastados y agrietados.

No hay que fiarse de alguien con las librerías repletas de volúmenes inmaculados o, peor aún, de quien los coloca con la cubierta hacia fuera. Esa persona no es lectora, sino exhibicionista. «Mírame, fíjate en mi excelente gusto literario. Contempla las aclamadas obras que tengo, la mayor parte de las cuales seguramente ni siquiera me he leído.» Un lector agrieta el lomo, manosea las páginas, absorbe cada palabra y matiz. Tal vez no se pueda juzgar un libro por su portada, pero desde luego sí que se puede juzgar a su propietario.

—En fin —dice la señorita Grayson, depositando un café sobre la mesa, a mi lado, antes de sentarse en el otro sillón con una taza caliente de un remedio para los síntomas del resfriado—. Querías hacerme unas preguntas.

—Solo unas pocas.

—Probablemente —dice reclinándose en su asiento—, la primera será si soy una vieja loca con demasiado tiempo libre.

Cojo mi taza y bebo un sorbo. A diferencia de la aguachirle que me sirvió en el colegio el primer día, este café es fuerte y aromático.

—Está en la lista.

—Eso me imaginaba.

—¿Me mandó usted el correo electrónico?

—Sí.

—¿Cómo me localizó?

—Mediante un proceso de eliminación. Sabía que acabarías por dedicarte a la enseñanza, así que seguí tu rastro hasta tu colegio anterior, expliqué que habías solicitado una plaza aquí y que yo había perdido tus datos de contacto.

—Pero eso fue antes de que yo solicitara la plaza aquí.

—En efecto.

Me surge otra duda.

—¿Le explicaron en el colegio las circunstancias en que me fui?

—El tema salió a relucir.

—Así que usted sabía que había falsificado la carta de recomendación que le entregué a Harry.

Le chispean los ojos.

—Me impresionó tu creatividad.

Tardo unos segundos en asimilar esta información. Ha estado jugando conmigo desde el principio.

—¿Y la carpeta?

—Yo la recopilé. Le pedí a Marcus que te la dejara en ese lugar. Supuse que él llamaría menos la atención.

—Pero el mensaje lo envió desde el móvil de él, ¿no?

—Era uno viejo que ya no utilizaba. Pero entonces le rompieron el iPhone y necesitaba uno de repuesto.

—¿Por qué? ¿Por qué se tomó tantas molestias? ¿A qué viene esta pantomima? ¿No se le ocurrió que simplemente podía llamarme? Tengo entendido incluso que el correo reparte unas cosas que se llaman cartas.

—¿Hubieras vuelto solo por una llamada mía?

—Tal vez.

—Ambos sabemos que eso no es verdad —replica en un tono cortante, como si me riñera. Me hace sentir como un crío pillado en una mentira—. He aprendido mucho durante todos estos años al trabajar con niños. Uno: nunca hay que preguntarles nada directamente, porque entonces mienten. Dos: siempre hay que hacerles creer que la idea se les ha ocurrido a ellos. Y tres: basta con hacer que algo parezca lo bastante interesante para que ellos vengan a ti.

—Se ha dejado el punto cuatro: nunca hay que dejar que prendan fuego a sus propios pedos. —Esboza una sonrisita.

—Siempre has utilizado el sarcasmo como mecanismo de defensa, incluso cuando eras pequeño.

—Me sorprende que se acuerde de mí.

—Me acuerdo de todos mis alumnos.

—Impresionante. Yo a duras penas me acuerdo de mi clase del curso anterior.

—Stephen Hurst: sádico, amoral, pero inteligente. Una combinación peligrosa. Nick Fletcher: un muchacho no muy listo, con un exceso de ira. Es una lástima que no encontrara una manera mejor de canalizarla. Chris Manning: brillante, con problemas, perdido. Siempre en busca de algo que jamás iba a encontrar. Y tú: el del talento oculto. El que desviaba golpes con palabras. Lo más parecido a un amigo que tenía Hurst. Él te necesitaba más de lo que tú imaginabas.

Trago saliva. Siento la garganta como si fuera de lija.

—Se olvida de Marie.

—Ah, sí: una chica bonita, más lista de lo que ella creía. Ya entonces sabía cómo conseguir lo que quería.

—Pero ya no somos niños.

—Todos seguimos siéndolo por dentro. Sentimos los mismos miedos, las mismas alegrías. Solo nos volvemos más altos y más hábiles para ocultar cosas.

—A usted también se le da bastante bien ocultar cosas.

—No era mi intención engañarte.

—Entonces ¿cuál era exactamente su intención?

—Persuadirte para que regresaras. Y lo conseguí. —Rompe a toser, se saca un pañuelo de papel de la manga y se tapa la boca. En cuanto se le pasa la tos, añade—: Supongo que te has enterado a través de Marcus.

Asiento con la cabeza.

—Le preocupaba que se metiera usted en un lío. Le he prometido que eso no ocurriría siempre y cuando usted me contara la verdad.

Asiente.

—Marcus es un buen chico.

—La tiene siempre muy presente.

—Es mi ahijado, aunque supongo que también te lo habrá contado.

—Sí. No tenía ni idea de que usted conocía a su madre.

—Ruth sufría lo indecible en el colegio. Un día la salvé de unos matones y me convertí en algo parecido a su confidente.

Me vienen a la memoria los niños que yo veía en su despacho, los que ella intentaba ayudar. No era gran cosa, pero en el cole, para quien se siente asustado y acosado, un pequeño gesto de bondad significa mucho.

—El caso es que Ruth y yo seguimos en contacto después de que dejara el colegio —continúa—. Cuando tuvo a Lauren y a Marcus, me pidió que fuera su madrina.

»A veces cuidaba de ellos cuando ella trabajaba, durante las vacaciones. Seguí estando muy unida a ellos, sobre todo a Marcus. Aún viene a tomar el té dos días por semana. Es un joven muy inteligente y compartimos muchos intereses.

—¿Como, por ejemplo, la historia local?

Vuelve a hacer un amago de sonrisa.

—Entre otras cosas.

—¿De modo que usted lo utilizó?

—Él quería ayudar. No lo sabe todo, si es eso lo que piensas.

—Oh, no tiene usted ni idea de lo que estoy pensando.

—Pues dímelo.

Cuando abro la boca, caigo en la cuenta de que ni yo mismo tengo idea de lo que estoy pensando.

—¿Has leído el contenido de la carpeta? —inquiere, tomando un sorbo de su taza.

—Casi todo.

—¿Has descubierto algo interesante?

Me encojo de hombros.

—Arnhill tiene una historia macabra, como muchos otros lugares.

—Pero pocos lugares son tan antiguos como este pueblo. La gente da por sentado que Arnhill se fundó en torno a la mina. No es verdad. Ya existía mucho antes.

—¿Y qué?

—¿Por qué surge una aldea en medio de la nada?

—¿Por las vistas?

—Las aldeas se establecen en sitios determinados por razones concretas: agua potable, terrenos fértiles. Y, en ocasiones, hay otros motivos.

«Otros motivos.» De pronto, noto una corriente. Una racha de aire gélido.

—¿Como cuáles?

—¿Has leído los artículos sobre los juicios por brujería y Ezekeriah Hyrst?

—Un mito. Una leyenda urbana.

—Pero suelen tener un fondo de verdad.

—¿Y cuál es la verdad sobre Arnhill?

Entrelaza las manos en torno a su taza. Advierto que son manos fuertes, eficientes, firmes.

—Has visitado el cementerio. ¿Te has dado cuenta de qué es lo que falta?

—Niños. Bebés.

Asiente.

—Eso es lo más obvio que falta.

—¿Lo más obvio?

—Como bien has dicho, Arnhill tiene una historia macabra, con muchas muertes. Pero en el cementerio solo hay noventa personas enterradas.

—¿No reutilizan las tumbas antiguas después de un tiempo?

—Sí, pero incluso teniendo eso en cuenta (y el hecho de que a la mayoría de los fallecidos los sepultaban en otros cementerios a partir de 1946 o, en años más recientes, los incineraban), la cifra se queda corta. Hablando en plata, no hay suficientes tumbas para tantos muertos. Entonces ¿dónde están?

De repente, entiendo lo que ha hecho. Me ha atraído hasta aquí, de forma cautelosa y premeditada, siguiendo el camino más largo para que yo no supiera exactamente adónde me llevaba. Hasta ahora.

—Creo que los llevaron a otro lugar —afirma—, un emplazamiento que los aldeanos consideraban especial en cierto modo. —Deja la frase flotando en el aire por unos instantes—. Y sé que, hace veinticinco años, tus amigos y tú lo encontrasteis.

Los lugares también guardan secretos, pienso. Como las personas. Basta con escarbar un poco; en la tierra, en la vida, en el alma de un hombre.

—¿Cómo lo sabe?

—A lo largo de los años he conocido a muchos jóvenes aquí en el pueblo. Los he visto crecer, casarse, tener hijos. Algunos no llegaron tan lejos: como Chris.

Me viene a la memoria un golpe sordo y suave. Una sombra color rojo rubí.

—Iba a menudo a mi despacho, antes de convertirse en el protegido de Hurst.

—No lo recuerdo.

—Seguramente estabas demasiado ocupado pasando a toda

prisa por delante para que yo no te leyera la cartilla por llevar la camisa fuera del pantalón o por ir con zapatillas.

Por poco se me escapa una sonrisa. Con qué facilidad pueden resucitar el pasado unas palabras despreocupadas, pienso. Por otro lado, dudo que las palabras de la señorita Grayson lo sean. Lleva mucho tiempo deseando pronunciarlas.

—Unos días antes de morir —dice—, Chris vino a verme. Quería hablar con alguien sobre lo que descubristeis.

—¿Le contó lo que pasó?

—Una parte. Pero creo que hay algo más, ¿no, Joe?

Siempre hay algo más. «Basta con escarbar.» Y cuanto más ahondas, más densa es la oscuridad que te rodea.

Asiento con la cabeza.

—Sí.

—¿Por qué no me lo cuentas?

# 28

*1992*

Cuando Annie paseó la vista por la caverna, sus ojos parecían grandes huecos en su carita.

—Os he seguido.

—No me digas. ¿Cómo se te ocurre?

—Quería ver qué tramabais. ¿Son calaveras? ¿Son de verdad? —La voz le tembló un poco. Apretó a Abbie Ojos contra su pequeño pecho.

—No puedes estar aquí. —Me acerqué cojeando y la agarré del brazo—. Vamos.

—Espera. —Hurst se interpuso en nuestro camino.

—¿Qué pasa?

—¿Y si se va de la lengua?

—Tiene ocho años.

—Pues justamente por eso.

—No diré nada —murmuró Annie.

—¿Lo ves? Y ahora, deja que me la lleve de aquí.

Nos sostuvimos la mirada. No sé muy bien qué habría hecho yo si Marie no hubiera gemido desde el rincón:

—No me encuentro bien, Steve. Quiero irme a casa.

—Vaca estúpida —espetó Fletch, aunque sus palabras sonaron desangeladas.

Vi que Hurst se debatía en la duda. Dirigió la vista a Annie, luego a mí y la posó de nuevo en Marie.

—Vale —gruñó—. Nos vamos. Pero volveremos. Y no pienso marcharme sin llevarme algo de recuerdo.

—¡No! —exclamó Chris, abriendo la boca por primera vez—. No puedes. No puedes llevarte nada de aquí.

Hurst dio unos pasos hacia él.

—¿Por qué no, Chicomanteca? Esto es nuestro ahora. Nos pertenece.

«No», pensé de nuevo. Este lugar no pertenecía a nadie. Quizá dejaba que lo creyéramos nuestro. Tal vez quería que lo creyéramos nuestro. Pero era así como te atrapaba. Era así como te atraía hasta allí abajo. Era así como se apoderaba de ti.

—Chris tiene razón —tercié—. No podemos llevarnos nada. Es decir, ¿qué pasa si alguien nos pregunta de dónde hemos sacado unos huesos humanos?

Hurst se volvió hacia mí.

—Nadie dirá una palabra. Y a mí ni Dios me dice lo que puedo o no puedo hacer, Thorney.

Levantó la palanca de nuevo. Noté que Annie se encogía de miedo. La agarré con más fuerza.

Una sonrisa se dibujó lentamente en los labios de Hurst.

—Dame tu mochila.

Me la quitó de un tirón y se la lanzó a Fletch.

—Venga, vamos a coger algo de botín. Si les ponemos una vela dentro a estas cosas, la gente se cagará viva cuando las vean en Halloween.

Fletch, con la bolsa en la mano, se arrodilló para recoger algunos cráneos más. Hurst se acercó de nuevo a la pared y se puso a aporrearla con la palanca y a arrancar huesos con furia.

Annie se asió a mi brazo.

—A Abbie-Ojos no le gusta este sitio.

—Dile que no pasa nada. Nos iremos enseguida.

Se estremeció contra mí.

—Abbie-Ojos dice que sí que pasa algo. Dice que son sombras, que se están moviendo. —Volvió la cabeza con brusquedad—: ¿Qué es ese ruido?

Esta vez los chirridos y correteos resultaban inconfundibles. Nos rodeaban por todas partes. No se trataba de ratas, ni de murciélagos. Estos animales eran demasiado grandes, demasiado pesados para un sonido tan delicado y ajetreado. El sonido de algo pequeño, pero multitudinario. Una masa de caparazones erizados y patitas inquietas.

Lo comprendí un momento antes de que ocurriera. «Insectos —pensé—. Insectos.»

Hurst hincó la barra en la piedra para arrancar un pedazo de hueso que se resistía.

—¡Ya te tengo!

La pared estalló en una masa de cuerpecillos negros brillantes.

—¡Joder!

Una multitud reluciente de escarabajos brotó del agujero, como un aceite viviente. Eran cientos. Descendieron en tropel hasta el suelo. Algunos treparon por la palanca y por los brazos de Hurst, que soltó la barra y comenzó a sacudirse como si ejecutara algún tipo de baile demencial.

Al otro lado de la cueva, Fletch soltó un chillido. El cráneo que sostenía giró sobre su mano, y más escarabajos surgieron de las cuencas de los ojos y la boca abierta. Las calaveras del suelo empezaron a moverse, empujadas desde todas direcciones por miles de minúsculas patas de insectos.

Fletch tiró a un lado el cráneo y se puso en pie con dificultad. En sus prisas por levantarse, se le cayó la linterna, que se apagó al golpear el suelo, sumiendo media cueva en la oscuridad.

Marie profirió un grito estridente e histérico:

—No veo nada. Mierda, mierda, mierda. Se me han subido por todas partes. Ayudadme. ¡Ayudadme!

Aunque un alarido también quería abrirse paso por mi garganta, tenía que pensar en Annie. Se aferraba a mí, paralizada y en silencio. La abracé y acerqué la boca a su pelo.

—Tranquila —le susurré—. Solo son escarabajos. Vamos a salir de aquí.

Intenté retroceder con ella a pasos cortos hacia los peldaños, donde Chris seguía de pie, con la linterna colgando inútilmente de su mano, iluminando una pequeña zona de suelo pululante. Los insectos chasqueaban y crujían bajo nuestros pies. «Como cereales de arroz inflado.» Me alegré de llevar las botas gruesas con los vaqueros remetidos en la caña, aunque notaba que la inflamación del tobillo se apretaba dolorosamente contra el cuero. Annie gimoteaba a mi lado, como un animalillo asustado.

Estábamos a punto de llegar cuando una figura se abalanzó hacia nosotros desde la oscuridad. Hurst. Bajo la luz del casco, el rostro se le veía cetrino, brillante de sudor. Presa del pánico. Y esto me asustó más que todo lo demás.

—Dame el casco.

Al intentar agarrarlo, me empujó de espaldas contra la pared. Se me escurrió la mano de Annie.

—¡Suéltame!

—Dame la lámpara.

Me propinó un fuerte empellón y me golpeé la parte de atrás de la cabeza contra la roca. El cráneo me rebotó dentro del casco. Oí que algo se partía. La luz vaciló y recuperó su intensidad por unos instantes antes de extinguirse. La negrura nos envolvió en un manto frío y húmedo.

—¡Desgraciado! —Aparté a Hurst de un empujón. La desesperación me atenazaba la garganta. Teníamos que salir de allí. Cuanto antes—. ¿Annie?

—¿Joey? No te veo —dijo en un tono trémulo de llanto contenido. Seguía haciendo un gran esfuerzo por ser valiente.

Cojeé en dirección a su voz.

—Estoy aquí mismo. Enciende tu linterna.

—No puedo. La he perdido.

—Tranquila. —Alargué el brazo; mis dedos rozaron los suyos.

—¡Nooooo! —chilló Marie desde las tinieblas.

Noté una ráfaga de aire cuando algo pasó muy cerca de mi cara. Me arrojé al suelo y caí con violencia sobre el codo. El casco salió despedido de mi cabeza. Un dolor intenso me subió por el brazo, pero no me dio tiempo de centrarme en eso, porque justo entonces oí otro grito: agudo, desgarrador, terrible.

—¡¡ANNIE??

Gateé por el suelo, rebuscando entre las duras corazas y las patas inquietas. Mis dedos palparon un objeto de metal. La linterna de Annie. Cuando la agarré, me percaté de que tenía una pila colgando por la parte de atrás. Después de colocarla en su sitio, pulsé el interruptor y desplacé el haz alrededor.

Mi mente entró en caída libre. Me dio la sensación de que mi corazón se contraía, se expandía y saltaba en pedazos a la vez. Annie yacía en el suelo, encogida en un pequeño ovillo, abrazando aún con fuerza a Abbie-Ojos. Se le había subido el pantalón del pijama, dejando al descubierto las piernas delgadas y manchadas de tierra. Tenía tanto el rostro como el cabello cubiertos de una sustancia oscura, roja y pegajosa.

Me acerqué a gatas a mi hermana y la levanté con torpeza entre mis brazos. La noté muy huesuda, llena de aristas. Olía a champú y patatas con sabor a queso y cebolla. Alrededor de nosotros, los escarabajos que pululaban por todas partes habían empezado a retirarse, a disolverse y fundirse de nuevo con las paredes, una vez concluida su labor.

—Ha sido un accidente.

Alcé la linterna. Hurst se encontraba a unos pocos metros de distancia, con Marie aferrada a su brazo. La palanca descansaba a sus pies. Recordé la corriente de aire que había notado en la cara. Volví a bajar la vista hacia Annie, que tenía la cabeza ensangrentada.

—¡Qué narices has hecho?

La ira me quemaba la garganta como una bilis negra y ardiente. Quería acometerlo y machacarle la cabeza contra la roca hasta que solo quedaran trozos de huesos y gelatina. Quería empuñar la palanca y clavársela en las tripas.

Pero algo me lo impidió. «Annie.» Todavía sentía un dolor punzante en el tobillo. Me costaría mucho subir esos peldaños sin ayuda. Y me resultaría imposible cargar con Annie. Ni siquiera estaba seguro de si debíamos moverla de donde estaba. Necesitaba que Hurst y los demás fueran en busca de ayuda.

—Dadme algo para la sangre.

Hurst forcejeó con la corbata que le ceñía la cabeza para quitársela y me la lanzó. Tenía el rostro laxo, como si hubiera despertado de una pesadilla y empezara a tomar conciencia de que no era un sueño.

—No era mi intención.

«No era tu intención hacerle daño a Annie. Solo querías hacérmelo a mí.» Pero no era el momento de ocuparme de eso. Presioné la corbata contra la herida de Annie. Se caló enseguida. Eso no pintaba bien. Nada bien.

—¿Está muerta? —preguntó Fletch.

«No —pensé—. No, no, no. Mi hermanita no. Annie no.»

—Tenéis que llamar a una ambulancia.

—Pero ¿qué les decimos?

—¿Qué más da?

La corbata que tenía entre las manos estaba empapada. La tiré a un lado.

—Fletch tiene razón —masculló Hurst—. Tenemos que inventar una historia. Lo digo porque nos preguntarán qué ha pasado.

—¿Una historia? —Clavé los ojos en él—. No.

Advertí con el rabillo del ojo que Chris se movía. Se agachó para recoger algo del suelo, antes de retroceder de nuevo hacia las sombras.

—Contadles lo que queráis —dije, desesperado—. Pero buscad ayuda. Ahora.

—¿De qué sirve si ya está muerta? —Era Fletch otra vez. El maldito Fletch—. No la oigo respirar. No respira. Fijaos en ella. Miradle los ojos.

Yo no quería mirar. Porque ya la había visto. Solo estaba inconsciente, me dije. Solo inconsciente. «Entonces ¿por qué no tenía los ojos en blanco? ¿Por qué notaba cada vez más frío su frágil cuerpecito?»

Hurst se pasó los dedos por el pelo, cavilando. No era buena señal, porque si se ponía a pensar, a preocuparse por salvar el pellejo, estábamos jodidos.

—Nos harán preguntas. La policía.

—Por favor —supliqué—. Es mi hermana pequeña.

—Steve. —Marie le tocó el brazo.

Casi no me acordaba de que seguía allí.

Hurst se volvió hacia ella. Fue como si se comunicaran con los ojos. Él asintió.

—Vale. Vámonos.

Alcé la vista hacia Marie con la intención de expresarle mi gratitud con un gesto, pero ella me rehuyó la mirada. Todavía se la veía pálida, indispuesta. Todos se dirigieron hacia los peldaños. Nadie se ofreció a quedarse conmigo, ni siquiera Chris. Pero no me importó. No quería que rondaran por allí. Quería estar solo con Annie. Como habíamos estado siempre.

Hurst se detuvo por un momento al pie de los escalones. Parecía a punto de decir algo. Si hubiera abierto la boca, creo que habría corrido hacia él y le habría arrancado el corazón con las manos. Pero no lo hizo. Se dio la vuelta en silencio y desapareció en la oscuridad.

Me quedé arrodillado en el frío suelo, sosteniendo el cuerpo exánime de Annie sobre el regazo. Dejé la linterna apoyada contra la roca, como si fuera una lámpara de pie. Estábamos rodeados de escarabajos aplastados y muertos. Aún oía levemente a los otros corretear por dentro de las paredes. Intenté no pensar en ello. En vez de ello, traté de captar los sonidos de los que estaban subiendo. Y traté de no reparar en los sonidos que no se oían.

«No respira.»

No iban lo bastante rápido. «Más deprisa —pensé—. Id más deprisa.» Al cabo de un rato, sus pasos tambaleantes se perdieron en la distancia. «Seguro que ya están cerca de la salida —pensé—. Seguro. Entonces no tardarán mucho en regresar corriendo al pueblo, en llegar a una casa o a una cabina telefónica, para llamar a urgencias.» Aunque el hospital estaba a casi veinte kilómetros, pero las ambulancias contaban con luces y sirenas y, si sabían que se trataba de una criatura, si...

Oigo un ruido. O más bien un eco, lejano pero lo bastante fuerte para llegar hasta mis oídos. CLANG. Como un objeto pesado que cae al suelo. CLANG. O una puerta metálica que se cierra de golpe. CLANG.

O una trampilla que se cierra.

CLANG.

Alcé la mirada hacia las tinieblas.

—No —susurré.

No podían. No serían capaces. Ni siquiera Hurst. ¿O sí...?

«Nadie dirá una palabra. Tenemos que inventar una historia. Nos harán preguntas.»

CLANG.

¿Quién se enteraría? ¿Quién nos encontraría? ¿Quién avisaría?

Intenté racionalizar la situación. Tal vez me equivocaba. A lo mejor solo habían cerrado la trampilla para que estuviéramos a salvo, para asegurarse de que nadie cayera por el agujero. Lo intenté. Hice un enorme esfuerzo por convencerme, pero mis pensamientos siempre acababan volviendo a ese contundente sonido metálico:

CLANG.

En aquel momento comprendí cosas que ningún chico de quince años debería comprender. Cosas sobre la naturaleza humana. Sobre la supervivencia. Sobre la desesperación. Una oleada de pánico me subió por la tráquea, dificultándome la respiración. Abracé más fuerte a mi hermanita, meciéndola adelante y atrás.

«Annie, Annie, Annie.»

CLANG.

De pronto, percibí otro sonido. Chirridos y correteos. Los escarabajos. Volvían a salir de las paredes. Regresaban a por nosotros.

Esta idea me sacó de la parálisis.

No podíamos quedarnos allí, esperando una ayuda que tal vez nunca llegaría.

Teníamos que movernos. Teníamos que salir.

Tendí a Annie en el suelo con delicadeza y me obligué a levantarme. Si apoyaba casi todo el peso en el pie izquierdo, casi podía tenerme en pie. Me agaché y levanté a Annie cogiéndola por debajo de los brazos. Entonces caí en la cuenta de que no me quedaban manos libres para sujetar la linterna. Vacilé por unos instantes. El correteo de los escarabajos no cesaba. Agarré la linterna y me la puse entre los dientes. A continuación, recogí a Annie de nuevo y, aunque di un traspié hacia atrás con los primeros pasos, me estabilicé contra la pared de roca, arrastrando conmigo su cuerpo inerte. Era delgada, pero yo también. La sudadera se le subía continuamente, de modo que su suave piel rozaba contra los ásperos peldaños de piedra. Me detenía una y otra vez para bajársela, aunque esto suponía un desperdicio absurdo de energía y tiempo.

Subí tres escalones más tirando de ella. El tobillo me dolía. La cabeza me daba vueltas. Hice una pausa para tratar de respirar y agarrarla con más firmeza. Entonces di un paso hacia atrás. La piedra se desmoronó bajo mi peso. Mi pie resbaló y perdí el equilibrio. Estaba cayendo. Otra vez. Me aferré a Annie, pero sin nada que amortiguara mi caída, mi cráneo impactó con fuerza contra el escalón de piedra que tenía detrás. La vista se me nubló y la oscuridad se abatió sobre mí.

«Esta vez fue distinto. La oscuridad era más profunda y fría. Yo notaba que se movía, alrededor y dentro de mí. Me correteaba por la piel, me obstruía la garganta, se abría camino cavando hasta...»

Abrí los ojos de repente. Mis manos se agitaron en el aire antes de frotarme y pegarme en la cabeza y la cara con la palma abierta. Tenía la vaga conciencia de que algo retrocedía. Una multitud susurrante de caparazones relucientes reculaba de nuevo hacia el interior de la roca. La linterna, a mi lado en el suelo, emitía un brillo tenue, mortecino. No le quedaba mucha batería. ¿Cuánto rato había pasado inconsciente? ¿Unos segundos? ¿Minutos? ¿O más? Estaba despatarrado en el penúltimo escalón. Me sentía extrañamente liviano. Como si me hubiera quitado un peso de encima.

«Annie.»

No estaba tumbada encima de mí. Me incorporé. No se encontraba junto a mí, ni cerca de mí, ni al pie de la escalera. ¿Qué diablos...?

Recogí la linterna y me puse de pie con dificultad. El tobillo aún me molestaba, pero menos. Quizá se me había dormido o me estaba acostumbrando al dolor. Notaba la nuca resentida. Me la toqué. Tenía un bulto sensible. No había tiempo para pensar en eso.

«Annie.»

Regresé a la caverna con cautela. Los huesos y cráneos aún estaban dispersos por el suelo. Los fragmentos pequeños crujían bajo mis pies.

—¿Annie?

Las paredes de la cueva me devolvieron el sonido de mi voz. Hueca. Vacía. «Aquí no hay nadie más —parecía responderme el eco—. Aquí solo estamos los gallinas.»

Imposible. Por otro lado, si ella no estaba allí, solo cabía una explicación: había conseguido salir.

Intenté hacer memoria. No la había visto recibir el golpe. Sí, le había salido mucha sangre y había perdido el conocimiento, pero las heridas en la cabeza eran muy aparatosas, ¿no? En algún sitio lo había leído. Hasta un pequeño corte podía sangrar profusamente. A lo mejor no estaba tan malherida como creía.

«¿Sí? ¿Y qué me dices de lo fría que estaba? ¿Y del hecho de que no respiraba?»

Era un error. Una exageración de mi mente. Todos estábamos cagados de miedo. Estaba oscuro. Había reaccionado de forma exagerada, dejándome arrastrar por el pánico. Y había algo más, ¿verdad? Desplacé de nuevo la vista en torno a la caverna. «Abbie-Ojos.» La muñeca había desaparecido. Yo la había dejado allí abajo, pero ya no estaba. Sin duda, Annie se la había llevado.

Tras echar una última ojeada a la caverna, volví a encaminarme hacia los escalones. Esta vez los subí más deprisa —impulsado por la esperanza y la angustia— y pasé por el estrecho hueco de la pared. Un vistazo rápido a la pequeña cueva me reveló que también estaba vacía. La luz de la linterna parpadeó. Tal vez la pila duraría hasta que llegara a casa, tal vez no.

«A casa.» ¿Habría conseguido Annie llegar a casa?

Nuestro hogar se encontraba a solo diez minutos a pie de la antigua mina. Si había logrado salir, tal vez ya estaba de vuelta. Quizá se encontraba allí en ese instante, contándoselo todo a papá, y me esperaba una buena azotaina cuando llegara a casa. En aquel momento lo habría agradecido.

Subí penosamente por la escalera de mano. La trampilla estaba entreabierta (así que tal vez también me había equivocado respecto a eso). La abertura que quedaba no era muy grande, pero lo suficiente para que Annie saliera por ella apretujándose. Emergí al aire fresco y limpio de la noche. La garganta me escoció al respirarlo. Me bamboleé un poco y se me emborronó la visión. Me incliné y me apoyé las manos en las rodillas. Tenía que mantenerme entero, al menos hasta que consiguiera volver a casa.

Pasé como pude por encima de los montones de escombros y me escurrí por el hueco de la cerca metálica. A media calle, la linterna se rindió al fin. Pero eso ya no suponía un problema, porque había farolas y alguna que otra luz que se filtraba a través de las cortinas de las salas de estar. ¿Qué hora debía de ser? ¿Cuánto rato habíamos estado allí abajo?

Enfilé a toda prisa el callejón que discurría junto a la parte de atrás de casa y crucé la verja. Me detuve en medio del patio. Aún llevaba puestas la chaqueta y las botas de papá. «Mierda.» Me las quité a toda prisa, las metí de cualquier manera en el cobertizo y me dirigí cojeando con mis calcetines agujereados hasta la puerta trasera. Hice girar el pomo. No estaba cerrado, como de costumbre, porque papá solía llegar demasiado borracho para acordarse de echar la llave.

Una vez en la cocina, vacilé. Había una luz encendida en el salón. El televisor. Papá estaba medio despatarrado en su sillón, roncando. Había una pequeña colección de latas de cerveza en el suelo, acurrucadas a sus pies.

Tras acercarme de puntillas a las escaleras, apoyé la mano en el barandal y arrastré mi desfallecido cuerpo hasta el piso de arriba. Me sentía exhausto, mareado. Pero tenía que ver a Annie, asegurarme de que estaba en casa. Abrí con cuidado la puerta de su habitación.

Me invadió un alivio enorme. Abrumador.

A la luz del pasillo, vislumbré un pequeño montículo en forma de Annie enroscado bajo el edredón de Mi Pequeño Poni. Por la parte de arriba asomaba una mata despeinada de pelo oscuro.

«Está aquí. Ha conseguido volver a casa. Todo está bien.» En aquel momento, incluso habría podido creer que todo lo que había sucedido antes no había sido más que el producto de un sueño horrible.

Me dispuse a cerrar la puerta.

Pero me detuve. ¿Me paré un segundo a pensar lo extraño que resultaba que Annie se hubiera ido directa a la cama sin intentar siquiera despabilar a papá para que enviara a alguien a ayudarme? ¿Me planteé, aunque solo fuera por un instante, entrar en su habitación para cerciorarme de que se encontraba bien? Al fin y al cabo, tenía una herida en la cabeza. Habría debido despertarla, asegurarme de que estuviera consciente, de que hablara de forma coherente.

«Habría debido, habría debido, habría debido.»

Pero no lo hice.

Tiré de la puerta para cerrarla y me tambaleé hasta mi cuarto. Me quité la ropa sucia y la tiré en el cesto. Todo iría bien, me dije. Ya lo solucionaríamos por la mañana. Nos inventaríamos alguna historia sobre lo ocurrido esta noche. Le diría a Hurst que ya no quería formar parte de su pandilla. Pasaría más tiempo con Annie. La compensaría por todo. La compensaría con creces.

Me desplomé sobre la cama. Un pensamiento revoloteó por unos instantes en mi mente, como una polilla suave y gris. Algo respecto a la cama de Annie. Algo importante que faltaba. Sin embargo, antes de que pudiera aprehenderlo, desapareció. Se desvaneció en el polvo. Me tapé con el edredón hasta la barbilla y cerré los ojos.

# 29

—¿Y por la mañana ella había desaparecido?

—Nunca regresó. El bulto en su cama estaba formado por una pila de juguetes. El pelo era de una muñeca. —Sacudo la cabeza—. Un maldito montón de juguetes. Debería haberlo notado. Debería haber echado un vistazo.

—Por lo que cuentas, tú mismo habías sufrido una conmoción y no pensabas con claridad.

Pero habría debido percatarme de que faltaba algo. «Abbie-Ojos.» La muñeca no estaba en la cama. Annie nunca la habría dejado allí abajo. Se la habría llevado consigo.

—¿Y qué sucedió después? —pregunta la señorita Grayson.

—Llamaron a la policía. Se organizaron partidas de búsqueda. Intenté decírselo. Intenté explicarles que Annie a veces me seguía hasta la mina. Que era allí donde debían buscar.

—Pero ¿no les contaste lo que pasó?

—Quería hacerlo pero, para entonces, Hurst ya había declarado a la policía que esa noche habíamos ido todos a su casa. Su padre respaldaba su versión. Nadie me habría creído. Habría sido mi palabra contra la suya.

Cuando la señora Grayson asiente, pienso: «Lo sabe». Sabe que soy un mentiroso y un cobarde.

—¿No regresaste a buscarla?

—No podía acercarme, y la policía no me dejaba unirme a las partidas de búsqueda. Me repetía una y otra vez para mis adentros que encontrarían la trampilla. Que la encontrarían a ella. Tenían que encontrarla.

—En ocasiones hay lugares que, como las personas, quieren que los encuentren.

Por más que me gustaría descartar esto como una locura, sé que tiene razón. Chris no encontró la trampilla. La trampilla lo encontró a él. Y si no quería que alguien entrara, nadie volvería a encontrarla jamás.

—Ya había decidido que confesaría —digo—. Pensaba ir a la comisaría para contárselo todo.

—¿Qué te lo impidió?

—Que ella reapareció.

«Y todos vivieron felices para siempre.»

Sin embargo, esto nunca pasa. Mi hermana pequeña reapareció. Estaba sentada en la comisaría, balanceando las piernas, con una manta demasiado grande sobre los hombros, sujetando con fuerza a Abbie-Ojos entre sus brazos. Y me sonreía.

Fue entonces cuando me di cuenta, cuando comprendí qué era lo que estaba mal. Terriblemente mal.

«La cabeza de Annie.» ¿Dónde estaba la herida? ¿Y la sangre? Solo se apreciaba una pequeña cicatriz en la frente. Me quedé mirándola. ¿Era posible que se hubiese curado en tan poco tiempo? ¿Me había equivocado? ¿El golpe había sido más leve de lo que me había imaginado? No lo sabía. Ya no sabía nada.

—¿Joe?

—A mi hermana le pasó *algo* —dije despacio—. No sabría explicar qué. Solo sé que, cuando regresó, no era la de siempre. Ya no era mi Annie.

—Entiendo.

—No, no lo entiende. Nadie lo entiende. Y me he pasado veinticinco años intentando olvidarlo. —La miro con rabia—.

Usted asegura que sabe qué le sucedió a mi hermana. Pues no tiene ni idea.

Me sostiene la mirada con expresión fría y calculadora. Acto seguido, se pone de pie y se dirige al escritorio. Abre un cajón y saca una botella de jerez y dos copas.

Las llena hasta los bordes, me entrega una y vuelve a sentarse, con la otra en la mano. Aunque no me chifle el jerez, le doy un trago. Uno grande.

—Yo tuve una hermana —asevera.

—No lo sabía.

—Nació muerta. La vi justo después. Parecía dormida, salvo porque no respiraba ni hacía el menor ruido, claro. Recuerdo que la comadrona del pueblo, una mujer mayor, la arropó y se la puso a mi madre en los brazos. Y entonces dijo algo que recordaré toda la vida: «Las cosas no tienen por qué ser así. Conozco un lugar al que puede llevarla. Puede recuperar a su hija».

Me entran ganas de hacer un comentario mordaz, de soltar una frase concisa y pueril. Quisiera decirle que era una niña y que malinterpretó las palabras. Que los recuerdos se ablandan con el tiempo y se vuelven maleables como la arcilla en nuestra mente, de modo que podemos darles la forma que queramos.

Pero me resulta imposible. Vuelve a soplar esa corriente fría. Debe de haber alguna ventana abierta.

—¿Cómo reaccionó su madre?

—Le dijo a la mujer que se marchara. Que no volviera a hablarle de eso.

—¿Comentó usted alguna vez el episodio con su madre?

—Mis padres nunca hablaban de mi hermana. Por otro lado, muy pocos hablamos sobre la muerte, ¿no? Es un secreto sórdido. Y, sin embargo, en cierto modo, la muerte constituye la parte más importante de la vida. Sin ella, nuestra existencia sería impensable.

Apuro el resto del jerez.

—¿Por qué quería que yo regresara?

—Para evitar que la historia se repitiera.

—No se puede. Así funciona la historia. Nos gusta aparentar que aprendemos de nuestros errores, pero no es verdad. Siempre creemos que la próxima vez será distinto. Nunca lo es.

—Si de verdad creyeras eso, no estarías aquí.

Se me escapa una risotada.

—Ahora mismo no tengo idea de lo que creo ni de por qué estoy aquí.

—Pues entonces deja que te ayude. Creo que Jeremy Hurst ha encontrado otra entrada a la cueva que descubristeis. Ha estado llevando allí a otros niños. Creo que entró con Ben y que a este le pasó algo, como a tu hermana.

—Y lo siento mucho, ¿vale? Lamento lo de Ben. Lamento lo de Julia. Pero no sé qué espera usted que haga.

—No tiene que ver con Ben y Julia.

—Entonces ¿de qué demonios se trata?

—De Stephen Hurst.

Aprieto las mandíbulas de forma instintiva.

—¿Qué tiene que ver él con todo esto?

—Lleva meses obstaculizando el proyecto del parque rural, impidiendo que la empresa constructora acceda al terreno.

—Creía que él quería construir casas.

—Es lo que quiere que la gente piense. Yo creo que está protegiendo lo que hay bajo tierra.

—¿Por qué?

—Marie está muy enferma.

—Lo sé. Tiene cáncer.

—Un cáncer terminal. Le quedan meses de vida, tal vez semanas. Se está muriendo.

Recuerdo el terror que se adueñó de mí en el pub.

«Marie no se va a morir. No permitiré que eso ocurra.»

—No. —Sacudo la cabeza—. Ni siquiera Hurst está tan loco.

—Pero está desesperado. Y las personas desesperadas están dispuestas a probarlo todo. Buscan un milagro. —Se inclina hacia delante y me posa una mano fría y seca sobre la mía—. Por supuesto, rara vez eso es lo que encuentran. ¿Entiendes ahora por qué quería que regresaras?

Lo entiendo y, en ese momento, se me abre un abismo profundo y gélido en las entrañas.

—Quiere salvarla —digo.

—Y creo que tú eres la única persona capaz de detenerlo.

# 30

Estoy sentado en el sofá, con un vaso de bourbon y la baraja delante de mí, encima de la mesa de centro. Aún no he tocado ninguna de las dos cosas. El fuego no está encendido y el salón está a oscuras. Todavía llevo puesto el abrigo. Hace frío, pero eso no es ninguna novedad.

Bajo la tenue luz de la luna que se cuela por la ventana de la cocina, entreveo a Abbie-Ojos, sentada en el sillón, frente a mí, con su nueva mirada, aún más espeluznante, fija en mí.

No es mi única compañía. Los percibo cerca de mí. No solo los chirridos y correteos a los que casi me he acostumbrado. Tengo otros acompañantes, silenciosos, pero vigilantes. Abro el paquete de cartas —por primera vez en mucho tiempo— y me pongo a barajarlas.

—No es mi problema, ¿vale?

Escupo las palabras hacia la oscuridad y espero a que me desafíe. Aunque no responde, noto los ojos puestos en mí, llenos de negrura.

—Ya lo intenté detener antes. Y no sirvió de nada.

La oscuridad se encrespa, los chirridos aumentan, como si la hubiera irritado con mis palabras. Reparto los naipes. Una mano para cada uno de los cuatro jugadores invisibles. Acto seguido, cojo mi vaso y me echo su contenido entre pecho y espalda, para armarme de valor. Qué expresión tan absurda. El falso valor no sirve como arma.

—No le debo nada a Hurst. Así que, por mí, que siga adelante. A ver si así aprende. Me da igual.

«Sin embargo —me reprende la oscuridad, como una madre a un niño enrabietado—, eso no es cierto, ¿verdad, Joe? Porque no se trata solo de Hurst, sino también de Marie, una chica por la que sentías algo. Una mujer que se muere, que merece que la dejen morir en paz. Porque existen cosas peores que la muerte. Porque lo que regresa no es siempre lo mismo que se ha ido. Y tú eres la única persona capaz de evitarlo.»

Intento intimidar a la oscuridad con la mirada. Pero ella no cede un ápice, no pestañea. En todo caso, parece arrimarse, apretándose contra mí como una amante no deseada. Y entonces detecto algo más, que acecha entre sus pliegues. Figuras, sombras dentro de sombras. Y es que, en realidad, los muertos nunca nos abandonan. Los llevamos dentro de nosotros. Nos acompañan en todo lo que hacemos, en nuestros sueños, en nuestras pesadillas. Los muertos forman parte de nosotros. Y tal vez forman parte de algo más. De este lugar. De esta tierra.

Pero ¿y si la tierra está podrida? ¿Y si las cosas que plantamos aquí crecen rebosantes de veneno? Reflexiono sobre lo imposible que es construir dos veces el mismo muñeco de nieve, sobre las películas que copiaba el amigo de mi padre, que siempre se veían borrosas y desvirtuadas. Hay cosas —hermosas, perfectas— que no podemos recrear sin estropearlas.

Oigo que algo se mueve. El chirrido de una puerta, pasos suaves. Estoy listo.

—¿Qué quieres de mí? —pregunto—. ¿Qué quieres que haga?

—Bueno, para empezar, podrías encender las luces.

Me doy la vuelta, sobresaltado, al tiempo que el salón se inunda de claridad.

—Joder. —Me protejo los ojos, como un vampiro expuesto a los abrasadores rayos del amanecer.

Echo un vistazo a través de los dedos, con los párpados entornados. Brendan está de pie cerca de la puerta, resplandeciente con su chaqueta militar, jersey ancho, pantalón de pana y zapatillas Green Flash desgastadas. Lleva colgada al hombro una bolsa de deporte grande.

Me contempla desde el nido formado por la maraña de pelo y barba.

—¿Qué narices haces sentado aquí a oscuras, hablando solo?

Por toda respuesta, me quedo mirándolo. Entonces sacudo la cabeza.

—¿Acaso soy la única persona del mundo que llama antes de entrar?

Brendan prepara un café asqueroso. Además, pasa de medianoche; no es mi hora favorita para tomar café. Pero estoy demasiado cansado, confundido y hecho polvo para exponer mis argumentos en contra.

Sale de la cocina con dos tazas, deja una delante de mí y mira alrededor en busca de un sitio donde sentarse con la suya.

—Me encanta cómo has decorado el lugar.

—Se llama «deconstrucción».

—Se llama «de alguna manera».

Inclino la cabeza en dirección al sillón.

—Siéntate. A Abbie-Ojos le encanta tener compañía.

Estudia la muñeca.

—Sé que es una perogrullada, pero que estés aquí sentado hablando con una muñeca tuerta acojona incluso más que si estuvieras hablando solo.

Coge a Abbie-Ojos y la deja en el suelo con un escalofrío antes de sentarse, agarrando su taza con las dos manos. La bolsa de deporte descansa a sus pies. Bajo la vista hacia ella.

—Esperaba un mensajero, no una entrega en persona.

—Ya, bueno, he pensado que la gasolina me saldría más barata.

—No tienes coche.

—He tomado prestado el de mi hermana.

—¿Y el trabajo?

—Puedo ausentarme un par de días. Y me alegro de haberlo hecho. Porque tienes una pinta horrible, colega. El aire de la campiña no te sienta nada bien.

Me froto los ojos.

—Bueno, pronto dejaré de respirarlo.

De un modo u otro.

—Tu plan está dando resultado.

—Algo así.

—¿Por eso has sacado la baraja de cartas?

Echo una ojeada a los naipes que he repartido sobre la mesa.

—Solo estaba pasando el rato.

—No pensarás recuperar tu dinero jugando, ¿no?

—No. Claro que no.

—Menos mal, hombre. No te lo tomes a mal, pero eres un jugador penoso.

—¿Y no podrías habérmelo dicho antes de que alguien hiciera palillos con mi pierna?

—No me habrías hecho ni caso. —Baja la mirada hacia la bolsa—. Así que ¿puedo suponer (y no creo estar haciéndole sombra a Sherlock al deducirlo) que tiene algo que ver con lo que hay en esta bolsa?

—Bravo, querido Watson.

—¿Y bien?

Arqueo una ceja. O al menos lo intento. Me cuesta un esfuerzo excesivo esta noche.

—Alguien va a pagarme un montón de dinero para que no le lleve eso a la policía. —Me inclino hacia delante y levanto la bolsa para colocarla sobre la mesa de centro—. ¿Has visto qué hay dentro?

—He pensado que, si quisieras que lo supiera, me lo enseñarías.

Abro la cremallera y extraigo con cautela un bulto voluminoso envuelto en una vieja sudadera. La despliego, dejando al descubierto dos objetos cuidadosamente conservados en una bolsa de plástico transparente:

Una palanca y una corbata escolar de color azul marino, con manchas más oscuras allí donde absorbió la sangre. La sangre de mi hermana. Lleva un nombre bordado, apenas legible: «S. Hurst».

—¿Qué narices es esto? —pregunta Brendan.

—Mi venganza.

# 31

*1992*

Las caídas no matan. Lo que te mata es dejar de caer.

Eso fue lo que me dijo Chris.

La gente cree que, cuando alguien se precipita desde una gran altura, el cerebro deja de funcionar antes del choque contra el suelo.

No es verdad. Debido a la velocidad a la que el cerebro procesa la información, es posible que no disponga de tiempo suficiente para asimilar del todo el impacto. Pero eso no significa que no esté funcionando a mil por hora durante el trayecto descendente.

Hasta el crujido final.


Tenía clase de literatura en el pabellón, a última hora, el día que Chris cayó. Leímos pasajes de *Rebelión en la granja*. Nunca me gustó esa novela. No era un entusiasta del simbolismo descarado en ese entonces, ni tampoco lo soy ahora.

Según mi opinión de quinceañero, la historia se habría podido relatar perfectamente con personajes humanos en vez de adornarla con animales. No le veía sentido. No me gustaba la arrogancia que destilaba. Era como si el autor se creyera muy ingenioso y pensara que nadie se daría cuenta de que su libro se hacía pasar por algo que no era. Pero resultaba obvio. Y muy poco ingenioso. Era como un truco de magia en el que se nota la trampa, pero el mago sigue creyendo que es la leche.

Orwell no era la leche. Pero *1984* estaba bien. No intentaba engañar. Era una novela cruda, aterradora y brutal.

A decir verdad, durante esa clase no pensaba mucho en el libro. Estaba distraído. Había estado muy distraído durante las últimas semanas.

Hacía casi un mes que Annie había reaparecido. La euforia y las atenciones iniciales habían decaído. Aun así, tendría que haber sido una época alegre. Deberíamos haber empezado a recuperar la normalidad. Pero no era así. Yo ya ni siquiera sabía qué era normal.

Los primeros días intenté hablar con Annie, engatusarla para sonsacarle lo que había ocurrido aquella noche. Pero ella solo se quedaba mirándome con ojos turbios de incomprensión. De vez en cuando, sonreía o soltaba una risita sin motivo. Si antes al oírla reír me inundaba una sensación cálida, ahora me daba dentera, como el chirrido de las uñas contra una pizarra.

Mamá seguía sin estar mucho por casa porque dedicaba casi todo su tiempo a atender a la yaya, que estaba «un poco pachucha» desde la caída. Papá se había pedido unos días en el trabajo para cuidar de Annie hasta que estuviera en condiciones de volver al colegio. Al menos, eso dijo. No era verdad. Yo había visto una tarde una carta que asomaba del bolsillo de su chaqueta. En la parte superior se alcanzaba a leer «P45». Yo sabía lo que significaba: que había dejado su empleo o lo habían echado. Metí bien la carta en el bolsillo y no le dije una palabra a mamá.

Le estaba ocultando muchas cosas. Tenía que ocultárselas, porque no quería preocuparla. Porque no quería disgustarla. Porque no quería que se pusiera triste. Y porque me daba miedo que no me creyera.

No le conté que había empezado a temer la vuelta a casa después de clase porque papá ya estaba borracho y la casa apestaba, no solo a alcohol, sino a algo peor. Era un olor fétido y acre. La clase de hedor que se percibe cuando algo se ha metido debajo de las tablas del suelo y se ha muerto allí. Una noche, mamá incluso nos envió a mi padre y a mí a buscar un ratón muerto. Como no encontramos nada, puso cara de exasperación y murmuró: «Supongo que ya se pasará».

No le dije que se equivocaba. Que el olor no procedía de un ratón muerto. Que era otra cosa lo que había venido a anidar a nuestro hogar.

No le revelé que me pasaba casi todas las noches en blanco, tumbado en la cama, escuchando los sonidos que salían de la habitación de Annie, contigua a la mía. A veces era la misma canción, repetida una y otra vez:

«Bajará por la montaña y vendrá, bajará por la montaña y vendrá».

Otras noches oía gritos y chillidos sobrecogedores. Me ponía los auriculares del walkman o me tapaba la cabeza con la almohada, lo que fuera con tal de amortiguar los sonidos. Por la mañana iba a la habitación de Annie, quitaba las sábanas empapadas en orina de la cama y las metía en la lavadora, que ponía en marcha antes de salir para el colegio. Mi madre seguramente creía que intentaba ayudar a papá. Y la verdad es que, si no me hubiera encargado de la colada, se habría quedado sin hacer. Pero esa no era la auténtica razón.

Lo hacía porque me sentía responsable. Era la cruz que debía soportar. Mi penitencia. El castigo por lo que había hecho. O, más bien, por lo que no había hecho. No la había salvado.

No le conté a nadie que en ocasiones cambiaba mis sábanas también. Que daba un respingo cada vez que se oía un crujido en la casa porque al volverme podía encontrarme a Annie allí de pie, sujetando a Abbie-Ojos contra sí; sin hablar, solo sonriendo y mirándome con esos ojos que eran demasiado oscuros y viejos para una niña de ocho años.

Yo no quería reconocer, ni siquiera para mis adentros, que a veces mi hermana menor me daba un miedo atroz.

Sonó el timbre que marcaba el final de la clase. Metí mis libros en la mochila y eché la silla hacia atrás. El asiento de al lado estaba vacío. Chris solía ocuparlo, pero últimamente se sentaba solo, en un pupitre del fondo.

Me sentí aliviado. No solo porque no tenía ganas de hablar con él, o porque no quería oír sus excusas ni sus disculpas por lo que habían hecho esa noche, sino también porque daba la impresión de que le ocurría algo. Algo malo. Tenía un aspecto más desastrado que de costumbre. Sus tartamudeos habían empeorado. Le había dado por canturrear y murmurar para sí. A veces interrumpía de repente lo que estuviera haciendo y se frotaba los brazos con desesperación, como para sacudirse tierra invisible. O insectos.

Por lo general, era el primero en escabullirse de clase. Así conseguía eludir los insultos, las zancadillas y los empujones. Ahora que había dejado de juntarse con Hurst (como todos los demás), se había visto privado de su escudo invisible.

Yo no daba la cara por él. Tenía mis propios problemas y preocupaciones. Por eso, cuando esa tarde advertí que se había detenido a esperarme y luego echaba a andar junto a mí arrastrando los pies, me cabreé.

—¿Qué pasa?

—T-t-tengo que en-en-enseñarte a-algo.

El aliento le olía a rancio, como si no se hubiera lavado los dientes. Su camisa apestaba a sudor.

—¿El qué?

—N-n-no t-t-te lo pu-puedo decir aquí.

—¿Por qué?

—Hay de-de-demasiada ge-gente.

Cuando llegamos a la planta baja, abrí la puerta que daba al patio. Otros alumnos salían en tropel en torno a nosotros, con el bullicio habitual de la hora de irse a casa. Chris tenía el rostro enrojecido. Se notaba que le costaba articular las palabras. Sentí lástima por él, a mi pesar.

—Intenta respirar, ¿vale?

Asintió y realizó varias inspiraciones profundas mientras yo esperaba a que terminara.

—El ce-ce-cementerio. N-n-nos vemos allí. A las seis. Importante.

Estuve a punto de inventarme una excusa, pero ¿cuál era el plan alternativo? ¿Asegurarme de que mi padre no hubiera prendido fuego a la casa al quedarse dormido mientras fumaba? ¿Comprobar que mi hermana continuaba allí y que seguía sin ser Annie?

—Vale —suspiré—. Espero que valga la pena.

Tras asentir con la cabeza, Chris la agachó como si fuera a arrancar a correr en busca de refugio y dobló la esquina a toda prisa.

Me ajusté la mochila al hombro y oí una risotada a mi espalda. Miré hacia atrás. Hurst había salido del pabellón de lengua, con Fletch siguiéndolo como una sombra grasienta. Hurst dirigió la vista hacia mí, esbozó una sonrisita y le susurró algo. Vi que los dos se reían por lo bajo.

Apreté los puños hasta clavarme las uñas en las palmas y me obligué a desviar la mirada. No quería meterme en más líos. Mamá se alteraría. Papá me pegaría con el cinturón. Hurst saldría ganando. Otra vez más. ¿De qué serviría? Incliné la cabeza y eché a andar con decisión hacia la verja.

No me fui directo a casa. Ya nunca lo hacía. Vagaba por las calles, comía patatas fritas en la parada del autobús, pasaba el rato en el parque infantil (si Hurst y Fletch no estaban allí) o hacía cualquier otra cosa que me permitiera retrasar el momento de abrir la puerta de casa y enfrentarme al olor, la oscuridad empalagosa, el frío traicionero que me envolvía.

Aquel día solo tenía unos peniques en el bolsillo. No podía ir a la freiduría ni a la tienda de chuches, así que me entretuve dándole patadas a una botella de refresco vacía por la calle principal. Me paseé por la pequeña zona de césped donde se alzaba la estatua de bronce de un minero. A un lado había un banco. Aunque por lo general estaba vacío, ese día lo ocupaba una figura solitaria, enfundada en una chaqueta militar que le venía grande, encorvada, con la cabeza gacha y el cabello oscuro tapándole el rostro. Marie.

No habíamos vuelto a hablar desde aquella noche en la mina. Para ser sincero, no estaba seguro si ella recordaba gran cosa de lo sucedido. Quisiera decir que eso me hacía verla con malos ojos, que había caído del pedestal en el que la había puesto. Pero no sería verdad. Solo de verla se me removía el corazón. Y otras partes.

Me acerqué con timidez.

—¿Todo bien?

Alzó la vista a través de su pelo.

—¿Joe?

Se sorbió la nariz y se la frotó. Me percaté de que había estado llorando. Tras vacilar por un instante, me descolgué la mochila de los hombros y me senté a su lado.

—¿Qué te ocurre?

Sacudió la cabeza, con la voz ahogada por las lágrimas y los mocos.

—He sido una estúpida.

—¿Por qué?

—Lo siento. Lo que sucedió con tu hermana.

—No pasa nada —respondí, aunque no era verdad.

—Aquello fue de locos. O sea, no puedo creer que llegáramos a pensar que ella estaba... ya sabes.

Tragué saliva para deshacer el nudo apretado que tenía en la garganta.

—Lo sé.

Sacudió la cabeza de nuevo.

—No te imaginas las ganas que tenía de hablar contigo, pero estaba asustada.

—¿Asustada? ¿Por qué?

Se echó el flequillo sobre la cara, cohibida.

—Por nada.

Pero no parecía estar así por nada. El temblor de su voz, el modo en que se tapaba el rostro con el pelo... De pronto me asaltó una sospecha.

—¿Te pasa algo en el ojo?

—No, es que...

Me incliné hacia delante y le aparté el cabello detrás de la oreja. Ella no me lo impidió. Tenía el ojo derecho morado tirando a negro e hinchado.

—¿Qué te ha pasado?

—Hemos discutido. No lo ha hecho adrede.

La rabia se me acumuló en una bola ardiente en la garganta.

—¡¿Hurst te ha hecho esto!?

Aunque sabía que Hurst era mala persona, nunca había oído que hubiera utilizado los puños contra una chica.

—Déjalo.

—Te ha pegado. Tienes que contárselo a alguien.

—Por favor, Joe, no lo comentes con nadie. —Me agarró de las manos—. Prométemelo.

No me quedaba otro remedio.

—De acuerdo. Pero prométeme que no dejarás que vuelva a ocurrir.

—Vale.

—¿Por qué discutíais?

—Por Chris.

—¿Chris?

—Steve teme que se vaya de la lengua sobre lo que pasó en la mina. Está tan raro últimamente... Según Steve, tiene algo que no debería estar en sus manos y hay que encargarse de él. Yo le he dicho que lo deje en paz. Y luego le he dicho que quería romper con él, y ha sido entonces cuando...

—¿Cuándo te ha pegado?

—Me ha llamado zorra y ha dicho que a él no lo deja nadie.

Los ojos se le arrasaron de nuevo en lágrimas. La abracé por los hombros y la atraje hacia mí. Tenía el cabello áspero; le olía a laca y humo.

—Joe —musitó—. ¿Y ahora qué hacemos?

—Yo me encargo —le aseguré—. He quedado con Chris a las seis en el cementerio. Puedo avisarlo.

Se apartó ligeramente.

—A lo mejor podrías hablar con él. Convencerlo de que no diga nada. Acabar de una maldita vez con toda esta locura.

—No sé...

—Se te da bien hablar con la gente.

—De acuerdo, lo intentaré.

—Gracias. —Se me arrimó y apretó los labios contra los míos. Acto seguido, se levantó de un salto—. Tengo que irme.

Asentí, atontado por la impresión.

—¿Quieres que te acompañe a casa? —pregunté.

—No, tengo que ir a comprar algunas cosas que me ha encargado mi madre.

—Ah. Vale.

—Hasta luego.

—Hasta luego.

La observé alejarse, con el recuerdo de su beso cosquilleándome en los labios, imaginando lo que me gustaría hacerle a Hurst.

Tal vez por eso no me paré un segundo a pensar sobre lo que acababa de decirle.


Cuando llegué a casa, me encontré a papá semiconsciente delante del televisor. Annie debía de estar en su cuarto. Mamá había dejado varios platos preparados en el congelador. Saqué uno y lo metí en el microondas. Aunque no tenía mucha hambre, me obligué a comer un poco de lasaña, me bebí una Coca-Cola de un trago y, tras gritarle a mi padre que había comida en la cocina, subí a mi habitación a cambiarme de ropa.

Me detuve al pasar frente a la puerta del cuarto de Annie. Antes me gustaba quedarme allí, espiándola mientras se enfrascaba en algún juego imaginario con sus Barbies y mis viejos Action Men, poniendo voces. Ahora, siempre tenía la puerta cerrada y las voces que procedían del interior sonaban distintas.

Aquella tarde no oí nada. El silencio era aún peor. Me debatí en la duda, pero era la hora de la merienda y Annie debía de tener hambre. No podía contar con que nuestro padre le diera de comer.

Levanté la mano y llamé a la puerta.

—¿Annie?

No obtuve respuesta.

—¿Annie?

La puerta se abrió unos pocos centímetros. La empujé con suavidad y contuve el impulso de retroceder ante el olor. Annie se encontraba de pie al fondo de la habitación, mirando por la ventana. Tal vez se había acercado hasta la puerta, la había abierto y luego había regresado corriendo. Pero no estaba seguro. Ya no estaba seguro de nada.

Entré en el dormitorio.

—He calentado un poco de lasaña.

Permaneció inmóvil. De pronto caí en la cuenta de que llevaba una sudadera vieja, pero no vaqueros ni braguitas.

—Bueno, avísame si te apetece un poco...

Se dio la vuelta y me puse colorado. Aunque Annie era solo una niña, no la había visto desnuda desde que era un bebé. Como si percibiera mi incomodidad, ella esbozó una sonrisa. Una mueca maliciosa, terrible. Dio un paso hacia mí, separó los pies y un chorro de orina amarilla caliente borboteó entre sus piernas sobre la moqueta.

Noté que la bilis me subía por el esófago. Ella rompió a reír. Salí disparado de su habitación, di un portazo y bajé corriendo las escaleras. No me molesté en cambiarme. Solo quería huir lo más lejos posible de mi hermana pequeña.

Sus carcajadas me persiguieron cuando salí de casa, aunque ahora eran más bien chillidos que me resonaban en los oídos.


Chris no estaba en el cementerio. Abrí la puerta de la verja de un empujón y enfilé el sendero cubierto de malas hierbas. Di una vuelta alrededor de la iglesia, por si se había escondido en algún sitio, lo que habría resultado extraño, pero no del todo impensable.

No había rastro de Chris, ni de ninguna otra alma viviente. Suspiré. Qué típico. El chico estaba perdiendo la cabeza. La estaba perdiendo por completo. Aunque yo no era precisamente un dechado de cordura en aquellos momentos.

No conseguía ahuyentar de mi mente la imagen de Annie, su desnudez, la orina chorreando entre sus delgadas piernas. No podía regresar a casa. No aquella noche. De hecho, la perspectiva de volver algún día me parecía totalmente descabellada.

Tal vez convenía que la viera de nuevo un médico. Tal vez el golpe que había recibido en la cabeza —y estaba seguro de que lo había recibido— le había causado daños en el cerebro. Como mínimo, había perdido la memoria. No recordaba dónde había estado durante esas cuarenta y ocho horas. Quizá tenía algún otro problema que la hacía comportarse de ese modo tan extraño. Me propuse hablar con mamá. Tenía que insistirle para que la llevara al hospital. Tal vez allí la arreglarían. Tal vez conseguirían que estuviera mejor. Que volviera a ser Annie.

Esta idea me proporcionó un ligero alivio, aunque en realidad no sé si me la creía. Por otro lado, a lo mejor las iglesias están para eso, para consolarte aun cuando, en el fondo, sabes que todo se basa en una sarta de mentiras.

Me senté en el banco desvencijado del cementerio y tendí la

mirada hacia las lápidas torcidas y grises. Me incliné hacia delante, apoyé los codos sobre las rodillas y eché los pies hacia atrás. Fue entonces cuando descubrí que había algo debajo del banco. Me agaché y lo saqué de allí. Era una bolsa. Supe de inmediato que era de Chris. Mientras que los demás teníamos mochilas Adidas o Puma, él llevaba una vieja bolsa de deporte que no era de marca y que estaba cubierta de pegatinas de *Doctor Who* y *Star Trek*.

Aquella tarde llevaba adherida otra cosa: un sobre, pegado con cinta a la parte superior, con mi nombre garabateado en el anverso. Lo desprendí y lo abrí. Contenía una hoja arrancada de una libreta y escrita con la desigual letra de Chris:

Joe, lo que hay dentro de la bolsa es para ti. Tú sabrás qué hacer. Hay otras cosas que pienso que a lo mejor te harán falta algún día. No sé muy bien por qué. Las he metido solo por si acaso.

Todo es culpa mía. Ojalá no lo hubiera descubierto nunca. Ese sitio es malo. Ahora lo sé. Tal vez tú también.

Lo siento. Lo siento por Annie. Por todo.

Me quedé mirando la nota, como si intentara reordenar las palabras de modo que tuvieran más sentido, que no parecieran un maldito disparate. ¿Por qué me había dejado ese mensaje, en lugar de esperarme?

Abrí la cremallera de la bolsa. Lo primero que vi fue un montón de petardos, de los grandes, de los que pegaban un gran pepinazo. De aquellos que no podías comprar sin mostrar una identificación, a menos que tuvieras un don especial para conseguir cosas.

Frunciendo el ceño, hurgué más en la bolsa. Debajo de los petardos había otra cosa, más pesada, envuelta en una bolsa de plástico transparente. Cuando la saqué, el estómago me dio un vuelco. Supe de inmediato de qué se trataba. Observé los dos objetos que contenía antes de guardarla de nuevo y cerrar la cremallera.

La casa de Chris estaba en el otro extremo del pueblo. Me eché la bolsa al hombro y me puse en marcha. Tenía que hablar con él. Algo me decía que era urgente. Una agitación rara se había apoderado de mi estómago, como si llegara tarde a una cita importante. Apreté el paso. Fragmentos del mensaje me revoloteaban en la cabeza:

«Ese sitio es malo».

Pasé junto al banco donde Marie había apretado los labios contra los míos. Una especie de sombra oscura se proyectó en las paredes de mi mente, pero se esfumó al instante.

«A lo mejor podrías hablar con él.»

Fui a parar delante de la verja del colegio. En aquella época solían dejar abiertas las puertas hasta que las actividades extraescolares terminaran y los profesores se hubieran marchado. El camino más rápido a casa de Chris implicaba atajar por el recinto del colegio y colarme por la verja del otro lado, siempre y cuando no me pillara el conserje.

Atravesé a toda prisa el aparcamiento y pasé junto al edificio de ciencias en dirección al pabellón. Este se erguía ante mí como un monolito oscuro recortado contra el cielo plateado. Cuando doblé la esquina, una racha de aire me golpeó la cara y me tiró del pelo. Me estremecí. Y entonces me detuve por unos instantes. Me había parecido oír algo. Voces, transportadas por el viento. ¿Desde el campo de deportes? No. Desde más cerca. Eché un vistazo alrededor. Y entonces alcé la mirada.

Lo vi. En plena caída. Oí un silbido mientras hendía el aire y, luego, el golpe sordo contra el suelo. El intervalo entre una cosa y otra se me antojó una eternidad y, a la vez, un abrir y cerrar de ojos. Me preguntaba si él lo había sentido. El crujido final.


Mi primer impulso fue arrancar a correr. Largarme cagando leches. Pero no pude. No podía dejarlo ahí tirado, sin más. ¿Y si seguía con vida?

Me aproximé con las piernas temblorosas. Tenía los ojos abiertos y un hilillo rojo se le escurría por la comisura de la boca. Un charco de sangre se extendía por debajo de él, formando una aureola carmesí en torno a su rubia cabeza. Lo más extraño era que, quizá por primera vez en su breve vida, se le veía sereno, como si por fin hubiera encontrado lo que siempre había buscado.

Dejé que la bolsa me resbalara del hombro y me dejé caer al suelo. Permanecí allí, arrodillado junto a él sobre el frío cemento, mientras el calor del día se desvanecía. Las lágrimas me rodaban por las mejillas. Le acaricié con delicadeza el cabello suave y desgreñado. Le aseguré que no era culpa suya.

Más tarde —porque siempre había sido demasiado tarde para Chris; tal vez siempre lo sea para algunos chicos— me enderecé, me sacudí el polvo del pantalón y avancé por el camino hasta una cabina telefónica. Llamé a una ambulancia. Les dije que un chico había caído, pero no quién era. Tampoco les di mi nombre.

Y no les dije —ni a ellos ni a nadie— que esa tarde vi otra cosa.

Una segunda figura, que se alejaba corriendo del pabellón. No era más que una silueta oscura. Pero incluso entonces supe quién era.

«Hay que encargarse de él.»

Stephen Hurst.

# 32

Al día siguiente, hago planes. Esto es muy impropio de mí. No creo en planear las cosas de antemano. He comprobado en primera persona que la planificación constituye una garantía de desastre, una invitación a que el destino te dé por culo.

Pero es justo por esto por lo que tengo que estar preparado. Necesito tomar medidas. Además, ahora que me he quedado sin trabajo, tampoco tengo mucho que hacer.

Brendan se marchó justo antes de las dos de la madrugada. Le propuse que se quedara en la habitación de invitados, pero declinó la oferta.

—No te ofendas, hombre, pero este lugar me pone la carne de gallina.

—Creía que no eras supersticioso.

—Soy irlandés. Claro que soy supersticioso. Lo llevamos en el ADN, como el sentimiento de culpa. —Se puso la chaqueta—. He reservado habitación en un hostal, aquí cerca.

La granja, pienso, y un pensamiento fugaz me revolotea por la cabeza, pero se va volando antes de que logre cazarlo. Creo que era importante. Sin embargo, como gran parte de las cosas importantes de mi vida, ya ha desaparecido.

Preparo un café cargado con los restos de agua del hervidor y me fumo dos cigarrillos rápidos antes de ponerme manos a la obra. Sentado frente a la mesita de la cocina, me pongo a tomar notas. No me lleva mucho tiempo. Mi plan no es complicado. No sé muy bien por qué he sentido la necesidad de ponerlo todo por escrito pero, a fin de cuentas, soy profesor. La palabra escrita me proporciona alivio y estabilidad. El lápiz y el papel. Contar con algo tangible a lo que agarrarme. O tal vez solo se trate de procrastinación. No se me dan bien los planes, pero sí procrastinar.

A continuación, cojo el móvil y hago algunas llamadas.

Una de ellas se desvía al buzón de voz. Dejo un mensaje. La segunda resulta un poco más delicada. Ni siquiera estoy seguro de que ella vaya a contestar. El plazo ha llegado y ha vencido. De pronto, oigo su voz. Le explico lo que necesito. No sé si me dirá que sí. En realidad, no estoy en condiciones de pedir favores.

—Comprenderás que esto lleva su tiempo —suspira Gloria—. Por muy buenos contactos que tenga, no soy tu maldita hada madrina.

Jugueteo con un cigarrillo, inquieto.

—¿Cuánto tiempo?

—Un par de horas.

—Gracias —digo, pero ya me ha colgado.

La tercera llamada es al extranjero. Esta ha requerido una breve investigación previa. Quizá no sea del todo necesaria, pero ahora que he plantado la semilla, tengo que saberlo. Adopto el tono de voz más profesional posible. Explico quién soy y qué me gustaría confirmar. Escucho mientras la extremadamente amable recepcionista estadounidense me manda a freír espárragos con una cortesía muy propia del país. Acepto sus deseos de que pase un buen día —aunque no parece probable— y finalizo la llamada.

Me quedo un rato contemplando el teléfono, un poco más acongojado que antes. Luego me levanto para preparar otro café. Dejo la última llamada para más tarde. En este caso no se trata de procrastinación. No quiero darle mucho tiempo para hacer planes o para reunir a sus matones.

Estoy esperando a que hierva el agua cuando me suena el teléfono. Lo cojo de inmediato.

—Hola.

—He recibido tu mensaje.

—¿Y?

—Tengo clase.

—¿Nunca has hecho novillos?

—¿Pretendes que me escabulla del colegio?

—No como norma. Solo esta tarde. Es importante.

Un suspiro profundo.

—¿Por eso te echaron del colegio?

—No, fue por algo mucho peor.

Aguardo su respuesta.

—Está bien.


Sentado sobre la hierba cubierta de maleza, contemplo el agreste paisaje. Pienso que los lugares como este nunca podrán ser hermosos o pintorescos. Por muchos esquejes que se planten o flores silvestres que se siembren; por muchos parques infantiles y oficinas que se construyan, siempre quedará algo que los haga yermos e inhóspitos.

Un lugar como este no quiere que lo regeneren. Es feliz así, abandonado, aletargado y muerto. Un cementerio de empleos y sueños perdidos, carbonilla y huesos. Solo estamos familiarizados con la superficie de esta tierra, pero consta de muchas capas. Y hay ocasiones en que no conviene cavar muy hondo.

—Estás aquí.

Me doy la vuelta. Marcus se encuentra detrás de mí, en la ladera de la pequeña colina.

—Lechosos los ojos —digo.

No sonríe. Me da la impresión de que el sentido del humor, por ser alegre, no forma parte de su repertorio de emociones. Pero no me importa. La alegría está sobrevalorada; dura demasiado poco, para empezar. Si se comprara por Amazon, los clientes exigirían que les devolvieran el dinero. «Se rompió al cabo de un mes y no tiene arreglo. La próxima vez, probaré con la infelicidad. Al parecer, esa te dura toda la maldita vida.»

Se acerca y se detiene junto a mí, incómodo.

—¿Qué haces?

—Admiro la vista mientras me como esto. —Le enseño la barrita Wham que he estado masticando. Sin parar—. ¿Quieres una? He traído dos.

Niega con la cabeza.

—No, gracias.

Contemplo el brillante caramelo rosa.

—Le gustaban mucho a un amigo mío. Me recuerdas a él.

—¿En qué sentido?

—Era un inadaptado. Como yo. Le gustaba averiguar cosas. Y descubrirlas. Creo que eso también se te daría bien a ti, Marcus. Como cuando encontraste un lugar por donde sortear las puertas de seguridad del colegio.

No responde.

—¿Le dijiste a la señorita Grayson que Jeremy había encontrado la cueva?

—Es la verdad.

—No. —Niego con la cabeza—. Creo que no. Algunos lugares tienen que querer que los encuentren. Para eso hace falta alguien especial. No alguien como Hurst, sino alguien como tú.

Se debate interiormente por unos momentos.

—Hurst sabía lo de la cueva —dice al fin—. Muchos de los chicos habían oído rumores. Él sabía que yo venía a menudo por aquí. Quería que lo ayudara a encontrar una entrada.

Asiento.

—Y la encontraste.

—Más bien me topé con ella por casualidad.

—Ya. Suele ocurrir.

Se sienta a mi lado.

—Quieres que te guíe.

—En realidad, no. Pero lo necesito.

—Has dicho que era importante.

—Lo es.

Parece reparar por primera vez en la mochila.

—¿Qué llevas allí?

—Seguramente es mejor que no lo sepas.

Nos quedamos callados por un instante. Hasta que se pone de pie.

—Vamos.

Me levanto ayudándome con los brazos.

—¿Sabes? —me dice mientras lo sigo cuesta abajo—. No deberías ofrecer caramelos a chicos extraños.

A lo mejor sí que tiene sentido del humor, después de todo.


Esta vez no hay trampilla. En vez de ello, poso la vista en una rejilla gruesa y semicircular bajo un saliente rocoso achaparrado. El metal tiene una capa de herrumbre que es casi del mismo color que la tierra, y está camuflado bajo varias matas y espinos. Marcus los aparta y levanta la rejilla con cuidado. Pesa bastante y veo unas marcas en los bordes, donde, sin duda, alguien hizo fuerza para abrirla.

Me imagino que en algún momento los vecinos del pueblo intentaron cegar todas las entradas. Pero no pudieron acallar a la mina. No lograron impedir que llamara a Chris, a Marcus.

Saco la linterna que he traído y enfoco el agujero. Veo que este túnel es menos empinado que el de mi juventud. Pero es bajo; mide menos de un metro de alto. Tendré que ir a gatas. No es una perspectiva muy reconfortante.

—Verás que al cabo de unos cinco minutos se ensancha y te encontrarás con unos escalones —me explica Marcus—. Conducen hasta abajo del todo.

—Gracias.

—¿Te encargarás de que ya nadie pueda bajar allí?

—Ese es el plan. ¿Estás de acuerdo?

—Supongo. —Me mira con fijeza—. ¿Sabes? Eres un profesor de lo más raro.

—Soy un ser humano de lo más raro. Pero ser raro no siempre está tan mal. No lo olvides.

Asiente con una ligera inclinación de la cabeza. No estoy seguro, pero diría que una sonrisa le roza los labios por un instante antes de que él dé media vuelta y se aleje con grandes zancadas.

Los tenues rayos del sol lo alcanzan en la cima de la colina. Le rodea el cabello de un halo más claro. Por un segundo, parece el fantasma de un muchacho que conocí hace tiempo. Luego desciende hacia las sombras y tanto el fantasma como el muchacho desaparecen.


Avanzo por el túnel despacio, como un cangrejo. Noto punzadas constantes en la pierna mala. Varias veces me detengo y me planteo regresar sobre mis pasos. Pero el hecho en sí de volverme supondría un problema, así que pego el cuerpo a tierra y sigo adelante, arrastrándome, luchando contra la empalagosa claustrofobia que me atenaza la garganta y crispando el rostro cada vez que la mochila que llevo a la espalda golpea contra el techo del túnel.

Después de un rato que se me hace eterno —y durante el cual se me han pelado las rodillas hasta quedar en carne viva y se me ha formado una joroba permanente en la columna—, el túnel se ensancha lo suficiente para permitirme estar de pie, aunque encorvado. Una escalera abrupta desciende hasta lo que parece una pared de roca maciza. La recorro con el haz de la linterna. La luz revela un hueco estrecho, casi oculto en el corazón de las sombras. Claro: otra entrada, o salida. Eso explica por dónde desapareció Annie y por qué no pude encontrarla. Me apretujo para pasar por él.

Retrocedo veinticinco años de golpe. Me encuentro en la cueva de mis pesadillas infantiles. Se me antoja un poco más pequeña. Encogida por mi perspectiva de adulto. El techo ya no me parece tan alto o catedralicio, ni el espacio tan inmenso. Aun así, se me eriza y se me hiela el cuero cabelludo.

Hay varios cráneos dispersos por el suelo, junto con latas aplastadas de sidra Woodpecker y colillas. Aunque en las paredes aún se aprecian los agujeros abiertos por Hurst y Fletch durante sus orgías de destrucción gratuita, más arriba, las intrincadas incrustaciones de huesos amarillos y blancos en la roca siguen intactas. Me quedo mirándolas. «Los que no regresaron.» Los dejaron allí, como parte de una decoración macabra, o quizá como una especie de ofrenda.

Me pregunto cuánto hace que existe este lugar. ¿Cientos de años, miles? Me asombra que la actividad minera no lo destruyera. ¿O quizá ocurrió lo contrario? Pienso en el Desastre de la Mina de Arnhill. A pesar de las investigaciones, nunca se llegó a aclarar del todo lo ocurrido. No se atribuyó la responsabilidad a nadie. ¿Y los otros accidentes? Sin duda, hay galerías de la mina bajo la cueva. ¿Se acercaron demasiado los mineros? ¿Pusieron en peligro la antigua excavación que los había precedido, un lugar que llevaba siglos aquí oculto, esperando?

Me paseo por él despacio, respirando hondo para intentar mantener la calma. No es más que una cueva. Los muertos no pueden hacernos daño. Los huesos son solo huesos. Las sombras son solo sombras. Pero esto último no es verdad. Las sombras constituyen la parte más recóndita de la oscuridad. Y es allí donde acechan los monstruos.

Tengo que hacer esto deprisa.

Saco de mi mochila el objeto que me ha traído Gloria. Me tiemblan las manos, tengo la piel resbaladiza por el sudor. Lo manipulo con torpeza, suelto una palabrota, intento controlarme. Tengo que hacerlo bien. Si la cago, soy yo quien acabará hecho pedazos. Lo deposito con cuidado —con un cuidado extremo— en el centro de la cueva, sintiéndome estúpido y patoso a causa del vendaje de la mano. A continuación me aparto. Me obligo a darme la vuelta. Ya oigo los chirridos. Una advertencia, una amenaza. Salgo con dificultad por el hueco y cojeo escaleras arriba lo más rápido que puedo. Me recuerdo que debo andarme con ojo, que ellos están deseando que me precipite, que dé un paso en falso. Bastaría un tropiezo, una caída —como la de hace años— para que diera otra vez con mi cuerpo en la caverna.

Llego hasta el túnel y comienzo a arrastrarme por él. Por lo menos ahora la mochila está vacía. Pensar en lo que he llevado allí abajo —y la repentina paranoia de que no hay garantía de que funcione como estaba previsto— me impulsa a seguir adelante.

Salgo al aire libre hecho un manojo de nervios, empapado y con las piernas temblorosas, y me desplomo sobre el rocoso suelo.

Me quedo ahí tumbado jadeando, dejando que la brisa refresque el sudor que me cubre la piel. Al cabo de un rato, me incorporo y hurgo en mi bolsillo en busca del tabaco. Enciendo un cigarrillo y lo consumo hasta el filtro, como si fuera oxígeno puro. Me planteo encender otro con la colilla del primero, pero entonces consulto mi reloj y guardo de mala gana el pitillo en el paquete.

En vez de ello, saco el móvil. No ha sido difícil conseguir su número. Pulso Llamar y espero. Responde al tercer tono. La gente casi siempre lo coge al tercero. ¿Lo habéis notado?

—¿Diga?

—Soy yo. —Se impone un silencio hasta que, sintiéndome como el personaje de un thriller cutre, añado—: Creo que deberíamos hablar.

# 33

Le ha ido bien en la vida. ¿No es eso lo que se suele decir ante una manifestación de la riqueza o el éxito de alguien? Por lo general se trata de una casa grande, un traje caro o un flamante coche nuevo.

Resulta curioso cómo medimos las cosas, como si nuestra capacidad para comprarnos un edificio voluminoso o el trasto que más gasolina traga para utilizarlo en los atascos fuera la máxima expresión de nuestros logros durante los escasos años que pasamos en este planeta. A pesar de todo lo que hemos avanzado, seguimos valorando a la gente en ladrillos, prendas de ropa y caballos de potencia.

Supongo, que, según ese criterio, a Stephen Hurst «le ha ido bien en la vida».

Sus ladrillos y su mortero forman parte de una granja reformada que está a poco menos de un kilómetro de Arnhill. La reforma que se llevó a cabo allí es una de aquellas que consisten en tomar como base el carácter de un edificio antiguo para luego pisotearlo de forma sistemática añadiéndole cantidades ingentes de acero y de vidrio, y esas malditas puertas plegables.

Esta noche solo hay un coche aparcado en el camino de grava, un Range Rover nuevecito. Marie se ha ido con Jeremy a Nottingham, a comprarle unas zapatillas deportivas y luego a comer una pizza. Alcanzo a ver en la parte de atrás un jardín alargado, un jacuzzi y una piscina iluminada. Las personas que viven solo de su sueldo de concejales no suelen tener jacuzzi ni tampoco piscina.

A lo mejor Marie decidió quedarse por eso. Por otro lado, esto no significa nada a fin de cuentas, porque ha disfrutado del jacuzzi y de la piscina durante menos años de los que habría podido imaginar. Y tal vez habría aprovechado mejor ese tiempo si hubiera disfrutado de algo de libertad, de una vida lejos de este lugar. Supongo que todo depende de cuánto ansíes esas puertas plegables y de cuánto estés dispuesto a sacrificar por ellas.

Echo un vistazo a mi reloj: son las 20.27. Tras unos momentos más de vacilación, me obligo a levantar la mano y tocar el timbre.

Oigo el tintineo del carillón a lo lejos, en el interior de la casa. Espero. Suenan unos pasos. Al cabo de unos instantes, la puerta se abre.

Yo creía que era imposible que un hombre envejeciera en un par de días, pero juraría que eso es justo lo que ha pasado. Bajo el brillo cegador de la luz de seguridad, Hurst parece un hombre mucho mayor, incluso en edad de jubilación. El pellejo le cuelga de la cara como un trapo mojado y sus ojos han quedado reducidos a rendijas inyectadas en sangre entre pliegues de piel grisácea. No me tiende la mano ni me saluda.

—El estudio está por aquí —dice y gira sobre los talones, dejándome a mí la tarea de cerrar la puerta.

La casa no es del todo como me la imaginaba. La decoración, aunque no resulta de mal gusto, es un poco recargada. Algo me dice que el papel satinado y los jarrones persas de imitación son un toque personal de Marie.

Hurst me guía por el pasillo. Vislumbro más adelante un salón comedor espacioso y diáfano. A mi derecha hay una elegante cocina de mármol y cromo. El anfitrión abre otra puerta a su izquierda. La de su estudio. Noto una corriente subyacente de resentimiento en mi interior. Hurst, a pesar de lo que ha hecho, tiene todas estas cosas.

Y una esposa que se muere de cáncer.

Entro en la habitación detrás de él. En comparación con el resto de la casa, el estudio es relativamente minimalista. Está dominado por un gran escritorio de roble. Unas fotografías en blanco y negro adornan las paredes. Una vitrina muestra una colección de vasos de cristal y whiskies caros.

Es como la parodia del estudio de un caballero, hasta en el detalle de un pesado pisapapeles de vidrio que descansa sobre el escritorio. No cabe duda de que es el estudio de un hombre que cree que le ha ido muy bien en la vida.

Aunque nadie lo diría por el aspecto que tiene en este momento. Parece un hombre que se está viniendo abajo dentro de su traje caro y hecho a medida.

—¿Una copa? —Se acerca a la vitrina y se vuelve a medias—. ¿Whisky?

—Por mí, vale.

Sirve una cantidad generosa en dos relucientes vasos de cristal y los coloca sobre el escritorio.

—Siéntate.

Señala con un gesto un sillón situado frente al escritorio. Dejo la bolsa en el suelo, junto a la butaca. Espero a que Hurst se acomode en su asiento reclinable ejecutivo de respaldo alto antes de apoyar mi peso sobre la crujiente piel. Mi cabeza queda por debajo de la suya. Si es lo que necesita para sentirse superior, allá él. Yo tengo las cartas ganadoras.

Durante un momento, nadie pronuncia una palabra ni toca su bebida. De pronto, los dos alargamos la mano a la vez hacia nuestros respectivos vasos.

—¿Qué quieres?

—Creo que ya lo sabes.

—¿Has venido a suplicarme que te devuelva tu empleo?

—Eso te gustaría, ¿a que sí?

—No creas. Lo que me gustaría es que te marcharas a casa y nos dejaras a todos en paz.

—Hay personas que no merecen la paz.

—Siempre has tenido muy mala opinión de mí.

—Siempre has hecho cosas muy malas.

—Era un chaval. Todos lo éramos. Fue hace mucho tiempo.

—¿Cómo se encuentra Marie? —pregunto.

—No quiero hablar de ella.

—Fuiste tú quien la envió a hablar conmigo.

—De hecho, fue idea suya.

No fue eso lo que ella me dijo. Pero así es Hurst. Miente con la misma naturalidad con que respira.

—Marie creía que tal vez conseguiría hacerte entrar en razón. Evitar más incidentes desagradables.

—¿Como mandar a los chicos de Fletch a pegarme una paliza o a ponerme la casa patas arriba? ¿Te refieres a esa clase de incidente desagradables?

Me dedica una sonrisa fina y cortante como un látigo.

—Me temo que no sé de qué me hablas.

—No lo encontraron, ¿verdad? Apuesto a que eso te cabreó un montón.

Sacude la cabeza y le da un sorbo a su whisky.

—Al parecer, crees que le concedo más importancia a las cosas que ocurrieron en aquel entonces de la que le doy en realidad.

—Te importaban lo suficiente para seguir a Chris hasta la azotea del pabellón aquella tarde. ¿Qué sucedió? ¿Discutisteis? ¿Lo empujaste tú?

Niega con la cabeza, como si se encontrara frente a un triste lunático.

—¿Te estás escuchando? Me das pena, ¿sabes? Habías conseguido labrarte algo parecido a una vida. Tenías una profesión y, sin embargo, estás dispuesto a tirarlo todo por la borda. ¿Y para qué? ¿Para ajustar viejas cuentas? ¿Para buscar respuestas donde no las hay? Déjalo correr. Márchate antes de que empeores aún más tu situación.

Cojo mi vaso, y tomo un trago largo y lento.

—Te vi. Estabas allí.

—Yo no maté a Chris. Intenté salvarlo.

—Sí, claro.

—Traté de convencerlo de que bajara, pero no atendía a razones. Divagaba. Soltaba un disparate tras otro. Hasta que, de repente, saltó. Y yo hui, lo reconozco. No quería quedarme por allí y que la gente sacara conclusiones precipitadas.

Me pregunto si su uso de la palabra «precipitadas» es deliberadamente cruel, pero creo que no. Tampoco creo que esté mintiendo. En el fondo, ni siquiera estoy seguro de haber creído en algún momento que él empujó a Chris. Quería creerlo. Me proporcionaba un motivo más para odiarlo. Y quizá también una escapatoria, porque si Chris había saltado, eso significaba que yo le había fallado. Al igual que a Annie.

Por supuesto, tampoco me creo que Hurst intentara salvar a Chris. Nunca le ha interesado salvar a nadie excepto a sí mismo. Es con lo que cuento.

—¿Por qué te da tanto miedo que esté yo aquí?

—No tengo miedo. Solo me pone enfermo.

—Ya. Tiene gracia, porque no se te ve muy lozano.

—Estoy cansado. El cáncer pasa factura a todo el mundo. Ya está. ¿Contento? Mi vida no es tan perfecta, después de todo. ¿Es lo que querías oír?

Fijo la vista en él. A lo mejor tiene razón. Tal vez las cosas no le han ido tan bien. Me vienen a la memoria las palabras de la señorita Grayson: «Está desesperado, eres la única persona capaz de detenerlo».

Y tengo toda la intención de hacerlo. Pero esa no es la razón por la que he venido. Para empezar, tengo que encargarme de otros asuntos. Asuntos que Hurst comprendería. El asunto de salvar el pellejo.

Levanto la bolsa y la dejo caer sobre el escritorio con un golpe seco. Veo que se le desorbitan los ojos. Reconoce la maltratada bolsa de deporte que no es de marca. Los adhesivos descoloridos y medio despegados de *Doctor Who* y *Star Trek*.

—¿Qué demonios es esto?

—Creo que ya lo sabes. Pero a los miembros del jurado... —La abro y coloco el contenido frente a él con delicadeza—. Habrá que explicarles que se trata de la palanca con la que le abriste la cabeza a mi hermana y de tu corbata del colegio, impregnada con su sangre y tu ADN.

Se le mueven los labios y hace rechinar los dientes, masticando esta información como una píldora amarga.

—¿Y qué se supone que demuestra esto? Tu hermana apareció. Viva.

—Ambos sabemos que eso no fue lo que sucedió.

—Prueba a contarle eso a la policía. Seguro que encuentran una bonita y cómoda camisa de fuerza para ti.

—Está bien. Te lo plantearé de otra manera: mi hermana estuvo desaparecida dos días. Cuarenta y ocho horas. ¿Dónde estuvo? ¿Qué crees que hará la policía si les entrego estas pruebas de que tú te la llevaste y le hiciste daño? ¿Qué opinarían al respecto los vecinos y tus colegas del ayuntamiento?

Contempla durante largo rato la bolsa de plástico que contiene la palanca y la corbata ensangrentada. Luego alza la mirada.

—Te lo preguntaré otra vez: ¿qué quieres?

—Treinta de los grandes.

Aguardo su respuesta. De pronto, le cambia la cara. Yo esperaba que reaccionara con rabia o negándolo todo. Con amenazas, incluso. En cambio, se echa hacia atrás en su silla y un rugido le brota de los labios. Una carcajada.

De todas las posibles situaciones que me había representado en la mente, esta no me la esperaba. Echo una ojeada a la ventana, nervioso. Fuera no veo más que oscuridad. Me noto cada vez más tenso.

—¿Te importaría explicarme qué tiene tanta gracia?

Endereza la espalda y recupera la compostura.

—Eres tú. Siempre has sido tú.

—Muy bien. —Cojo la palanca y la corbata y las guardo de nuevo en la bolsa—. Supongo que le llevaré esto a la policía ahora mismo.

—No, de eso nada.

—Pareces muy convencido.

—Lo estoy.

—Te advierto que si intentas detenerme o llamar a tus matones...

—Déjate de gilipolleces —me corta—. No tengo intención de hacerte daño. Ese es tu problema, ¿sabes? Siempre andas buscando a alguien contra quien arremeter. Alguien a quien echarle la culpa. Nunca te paras a pensar que el responsable de tus desdichas eres tú mismo.

—No sé a qué narices te refieres.

—Sabes lo del accidente.

—¿Qué hay que saber? Fue algo fortuito. Mi hermana y mi padre murieron.

—¿Adónde os dirigíais esa noche?

—No lo recuerdo.

—Qué oportuno.

—Es la verdad.

—Los periódicos especulaban con que había pasado algo, con que tu padre conducía en dirección al hospital. Poco antes del accidente, alguien intentó llamar a urgencias desde tu casa.

Me pregunto cómo lo sabe o, lo que es más importante, por qué se ha tomado la molestia de enterarse.

—¿Por qué no vas al grano de una vez?

—Tu padre no se estrelló esa noche por casualidad.

—Te equivocas. Hay pruebas de que intentó frenar. Trató de impedir el choque.

—Oh, no estoy diciendo que no fuera un accidente. Pero el causante no fue tu padre.

Cuando sonríe, siento que mi castillo de naipes, las cartas con las que estaba a punto de ganar la partida, se desmoronan y caen revoloteando al suelo.

—Fuiste tú, Joe. Tú ibas al volante.

# 34

El pasado no existe. No es más que un relato que nos contamos a nosotros mismos.

Y en ocasiones mentimos.

Yo quería a mi hermana pequeña. La quería mucho. Pero la hermana a la que quería ya no estaba. Cuando la veía rondar por casa con su nuevo andar tambaleante —como si su cuerpo no fuera de la talla adecuada—, no veía a Annie. Veía algo que se parecía a Annie y tenía una voz como la de Annie, pero era una falsificación, una copia mal hecha.

A veces me venían ganas de gritarles a mis padres: «¿Es que no os dais cuenta? No es Annie. Le ha pasado algo y ya no está. Se ha producido un error. Un terrible error, y nos han enviado a esta cosa en lugar de a ella. Una cosa que lleva puesta su piel y que mira a través de sus ojos, pero cuando te asomas a ellos, ves que Annie no está dentro».

Sin embargo, no se lo dije, porque habría quedado como un demente y sabía que lo último que necesitaban mis padres en aquel momento era tener que lidiar con algo así. No quería ser la gota que colmara el vaso y que acabara por destrozar nuestra familia. Tenía que solucionarlo por mi cuenta. Arreglar las cosas. Así que un día, antes de ir al colegio, cogí el teléfono con la mano temblorosa y llamé al médico. Imitando lo mejor posible la voz de mi padre, dije que era el señor Thorne y que quería pedir hora para mi hija. La recepcionista, dinámica y eficiente, pero obviamente no muy perspicaz, bramó que tenía un hueco a las cuatro y media de esa misma tarde. Le di las gracias y le aseguré que me venía perfecto a esa hora.

Cuando regresé del colegio le dije a mi padre que acababa de acordarme de que mamá me había dicho que había pedido una cita en el médico para Annie. Por fortuna, solo iba por la segunda lata. Se quejó, pero entonces yo añadí que no había problema, que podía decirle a mamá que había decidido anularla. El truco funcionó. Papá no quería correr el riesgo de contrariarla. Se embutió en la chaqueta y le gritó a Annie que bajara. Me ofrecí a acompañarlos. Por el camino paramos un momento en la tienda y compré unas pastillas de menta. Le ofrecí una a papá. Cogió dos.

El médico era un hombre con sobrepeso, la nariz surcada de venas rojas y una fina capa de pelo reseco sobre su reluciente cabeza. Aunque nos atendió con bastante amabilidad, se le veía cansado y me fijé en que tenía a sus pies el maletín preparado para irse casa.

Examinó a Annie, le enfocó los ojos con una pequeña linterna, le dio golpecitos en la rodilla. Ella permanecía sentada en la silla, rígida como un muñeco de ventrílocuo. Tras realizar las pruebas, el hombre nos explicó pacientemente que no había detectado ningún problema físico. Sin embargo, Annie había sufrido un trauma. Había estado dos días desaparecida, perdida, tal vez atrapada. Nadie sabía qué le había pasado. Que mojara la cama, sufriera pesadillas y mostrara una conducta extraña entraba dentro de lo esperable. Solo debíamos tener paciencia. Darle tiempo. Si no mejoraba, podía derivarla al psicólogo. Sonrió. Seguramente no haría falta. Annie era joven. Los jóvenes poseían una capacidad de recuperación increíble. No le cabía duda de que volvería a ser la de siempre muy pronto.

Papá le dio las gracias y le estrechó la mano. Le temblaba bastante el pulso. Me alegré de haber comprado las pastillas de menta. Regresamos a pie a casa. Annie se orinó encima durante el trayecto.

«Ha sufrido un trauma. Denle tiempo. No me cabe duda.»

A mí sí. Lo que nos había dicho me parecía una sarta de gilipolleces y, por algún motivo, tenía la sensación de que se nos agotaba el tiempo.

Para colmo, yo estaba lidiando con la muerte de Chris. O, mejor dicho, lo estaba intentando. Habían celebrado una ceremonia en el crematorio. Me había parecido irreal. Tenía la sensación de que en cualquier momento me giraría y vería a Chris de pie a mi lado, con el pelo rubio de punta, como siempre, y comentando que la temperatura del horno oscilaba entre los setecientos cincuenta y los mil grados, que el cuerpo tardaba dos horas y media en consumirse y que el crematorio incineraba un promedio de cincuenta cadáveres por semana.

Su madre estaba sentada al frente. Chris no tenía más familiares. Su padre los había abandonado cuando era pequeño y su hermano mayor había muerto de cáncer antes de que él naciera.

La mujer tenía el cabello cano, tan alborotado como el de Chris. Llevaba un vestido negro sin forma y sujetaba un fajo de pañuelos desechables. Pero no lloraba. Solo mantenía la vista fija al frente. De cuando en cuando, murmuraba algo y sonreía. Por alguna razón, esto era peor que si hubiera roto a llorar a lágrima viva.

Después de aquello, me crucé con ella en varias ocasiones. Siempre llevaba la misma ropa. Sentía que debía decirle algo, pero no sabía qué. Cada vez que pasaba por delante de la casa de Chris, las cortinas estaban cerradas. Un par de semanas después, había un letrero de «Se vende» colgado delante.

Después de clase vagaba sin rumbo por el pueblo y siempre acababa al pie del pabellón, mirando hacia arriba, preguntándome qué se sentía al caer de tan alto, tan deprisa. La gente le dejaba flores y ofrendas. Siempre había una de Hurst. La tentación de agarrarla, hacerla trizas y pisotearla era casi irresistible.

Nunca lo hice. Del mismo modo que jamás le conté a nadie que lo había visto aquel día.

La muerte de Chris me había sumido en una especie de parálisis. Aunque había escondido la bolsa en el cobertizo, no sabía qué se suponía que debía hacer con ella. No pensaba con claridad. No conseguía poner en orden mis ideas. Cada vez que pensaba en la bolsa, me asaltaba la imagen de Chris tirado en el suelo, de su cuerpo extrañamente deshinchado, de la sangre espesa y oscura. Una gran cantidad de sangre. Y luego pensaba en mi hermana.

En ocasiones me preguntaba si no sería yo quien estaba enloqueciendo. Tal vez a Annie no le pasaba nada. Tal vez el golpe que me había llevado en la cabeza me había dañado el cerebro. Tal vez todo eran imaginaciones mías.

Me costaba concentrarme en clase. Acordarme de comer o de bañarme era algo que ya no me parecía importante. Mis prolongados y repetitivos paseos por el pueblo se alargaban más y más. Una noche, un policía se me acercó y me indicó que me fuera a casa. Era casi medianoche.

Me despertaba varias veces en mitad de la noche, arañando el aire para escapar de las pesadillas. En una de ellas, Chris y Annie se encontraban en lo alto de una colina nevada. El cielo, de un color rosa algodón de azúcar, resplandecía tras ellos. El sol estaba negro y rodeado de una luz plateada, como en un eclipse. Chris y Annie volvían a tener un aspecto perfecto, entero, como antes de que murieran.

En torno a ellos, había muñecos de nieve por todas partes, grandes, redondos, blancos y esponjosos con brazos largos y espigados, y trozos de carbón negro y brillante a modo de ojos y boca. Mientras los miraba, sus sonrisas torcidas se convirtieron en muecas de rabia.

«No puedes quedarte. Aquí solo estamos los muñecos de nieve. Vete por donde has venido. ¡VETE!»

El sol se zambulló bajo el horizonte. Chris y Annie desaparecieron. El cielo de color algodón de azúcar burbujeaba, bullía y se oscurecía hasta tornarse carmesí subido. Empezaban a caer copos. Pero no eran blancos, sino rojos. Y no eran copos, sino sangre; unas gotas enormes y gordas de sangre que quemaban como el ácido. Yo me desplomaba. La piel se me derretía sobre los huesos. Los huesos se me derretían sobre el suelo. Los muñecos de nieve observaban con ojos fríos y negros cómo me disolvía en la nada.


A la mañana siguiente, sabía lo que tenía que hacer.

Me puse el uniforme del colegio, como de costumbre. Salí de casa a la hora habitual. Sin embargo, en la mochila llevaba otros objetos cuidadosamente colocados bajo los libros de texto.

Crucé la puerta con paso veloz. No enfilé la calle hacia abajo, en dirección a la escuela, sino hacia arriba, en dirección a la antigua mina. Habían arreglado la cerca rota y colgado más señales de advertencia: «Peligro. Prohibida la entrada. Se procederá contra los intrusos». Se suponía que un vigilante del ayuntamiento rondaba la zona para asegurarse de que no entraran más niños, pero esa mañana no vi a nadie mientras caminaba despacio a lo largo del perímetro. No me parecía tan protegido. La valla seguía siendo poco firme y había huecos entre los paneles de malla. No tardé mucho en encontrar uno que tenía el tamaño justo para que yo entrara por él. Aun así, tuve que apretujarme para pasar. El blazer del colegio se me enganchó con la punta de un alambre. Cuando le di un tirón, noté que se rasgaba. Solté una palabrota. Mi madre me arrancaría la piel a tiras por ello. O lo habría hecho en otra época. Comprendí que ahora seguramente ni se daría cuenta.

Seguí avanzando con dificultad, colina arriba. Ofrecía un aspecto distinto esa mañana. Hacía frío, pero el sol brillaba. Aunque esta luminosidad no le confería un aire alegre al lugar, sí suavizaba en cierto modo sus bordes más afilados y siniestros. Y también me desconcertó un poco. ¿Por dónde quedaba la trampilla? ¿Al pie de la siguiente pendiente pronunciada o de la que se alzaba al otro lado? Me paré y paseé la vista alrededor. Pero cuanto más miraba, más inseguro estaba. El pánico empezó a corroerme el estómago. Tenía que darme prisa. No podía llegar demasiado tarde al colegio.

Eché a andar hacia un lado, pero cambié de idea y volví sobre mis pasos. Lo veía todo igual. Mierda. ¿Qué habría hecho Chris en mi lugar? ¿Cómo la encontró? De pronto, lo recordé. Él no la encontró; ella lo encontró a él.

Me detuve y respiré despacio. No intenté pensar ni buscar. Solo me dejé llevar.

Y entonces caminé: me dirigí hacia la izquierda, remonté una cuesta, bajé y luego me encaramé a una colina más empinada. Descendí a trancas y barrancas por la ladera rocosa. Abajo había una pequeña hondonada medio oculta por arbustos achaparrados. «Aquí está», pensé. No la había divisado; solo veía escombros y piedras, pero sabía que estaba allí. Casi notaba el zumbido del suelo bajo los pies.

Me aproximé con cautela, intentando entrenar a mis ojos para que no escudriñaran el suelo. Para que no buscaran con demasiado detenimiento. Y dio resultado. De repente, distinguí la forma de la trampilla en la tierra. Me puse en cuclillas. Al examinarla de cerca, descubrí que no estaba cerrada del todo. Había una abertura lo bastante grande para poder meter los dedos debajo de la portezuela y levantarla. Lo intenté y, satisfecho al comprobar que podía hacerlo, la bajé de nuevo. No pensaba descender en ese momento; no podía presentarme en el colegio cubierto de tierra y carbonilla. Además, no quería correr el riesgo de que alguien avistara algo y subiera hasta aquí para investigar.

Ya regresaría más tarde, cuando estuviera más oscuro y pudiera hacer lo que debía sin que nadie me lo impidiera.

Por el momento, cogí los objetos que había metido con cuidado en la mochila y los escondí bajo una mata. A continuación, como no quería arriesgarme a no encontrar la trampilla cuando volviera más tarde, enrollé un viejo calcetín rojo que había traído hasta allí en torno a una rama. Con eso bastaría. Una vez completada la primera parte del plan, me levanté, desanduve el camino por el terreno de la mina y me encaminé hacia el colegio.


El día se me hizo eterno y a la vez se me pasó volando, como suele ocurrir cuando uno aguarda el momento de hacer algo que a la vez teme realizar. Como ir al dentista o al médico. Yo habría preferido que me arrancaran una muela a enfrentarme a lo que me esperaba esa tarde.

Cuando el timbre sonó por fin salí del aula, en parte preocupado de que alguien me llamara o me interceptara, en parte deseando que lo hicieran. Nadie me dirigió la palabra. Aun así, no tenía prisa. Me quedaba un rato por matar antes de que el día empezara a ceder el paso al anochecer.

Di mi paseo habitual por la calle principal. Como llevaba algo de dinero que había afanado de la cartera de mi padre la noche anterior, compré unas patatas fritas —aunque no tenía hambre— y picoteé un poco en la parada del autobús antes de tirar la bandeja de cartón con la mitad de ellas a una papelera.

Después de deambular un poco más, me senté un rato en un columpio del parque infantil desierto. Cuando las farolas empezaron a parpadear y encenderse, como extraños ojos anaranjados, emprendí la caminata hacia la explotación minera.

Había metido una linterna en la mochila, además de un viejo gorro de lana de papá que me encasqueté en la cabeza, casi hasta taparme los ojos. Recorrí la zona con la mirada por si había algún vigilante, pero la calle estaba vacía y silenciosa. Me colé por el hueco de la cerca antes de que la situación cambiara.

Todavía no necesitaba la linterna, a pesar de que estábamos a finales de octubre y la luz se estaba yendo con rapidez. No quería llamar la atención. Además, por alguna razón, tenía la sensación de que me resultaría más fácil encontrar el camino en la penumbra. A pesar de un par de traspiés y tropezones —esta vez me hice un roto en el pantalón del uniforme—, no me equivocaba. Cuando llegué al pie de la abrupta cuesta, alcancé a vislumbrar el calcetín rojo, una sombra más oscura en la mata.

Lo había conseguido. Y allí estaba otra vez, cagado de miedo. Sabía que debía ponerme manos a la obra cuanto antes o acabaría por rajarme del todo. Me raspé los nudillos al empujar la trampilla hacia un lado. A continuación, retiré los petardos que había escondido bajo el arbusto, los metí de nuevo en la mochila y saqué la linterna.

Tras echar un último vistazo alrededor, me introduje por la abertura y bajé los escalones.


Todo fue bastante rápido. Después de encender la mecha de los petardos, apenas me dio tiempo de subir los escalones a toda prisa y arrojar la trampilla de través sobre la entrada antes de oír los primeros estampidos. Agarré la mochila y me puse de pie. La portezuela metálica se elevó y cayó con gran estrépito, levantando una nube de polvo alrededor. Luego se hundió, como si el suelo cediera bajo su peso.

Retrocedí. Solo había dado unos pasos cuando noté que la tierra se estremecía y oí un rugido estruendoso que parecía subirme desde las suelas de mis deportivas hasta el pecho. Conocía ese sonido. Se había producido un desprendimiento de rocas en la mina cuando yo tenía más o menos la edad de Annie. Aunque nadie había resultado herido, se me había quedado grabado en la memoria ese rugido estruendoso que sonaba mientras, muchos metros bajo el suelo, la tierra se plegaba sobre sí misma.

«Ya está hecho», pensé. Solo me quedaba esperar que fuera suficiente.


Eran casi las ocho cuando llegué a casa cansado y sucio, pero curiosamente eufórico. Durante una fracción de segundo, antes de que abriera de un empujón la puerta trasera, se apoderó de mí la demencial idea de que a partir de ese momento todo iría bien. Había roto el hechizo, matado al dragón, exorcizado al demonio. Annie volvería a ser la de siempre, mi madre estaría preparando té y papá leyendo el periódico, canturreando al son de la radio como hacía a veces cuando estaba de buen humor.

No eran más que pajas mentales, claro. Cuando entré, papá estaba arrellanado en su postura habitual frente al televisor. Alcanzaba a verle los rizos de la coronilla por encima del respaldo del sillón y no me cabía duda de que ya había perdido el conocimiento. Annie no se encontraba en la planta baja, así que supuse que debía de estar en su habitación. La casa olía peor que nunca. Tapándome la boca, subí corriendo para ir al baño.

Me detuve en el rellano. La puerta del cuarto de Annie estaba abierta de par en par. Eso ya no sucedía nunca. Me dirigí hacia allí.

—¿Annie?

Eché un vistazo dentro. La habitación estaba en penumbra, como siempre. Solo unos pocos rayos brumosos del crepúsculo se colaban entre las delgadas cortinas. La cama estaba sin hacer. Si el hedor en la planta baja era asqueroso, allí arriba resultaba casi insoportable; apestaba a una mezcla de orina rancia, descomposición dulzona y huevos podridos con vómito. El dormitorio estaba vacío.

Eché una ojeada al mío. Tampoco había nadie allí. Llamé a la puerta del baño.

—¿Annie? ¿Estás ahí?

Silencio. No había cerrojo en la puerta del lavabo. Mi padre lo había quitado cuando Annie era pequeña, un día que se había quedado encerrada dentro.

Mamá y yo nos habíamos sentado a cantarle desde el otro lado de la puerta para tranquilizarla, mientras papá intentaba desmontar la cerradura. Cuando por fin conseguimos entrar, encontramos a Annie dormida, hecha un ovillo en el suelo, vestida solo con un pañal y una camiseta.

Fijé la vista en la puerta cerrada. Luego agarré el pomo, que estaba extrañamente pegajoso, empujé para abrir y tiré del cordón de la luz. Mi mundo se tambaleó.

Rojo. Rojo a raudales. Por todo el lavabo. Salpicaduras en el espejo. Un rastro de manchurrones en el suelo. Un rojo intenso, brillante, fresco.

Contemplé aquella escena con las tripas revueltas. Me miré la mano. Tenía una mancha carmesí en la palma. Giré sobre los talones y bajé las escaleras, medio corriendo, medio tropezando. Advertí que tanto las paredes como el barandal estaban embadurnados de rojo.

—¡Annie! ¿Papá?

Salté el último escalón y entré en el salón. Mi padre seguía despatarrado en el sillón, de espaldas a mí.

—¿Papá?

Rodeé la butaca lentamente. Cuando alcancé a verle el rostro, me percaté de que tenía los párpados entornados y la boca entreabierta, y que respiraba con un sonido ronco y sibilante. Llevaba una vieja sudadera de Wet Wet Wet. La había ganado en algún concurso de la radio local (lo que quería, en realidad, era ganar unas vacaciones en España). Resultan curiosas las cosas en que se fija uno. Por ejemplo, en ese momento me fijé en que, debajo de la cara de Marti Pellow, se había extendido una mancha enorme desde el centro del pecho de mi padre. Como un chorreón de tinta. Como cuando olvidé ponerle el capuchón a mi pluma. Pero era mucho más grande. Y no era azul, sino roja, de un rojo oscuro. No era tinta, sino sangre. *Wet, wet, wet*. Empapado, empapado, empapado.

Intenté dominar el pánico. Traté de pensar. Apuñalado. Lo habían apuñalado. Annie no estaba. Tenía que llamar a la policía. Tenía que llamar a emergencias. Corrí al teléfono de la pared y descolgué el auricular. Marqué con dedos trémulos. Sonaron varios tonos hasta que una voz agradable respondió.

—¿Qué servicio necesita?

Abrí la boca pero me quedé en blanco. «Sangre. Roja. Fresca.»

—¿Hola? ¿Qué servicio necesita?

El baño. Manchurrones en el suelo. Aunque en realidad no eran manchurrones, sino formas. Un manchurrón, cinco manchas más pequeñas.

«Huellas. Huellas de piececitos.»

—¿Hola? ¿Sigue usted ahí?

Bajé el aparato. Oí un ruido detrás de mí. Una risita suave. Colgué el auricular y me di la vuelta.

Annie estaba en el vano de la puerta. Debía de haberse escondido en el armario, debajo de las escaleras. Iba desnuda. Rayas de sangre le surcaban en el cuerpo y el rostro, como pinturas de guerra. Vi cortes en sus brazos y el angosto pecho. «También se ha acuchillado a sí misma.» Le relampagueaban los ojos. En una mano empuñaba un gran cuchillo de cocina.

Traté de respirar, de no tirarme por una ventana gritando. «Un cuchillo. Papá. Empapado, empapado, empapado.»

—Annie, ¿te encuentras bien? Creía... creía que había entrado alguien a robar. —Percibí un destello de confusión en su mirada—. Tranquila. Ya estoy en casa. Yo te protegeré. Lo sabes, ¿verdad? Soy tu hermano mayor. Siempre te protegeré.

Bajó el cuchillo. Algo cambió en su expresión. Casi volvía a parecer *mi* Annie. La Annie de toda la vida. Se me encogió el corazón.

—Deja el cuchillo. Podemos solucionar esto. —Le tendí los brazos, con la voz anegada en lágrimas—. Vamos.

Sonrió. Y arremetió contra mí con un feroz gruñido gutural. Yo estaba preparado. Di un paso a un lado y le propiné un fuerte empujón. Ella salió volando hacia delante, tropezó con la alfombrilla de la chimenea y cayó al suelo. Alargué la mano para coger el atizador, pero ya no hacía falta. Se había golpeado la cabeza con la esquina de la chimenea. Se desplomó y el cuchillo le resbaló de entre los dedos.

Me quedé de pie, temblando, un poco temeroso de que ella se levantara de un salto. Pero continuó inmóvil. Porque lo que tenía dentro, fuera lo que fuera, seguía dentro del cuerpo de una niña de ocho años. Y las niñas de ocho años son frágiles. Se rompen con facilidad.

Miré de nuevo a mi padre. Tenía que llevarlo al hospital. Eché una ojeada al teléfono. Acto seguido, corrí hacia la cocina. Hacía un tiempo, él me había dado unas pocas clases de conducción, aunque solo había recorrido las carreteras locales. Por aquel entonces, en Arnhill, a nadie le importaba lo más mínimo ver a un chico de quince años al volante. No era un gran conductor, pero sabía lo esencial.

Y sabía dónde guardaba papá las llaves.

Papá pesaba mucho. Había engordado últimamente. Lo arrastré hasta la puerta, la abrí ligeramente y eché un vistazo a la calle. No había nadie. Las cortinas de las casas estaban cerradas. No podía estar seguro de que una metomentodo como la señorita Hawkins no estuviera mirando a través de sus visillos, pero tenía que arriesgarme.

Tiré de su cuerpo por el corto sendero hasta el coche. Tras

apoyarlo contra la puerta trasera, abrí la del lado del pasajero. A continuación, lo subí al asiento por partes, primero el tronco, luego las piernas y los pies. Di un paso atrás. Tenía las manos y la pechera de la camisa del uniforme cubiertas de sangre. No tenía tiempo para preocuparme por eso. El hospital se encontraba a casi veinte kilómetros, en Nottingham. Debía darme más prisa. Rodeé a paso veloz el coche hasta el lado del conductor y me detuve. Dirigí de nuevo la mirada hacia la casa: Annie.

No podía dejarla allí.

«Ha acuchillado a tu padre.»

Es solo una cría.

«Ya no.»

Podría morir.

«¿Y qué?»

No puedo dejarla. Otra vez. Como en aquella ocasión.

Regresé corriendo a casa. Una parte de mí esperaba que Annie hubiera desaparecido, como en las películas de terror, cuando uno cree que el protagonista ha matado al malo, pero entonces este se esfuma y reaparece más tarde blandiendo una motosierra. Sin embargo, Annie seguía en el mismo sitio donde había caído. Desnuda. «Joder.» Subí las escaleras a toda velocidad, con el corazón latiéndome con fuerza en el pecho como un reloj interno que me recordaba que se me acababa el tiempo. Abrí de golpe la puerta del pequeño ropero blanco de la habitación de Annie, cogí un pijama —rosa con ovejas blancas— y bajé a la carrera.

Ella no se movió mientras le ponía el pijama de cualquier manera, aunque notaba su respiración tenue. Cuando la levanté en brazos, me pareció liviana como un cervatillo. Estaba fría. Una parte de mí no pudo reprimir un escalofrío de repugnancia.

Casi había llegado a la verja cuando vi que una sombra se aproximaba por la calle y oí unos jadeos de emoción. Una persona con un perro. Retrocedí y esperé en las sombras mientras pasaban de largo. El animal se detuvo cerca de la verja, olfateó, reculó y obligó a su dueño a alejarse más deprisa por la calle.

—Vale, vale, has captado el rastro de un zorro, ¿a que sí?

«No —pensé—, pero sí que ha captado el olor de algo.»

Tumbé a Annie en el asiento de atrás del coche. A continuación, corrí hasta la parte delantera y me senté al volante. Me temblaban tanto las manos que me hicieron falta tres intentos para insertar la llave en el contacto.

Por suerte —por milagro—, el motor se encendió a la primera. Arranqué. De pronto, me acordé del cinturón de seguridad. Después de abrochármelo, arranqué. Me concentré en permanecer en el lado derecho de la calzada, y también en no topar con el bordillo. Esto me distraía de pensar en qué haría si papá moría por el camino o en qué les explicaría a los del hospital si llegaba con vida.

Necesitaba inventar una historia. Me acordé de lo que le había dicho a Annie: un intruso. Alguien había entrado en casa. Eso se lo creerían. No tenían por qué dudar de ello. Y, si mi padre seguía vivo, podía contarles la verdad.

Ya había salido del pueblo. La negra carretera rural se ondulaba frente a mí como una serpiente oleosa. No había farolas, solo ojos de gato. No encontraba la manera de poner las largas. Un coche salió de una carretera secundaria y se me pegó detrás. Demasiado. El resplandor de sus faros en el retrovisor me cegaba. «¿Y si fuera un coche de policía? ¿Y si han localizado la llamada a emergencias y me están siguiendo?» Y entonces el vehículo puso el intermitente y me adelantó dando bocinazos.

Eché un vistazo al velocímetro. Iba a solo cincuenta y cinco kilómetros por hora, en una carretera con un límite de velocidad de cien. Con razón se había cabreado aquel conductor. Además, estaba llamando la atención con mi lentitud. A pesar de la negrura y de mi escaso dominio del volante, me obligué a pisar más a fondo el acelerador. Vi que la aguja subía a sesenta, y luego a ochenta. Dirigí de nuevo la vista al retrovisor.

Annie me devolvió la mirada.

Viré con brusquedad y las ruedas invadieron el arcén. Forcejeé con el volante para enderezar el rumbo. Los neumáticos soltaron un chirrido, pero consiguieron recuperar el agarre sobre el asfalto. Mi padre cayó como un peso muerto contra mí. «Mierda.» Me había olvidado de abrocharle el cinturón. Lo devolví a su asiento empujándolo con una mano mientras intentaba controlar el volante con la otra.

Annie se abalanzó sobre mí desde el asiento trasero. Me arañaba la cara, me agarró del pelo y me tiró de la cabeza hacia atrás. Intenté soltarme pegándole con la mano libre, pero me sujetaba con una fuerza sorprendente. Noté que las uñas se me hundían en el cuero cabelludo; mis raíces capilares gritaron de dolor. Cerré el puño y le asesté un golpe contundente en el rostro. Cayó hacia atrás.

Así el volante de nuevo, justo a tiempo, porque en ese momento un coche pasaba a toda velocidad por el carril contrario haciendo señales con las luces. «Joder.» Apreté aún más el acelerador. Tenía que llegar al hospital. «Cuanto antes.» La aguja del velocímetro subió lentamente hasta ciento diez. Advertí que Annie se incorporaba ayudándose con los brazos. Intenté propinarle un codazo, pero lo esquivó y me tapó los ojos con las manos, clavándome los dedos. Proferí un alarido. Las lágrimas me manaban a borbotones, impidiéndome ver nada más que manchas trémulas de luz y oscuridad.

Solté una mano del volante y traté de quitarme sus dedos de encima. Mi pie resbaló sobre el acelerador. El motor emitió un chillido. Noté que el coche giraba sobre sí mismo, que las ruedas abandonaban el asfalto y pisaban la hierba de la orilla.

El automóvil dio un bandazo. Los dedos de Annie me soltaron. Una enorme sombra negra apareció delante: un árbol.

Intenté recuperar el control del volante y pisé el freno. Demasiado tarde.

Impacto. Una sacudida tremenda. Metal triturado. Mi cuerpo salió despedido hacia delante y mi nariz se estrelló contra el volante. El cinturón de seguridad me devolvió con violencia al asiento. Aturdido. Algo pasó volando junto a mí y atravesó el parabrisas. Dolor. En el pecho. En la cara. En la pierna. ¡LA PIERNA! Un alarido. Salía de mi boca.

Oscuridad.

# 35

—Fue así como te encontramos.

—¿Quiénes?

—Mi padre y yo. Regresábamos del fútbol, de un partido nocturno. Él vislumbró el coche, destrozado contra un árbol.

»Nos detuvimos para ver si podíamos ayudar. Nos dimos cuenta enseguida de que tu padre había muerto. Encontré el cuerpo de tu hermana a unos metros del coche. No pude ayudarla... —Hace una pausa—. Regresé al coche y mi padre dijo: «El chico sigue vivo». Luego dijo: «Y está metido en un lío gordo, ¿a que sí?».

»Enseguida supe a qué se refería. Tenías solo quince años. No habrías debido ir al volante.

»Decidimos cambiaros de sitio, colocarte a ti en el asiento del pasajero y a tu padre en el de al lado, para que la policía creyera que conducía él.

—¿Por qué? ¿A vosotros qué más os daba?

—Porque, a pesar de nuestras diferencias, mi padre opinaba que debíamos cuidar de los nuestros. Tú formabas parte de mi pandilla. Tu padre era minero, aunque fuera un esquirol. No habría estado bien denunciar a uno de los nuestros a la pasma.

»Se suponía que yo debía visitarte en el hospital, explicarte que te ciñeras a la historia. Pero resultó que ya te habías sacado una de la manga. No recordabas nada del accidente, según me dijo una enfermera. ¿Era verdad, Joe?

Clavo la vista en él. «Mentiras», pienso. No existen las mentiras piadosas. Las mentiras nunca son o blancas o negras. Son siempre grises. Un manto de niebla que oculta la verdad, a veces tan denso que nosotros mismos a duras penas alcanzamos a verla.

Para empezar, yo no estaba seguro de qué recordaba y qué no. Me resultaba más fácil seguirles la corriente a la policía y a los médicos; cerrar los ojos y asegurar que no sabía qué había pasado. Que no me acordaba del choque.

Nunca se lo dijo a mamá. Por otro lado, ella nunca me preguntó nada acerca de lo ocurrido. Debía de estar llena de dudas. Seguramente ella había limpiado la sangre. Sin embargo, nunca dijo una palabra. Y un día, cuando intenté sacar el tema, me agarró de la muñeca con tanta fuerza que me dejó marcas y me dijo: «Lo que pasó en esa casa fue un accidente, Joe. Como lo del coche. ¿Me entiendes? Es lo que tengo que creer. No puedo perderte a ti también».

Fue entonces cuando lo comprendí. Ella creía que lo ocurrido era obra mía. Que, de alguna manera, yo era el responsable. Supongo que no podía reprochárselo. Llevaba semanas comportándome de un modo extraño. Apenas probaba bocado y pasaba el mayor tiempo posible fuera de casa. Además, en cierto modo, sí que era responsable de lo ocurrido. Yo lo había ocasionado todo.

Cuando regresé a casa con muletas y clavos en la pierna destrozada, la encontré limpia y ventilada; la habitación de Annie estaba recién pintada. Todo volvía a ser como antes.

No intenté sacar a mamá de su error, contarle lo que había ocurrido de verdad. Ella, por su parte, nunca expresó con palabras lo que yo veía en su mirada: la convicción de que había sobrevivido el hijo equivocado. De que habría preferido perderme a mí. Hasta el día de su muerte, ella fingió que aún me quería.

Y yo fingí no saber que era mentira.

Me aclaro la garganta. Noto la cabeza saturada de pensamientos encontrados que luchan entre sí sobre el barro de mi conciencia.

—¿Pretendes que te dé las gracias? —digo.

Hurst niega con la cabeza.

—No, quiero que cojas estas cosas... —señala con un gesto la palanca y la corbata— y las tires al río Trent. Y luego, quiero que te largues y no vuelvas.

Siento náuseas. Náuseas de perdedor. Esa sensación que te invade cuando ves las cartas del otro jugador y sabes que estás jodido. Acabado. Bueno, casi.

—La policía te interrogará a ti también. Te preguntará por qué me moviste. ¿Qué sentido tendría que confesaras ahora? Alterar el escenario de un accidente es un delito.

Asiente con la cabeza.

—Cierto. Pero era solo un chaval, y la idea fue de mi padre. Ahora soy mayor, más sensato, y esto me ha llevado a replantearme las cosas. Necesito contarlo todo. En caso necesario, puedo inventarme algo. Y me creerán. Soy un miembro respetado de la comunidad. En cambio, tú... Bueno, no hay más que ver tu situación. Te han expulsado de tu trabajo actual. En tu antiguo colegio sospechan que intentaste robar dinero. No eres lo que se dice un ciudadano ejemplar.

Tiene razón. ¿Y si les da por empezar a hacer más preguntas, investigar de nuevo el escenario del accidente o reconsiderar las heridas de mi padre?

—En fin —concluye Hurst—. Creo que a esto se le llama estar en un punto muerto.

Me pongo de pie y asiento. Cojo los objetos cuidadosamente envueltos y los meto de nuevo en la bolsa de deporte. En realidad, no me queda alternativa. Saco el teléfono del bolsillo.

Hurst se queda observándolo.

—¿Sigues decidido a llamar a la policía?

—No.

Abro la lista de contactos y me acerco el móvil al oído. Ella responde al primer tono.

—Hola, Joe.

—Tienes que hablar con él.

Le paso el teléfono a Hurst, que lo mira como si estuviera ofreciéndole una granada. Y, en cierto modo, así es.

—¿Con quién voy a hablar exactamente? —me pregunta.

—Con la mujer que matará a tu esposa y a tu hijo si cuando salgo de aquí no soy treinta mil libras más rico.

Coge el aparato y veo que la cara se le pone gris. Gloria produce ese efecto sobre la gente. Incluso antes de mandarle las fotos de Marie y Jeremy terminando de cenar en la ciudad en ese mismo instante.

Me devuelve el móvil.

—Más vale que consigas ese dinero —me advierte Gloria. Acto seguido, añade—: Se marchan. Tengo que seguirlos.

Cuelgo y alzo la vista hacia Hurst.

—Treinta de los grandes. Hazme la transferencia ahora y desapareceré de tu vida para siempre.

Él se limita a contemplarme en silencio. Parece aturullado, como si alguien le hubiera dicho que el mundo es plano, que los extraterrestres existen y que Jesucristo está a punto de volver de visita, todo a la vez.

Es otro de los efectos que produce Gloria.

—¿Qué narices has hecho? —grazna.

—Solo necesito el dinero.

Consigue enfocar la mirada. Tiene los ojos llorosos.

—No lo tengo.

—No te creo. El coche aparcado aquí delante vale por lo menos sesenta de los grandes.

—Está alquilado por leasing.

—Esta casa.

—Rehipotecada.

—La villa en Portugal.

—La he vendido. A duras penas recuperé lo que me había costado.

Las náuseas han vuelto. Ahora son peores. Siento como si una rata estuviera royéndome las entrañas. Mordisqueándome las paredes del estómago. Abriéndose camino hacia los intestinos.

—Me parece que a Gloria no le va a gustar oír eso.

Se pasa la mano por su pelo perfectamente cortado.

—Es la verdad. No tengo treinta de los grandes. No tengo veinte, ni diez, ni siquiera cinco de los malditos grandes.

—Y una mierda.

—Se ha ido todo en el tratamiento de Marie en Estados Unidos. ¿Tienes idea de cuánto cuesta una cura milagrosa? —Suelta una risita amarga—. Más de setecientas cincuenta mil libras. Eso es lo que cuesta. Todo lo que tengo. No me queda nada.

—Mientes. —Niego con la cabeza—. Siempre intentando salvar tu propio pellejo. Eres un embustero.

—Es la verdad.

—No. He llamado a la clínica de Estados Unidos. Marie me habló de ella. Y ¿a que no lo adivinas? Nunca han oído hablar ni de ella ni de ti. No tienen reserva a su nombre ni para una maldita uña encarnada, mucho menos para un tratamiento milagroso contra el cáncer.

Clavo los ojos en él con aire triunfal. Supongo que reaccionará con uno de sus gruñidos desafiantes. Como un hombre cuestionado y furioso por haber sido pillado en una mentira. Pero, en vez de ello, percibo otra cosa en su semblante. Algo que no me esperaba. Confusión. Miedo.

—No puede ser. Ella les pagó. Yo hice la transferencia.

—Más mentiras. ¿Es que no tienes límite? Sé lo que planeas hacer.

—Puedo mostrarte los extractos bancarios. El número de cuenta.

—Sí, ya. Claro que puedes. —De pronto, me interrumpo. Lo miro con fijeza—. ¿«Ella»?

—Marie. Ella encontró la clínica y se encargó de todo: los vuelos, los hoteles.

—¿Le transferiste todo el dinero a Marie?

—A nuestra cuenta conjunta. Ella realizó el pago desde allí.

—Pero tú no hablaste con la clínica. ¿No comprobaste que hubieran recibido el dinero?

—Me fío de mi mujer. Además, ¿por qué iba a mentir? Está desesperada. No quiere morir. Ese tratamiento era su única posibilidad.

«Y las personas desesperadas quieren creer en milagros.»

Intento tranquilizarme y pensar.

—¿Por qué has estado obstaculizando el proyecto del parque rural?

—Porque sale más rentable construir casas en ese terreno.

—¿A pesar de lo que hay debajo?

Hace una mueca desdeñosa.

—Un desprendimiento de rocas obstruyó ese lugar hace años.

—Eso esperaba yo. Pero al parecer tu hijo ha encontrado otra entrada.

—¡Jeremy? No. Además, ¿qué narices tiene que ver esto con lo que estábamos hablando?

—¿Nunca le contaste lo que descubrimos?

—Le prohibí que subiera allí. Que se acercara a ese sitio.

—¿Y los chicos siempre obedecen a sus padres?

—Claro que no. De hecho, a Jeremy le trae sin cuidado lo que le diga. Pero a Marie sí la escucha. Siempre lo ha hecho. Haría lo que fuera por ella. Es un niño de mamá.

Trago saliva y siento como si deglutiera vidrio molido.

«Haría lo que fuera por ella. Es un niño de mamá.»

Y a veces de tal palo, tal astilla.

El problema es que he estado haciendo leña del palo equivocado.

Empieza a sonarme el móvil. Lo cojo.

—¿Sí?

—¿Cómo va el asunto?

Le echo una mirada a Hurst.

—Bien. ¿Cuánto tardarán en volver?

—Por eso te llamo. No van a volver.

—¿Qué?

—Han regresado de la ciudad en coche. Marie ha dejado al chico en la calle principal, donde se ha reunido con unos colegas. Ahora se dirige hacia tu casa por la carretera.

—¡¿Hacia mi casa?!

—No, espera... ha parado el coche. Se está bajando. Vale, esto es muy raro. Lleva una linterna y una mochila.

Mierda.

—La mina —digo—. Va hacia la mina.

# 36

No creo en el destino.

Sin embargo, la vida a veces posee una cualidad ineluctable y sigue un curso difícil de modificar.

Todo comenzó aquí, en la mina. Y, por lo visto, será aquí donde todo termine.

No es precisamente el final que había imaginado. El final que había planeado. Por otro lado, eso es lo malo de los planes: nunca salen como uno había previsto. Y, al parecer, los míos no salen bien nunca.

Nos acercamos en el Range Rover de Hurst. Él no ha dicho esta boca es mía durante todo el trayecto. Pero percibo el aturdimiento en sus ojos, el modo en que aprieta y relaja las mandíbulas mientras digiere lo que acaba de descubrir. Intenta comprender cómo Marie ha sido capaz de traicionarlo. De mentirle.

Esperaba que reaccionara con rabia, pero solo parece hundido. Yo creía que Marie no era más que otro trofeo para él, como la casa y el coche. Pero Hurst la ama. Siempre lo ha hecho. Y, a pesar de todo, aún quiere salvarla.

Diviso un Mini amarillo aparcado de cualquier manera a un lado de la carretera. No veo a Gloria ni su coche. No estoy seguro de si debo preocuparme o sentirme aliviado.

Los dos nos apeamos.

—¿Dónde está? —pregunta Hurst.

—No lo sé. —Recorro la cerca con el haz de mi linterna hasta que localizo el hueco por el que he entrado antes—. Vamos.

Me deslizo al otro lado; Hurst me sigue. Lo oigo maldecir. Su cartera no es lo único que ha engordado con los años.

—Ya tardabais.

Doy un respingo. Gloria emerge de las sombras junto a la cerca. De manera poco habitual, lleva una chaqueta oscura sobre su ropa habitual de tonos pastel. Va vestida para hacer negocios.

Desplazo la vista alrededor.

—¿Dónde está Marie?

—En el maletero de mi coche.

—Mierda —mascula Hurst.

Gloria se vuelve hacia él.

—Usted debe de ser Stephen Hurst. En realidad, era coña. Ha subido a esa colina hace como veinte minutos.

—Gloria —me apresuro a intervenir—, Marie tiene tu dinero. Son más de treinta mil. Más de setecientas cincuenta mil. Solo tenemos que bajarla de allí.

Mira a Hurst.

—¿Y qué me dices de él?

—¿Qué pasa con él?

—¿Dices que Marie, su esposa, tiene el dinero?

—Sí.

—Entonces ¿de qué nos sirve él?

—Gloria...

—Lo imaginaba.

Se mueve tan deprisa que apenas alcanzo a ver la pistola. Solo oigo un leve «pum» y, de repente, Hurst está retorciéndose en el suelo, gritando y agarrándose la pierna. La sangre de color rojo oscuro mana a borbotones —literalmente a borbotones— de la herida. Me arrodillo junto a él y lo cojo de los brazos.

—¡Joder!

Echo un vistazo alrededor. La carretera, al otro lado de la cerca, está desierta. No hay nadie por aquí. Ni siquiera los faros de un coche que pasara por ella nos iluminarían aquí, entre las sombras.

—La arteria femoral —me informa Gloria, bajando el arma, que lleva un enorme silenciador acoplado—. Aunque aplique presión, se desangrará dentro de unos quince o veinte minutos aproximadamente.

Hurst me mira a los ojos. Gloria me ase del brazo y me obliga a levantarme.

—Estás perdiendo el tiempo. Ve y consigue mi maldito dinero.

—Pero...

Me pone un dedo contra los labios.

—Tictac.

Trepo por la cuesta, con el rayo de la linterna subiendo y bajando sin control ante mí. No me sirve de mucho. Me dejo guiar por un instinto visceral y por el miedo. Como no he traído el bastón, tropiezo, cojeo y subo y bajo trabajosamente por las pendientes rocosas y resbaladizas. Mi pierna mala me brinda un acompañamiento casi constante de dolor. Las costillas se suman al conjunto haciéndose cargo de la percusión. Sin embargo, otra parte de mí se siente desconectada de la experiencia, como si flotara por encima de mí mismo, contemplando a un hombre alto y delgado con respiración sibilante de fumador y una mata de pelo negro que se tambalea por la campiña como un vagabundo borracho.

Me entran ganas de reírme de lo absurdo que resulta todo; de reírme hasta romper a gritar. Tengo la sensación de estar viviendo un sueño terrible y macabro. Aun así, en el fondo, sé que todo es implacablemente real. Una pesadilla que comenzó hace veinticinco años.

Y que termina esta noche.

La vislumbro al pie de la colina, sentada con las piernas cruzadas, frente a la entrada. Tiene una lámpara de acampada al lado y una mochila a los pies. Lleva la cabeza envuelta en un pañuelo y la capucha subida para protegerse del frío. Se encorva hacia delante y, por un momento, me da la impresión de que está rezando. Luego, cuando se endereza, veo que estaba encendiendo un cigarrillo.

Apago la linterna y la observo. Pero, en realidad, no la veo a ella, sino a una chica de quince años. Una chica que era preciosa, inteligente y fría. Me pregunto cómo es posible que no me diera cuenta antes, pero una cara bonita te ciega a muchos defectos, sobre todo cuando tú mismo eres una masa de hormonas de quince años. Te da igual lo que haya detrás. La oscuridad. Los huesos putrefactos.

Doy un paso hacia ella.

—¿Marie?

—Sabía que serías tú —responde sin volverse—. Siempre tú. Una espina que llevo clavada en el costado desde que éramos niños.

—A lo mejor por eso mi apellido se parece tanto a la palabra que significa «espina».

—Vete a casa, Joe.

—De acuerdo, pero tú te vienes conmigo.

—Buen intento.

—Te lo diré de otra manera: si no vienes conmigo, una señora chiflada se cargará a tu marido.

—Aunque te creyera, ¿por qué habría de importarme? Cuando esto acabe, Jeremy y yo dejaremos a Hurst y nos marcharemos de este pueblucho. Para siempre.

—Supongo que sabes que esto es una locura.

—Es mi única esperanza.

—La clínica en Estados Unidos era tu única esperanza. ¿En algún momento tuviste la intención de ir o solo era una estratagema para conseguir la pasta?

Por fin vuelve la cabeza hacia mí. A la luz de la lámpara, su rostro muestra una delgadez alarmante y una serenidad aterradora.

—¿Sabes cuál era la tasa de remisión? Un treinta por ciento. Solo un treinta por ciento.

—He apostado con peores probabilidades.

—¿Y ganaste?

No contesto.

—Lo suponía. Y no quiero correr ese riesgo. No quiero morir.

—Todos tenemos que morir.

—Es fácil para ti decirlo. Tú no te estás muriendo. —Exhala una bocanada de humo—. ¿Tienes idea de lo que se siente? Cierras los ojos cada noche, preguntándote si será la última. Y a veces esperas que lo sea, porque estás asustada y dolorida. Otras veces intentas mantenerte despierta, luchar contra ello, porque te aterra sumirte en la oscuridad. —Posa los ojos en mí. La luz de la lámpara les arranca un brillo febril—. ¿Has pensado alguna vez en la muerte, pero de verdad? Se acaban las sensaciones, los sonidos, el tacto. Dejas de existir. Para siempre.

«No», pienso. Porque todos intentamos evitarlo. En eso consiste la vida. En mantenernos ocupados, desviando la mirada para no tener que contemplar el abismo. Porque eso nos llevaría a perder la razón.

—Nadie sabe cuánto tiempo le queda.

—No estoy preparada.

—No depende de ti. Esa decisión no está en nuestras manos.

—Pero ¿y si lo estuviera? ¿Qué harías?

—Esto seguro que no.

—Eso dices tú. —Dirige la mirada hacia el túnel—. Ambos sabemos qué hay ahí abajo.

—Huesos —respondo, intentando mantener la voz firme—. Eso es lo que hay ahí abajo. Huesos de personas muertas hace mucho tiempo que no contaban con fármacos, quimioterapia ni analgésicos. Que aún creían en Dios, el demonio y los milagros. Nosotros sabemos que se equivocaban. Nada de eso es real.

—No me trates con esa condescendencia, Joe. Tú estabas allí. Estábamos todos.

—Marie, estás enferma. No piensas con claridad. Por favor. Allí abajo no hay nada que pueda ayudarte. Nada. Créeme.

—Está bien. —Aplasta su cigarrillo para apagarlo y hurga en la mochila. Saca una botella de vodka y una caja de somníferos—. Si de verdad crees eso, déjame marchar. Me tomaré esto, y todo habrá terminado. Al menos esa decisión estará en mis manos.

Me quedo callado. Sonríe.

—No puedes, ¿verdad? Porque sabes que es verdad. Por lo que le ocurrió a tu hermana.

—Mi hermana estaba herida. Se perdió. Y regresó.

—¿De dónde?

Trago para deshacer el tenso nudo en mi garganta.

—No se había muerto.

Suelta una carcajada. Un sonido espeluznante y quebradizo, desprovisto de humor o humanidad. Una parte de mí se pregunta si siempre ha sido así en el fondo, o si la noche que bajamos allí algo cambió en su interior. A lo mejor a todos nos cambió algo por dentro. Quizá la culpa y el remordimiento no fueron las únicas cosas que nos llevamos de allí.

—Tú no crees eso —afirma ella.

—Sí, lo creo.

—Y una mierda. —Tuerce la boca—. Estaba muerta. Es imposible que sobreviviera a ese golpe. Lo sé porque...

Se interrumpe. Se me hiela la sangre. De pronto, me zumban todas las terminaciones nerviosas.

—¿Porque qué?

—Nada. No fue nada.

Pero es mentira. Lo fue todo. De pronto, me viene de nuevo la escena a la cabeza. Annie desplomada y hecha un ovillo. Hurst a pocos metros de ella. La palanca en el suelo. Marie aferrada al brazo de Hurst. Pero ella no estaba allí un momento antes. Se había movido. Se había acercado; a mí, a Annie.

—Fuiste tú —señalo—. Tú la golpeaste.

—No era mi intención. Entré en pánico. Fue un accidente.

—Dejaste que Hurst cargara con las culpas. Él te encubrió, te protegió.

—Me quiere.

Ahora todo cobra sentido. El motivo de que ella se quedara y se casara con Hurst. Él la quería. Pero además tenía información comprometedora sobre ella. Marie no podía huir de él. Y a lo mejor la piscina y las puertas plegables la ayudaron a soportarlo. Solo un poco.

—¿De verdad ibais a dejarnos allí abajo?

—Intenté disuadirlo.

Pero esto no es del todo cierto. Recuerdo que ella le posó la mano en el brazo y que cruzaron una mirada. En aquel momento creí que quería ayudarnos, pero ahora no estoy seguro. Ya no estoy seguro de nada.

—¿Y Chris? Te dije dónde había quedado con él esa tarde. ¿Enviaste a Hurst a por él? ¿Eso también fue idea tuya?

—No. Eso no fue lo que ocurrió. Ya sabes cómo era Hurst. Me daba miedo.

Me acuerdo del moratón que tenía en torno al ojo. El ojo derecho. Y entonces me viene a la mente la imagen de Hurst sirviéndome el whisky. «Con la mano derecha.» Cae otro trozo del pedestal.

—No fue él quien te pegó, ¿verdad?

—¿Acaso importa?

—Sí.

—Está bien. No, no me pegó. Tuve una enganchada con Angie Gordon después de clase.

—Así que también mentiste acerca de eso.

—Por Dios santo, fue hace veinticinco años, joder. Lo pasado pasado está. No puedo cambiarlo. Ojalá pudiera. —Vuelve la vista hacia la entrada de la cueva—. Por favor, Joe, deja que vaya.

—No puedo.

—Haré lo que sea. Te daré dinero, lo que tú quieras.

—¿Lo que yo quiera?

—Sí.

Pienso en Hurst, desangrándose sobre la tierra. Pienso en el dinero que debo. Pienso en los ojos muy abiertos con que Annie miraba por la ventana aquella mañana radiante y nevada, y en su cuerpecito encogido sobre el suelo de la cueva.

Pienso en los explosivos que he colocado en la cueva y en el detonador móvil que llevo en el bolsillo. Miro a Marie. El odio arde con fuerza.

—Puedes explicarme una cosa —digo.

—Lo que quieras.

—¿Dónde están los malditos muñecos de nieve?

Abre la boca. Se le hunde un lado de la cabeza. Fragmentos de hueso, sangre y masa encefálica saltan por los aires y llueven como confeti. Hay un cráter abierto en el cráneo, desgarrado como cartón piedra.

Apenas le da tiempo de desorbitar los ojos por la sorpresa. Todo ha sido demasiado repentino. No hay ni un momento para reflexionar o comprender. En un primer momento está viva y, al siguiente, está muerta, doblándose en el suelo como un pelele, como si alguien hubiera apagado un interruptor, desconectado el enchufe, cortado el suministro.

—¡Madre mía! —Me doy la vuelta rápidamente.

Gloria está de pie detrás de mí, pistola en mano.

—¡La has matado!

—No iba a darte nada. Ya me las he visto con zorras como esa.

—¿Dónde está Hurst?

—Resulta que sangraba demasiado deprisa.

Hurst. Muerto. Intento asimilar esta idea. Durante años, creía que quería que se muriera. Que lo deseaba, incluso. Pero en estos momentos no siento nada, excepto náuseas y cansancio. Y miedo. Porque ahora solo estamos Gloria y yo.

—No tenías por qué dejarlo morir...

—Pues me temo que es lo que he hecho. Pero míralo por el lado bueno: tengo que deshacerme de dos cadáveres, así que no me queda tiempo para darte una muerte lenta. —Me apunta con el arma—. ¿Quieres decir unas últimas palabras?

—¿«No me dispares»?

—Qué más quisiera.

No tendría mucho sentido suplicar. Con Gloria, no. Pero podría intentarlo. Decirle que soy profesor. Que a los profesores no nos pegan tiros. No somos tan interesantes. Morimos lentamente, varios años después de que la gente ya nos diera por muertos. Podría decirle que tengo otro plan. Podría decirle que quiero escapar con ella. Podría decirle que no estoy preparado. No serviría de nada.

Cierro los ojos.

—Espero que lleves tus zapatos de baile. —Amartilla la pistola.

Cierro los dedos sobre el teléfono que llevo en el bolsillo y pulso Llamar.

Esta vez no se oye un ruido sordo, sino un rugido. Surge desde las profundidades de la tierra y estremece el suelo bajo mis pies. Abro los ojos. Veo que Gloria trastabilla y agita la pistola en el aire. ¿Me da tiempo de arrancar a correr, de abalanzarme sobre ella? Alza la vista de nuevo. Recupera el pulso firme y me encañona otra vez. Ciñe el dedo al gatillo.

«No hay aplazamiento. No hay una salida de último momento. No hay segunda oportunidad.»

Gloria cae a través del suelo.

Como un conejo en una madriguera, una moneda en un pozo. Sin un solo grito. Ya no está. Ha desaparecido. Horrorizado, contemplo el lugar donde se encontraba hace un instante; el socavón que acaba de abrirse en la tierra.

Me acerco cojeando. Solo alcanzo a vislumbrar un atisbo de rosa, unos mechones rubios. El suelo vuelve a temblar. La tierra y la hierba empiezan a desmoronarse bajo la punta de mis zapatillas. Me tambaleo hacia atrás, justo a tiempo, pues los lados del agujero se derrumban y caen más terrones, grava y piedras encima de su cuerpo.

Me asomo a la profunda sima, aturdido y mareado. Se me empaña la vista. Algo cálido me resbala por la mejilla, junto a la oreja. Me duele la cabeza. Alzo la mano para tocármela. Tengo la zona de encima del ojo pegajosa y extrañamente blanduzca. No tengo tiempo para cavilar sobre ello. Oigo otro gruñido procedente de abajo. Una advertencia. Tengo que largarme de aquí antes de que acabe junto a Gloria. Allí abajo. En la oscuridad. Entre los huesos de los muertos.

Y otras cosas.


Me parece que tardo una eternidad en desandar el camino. Tengo afectado el equilibrio. Voy bamboleándome y haciendo eses por las cuestas y pendientes. Caigo varias veces. Tengo un pitido en el oído izquierdo y un ojo se resiste a enfocar bien. Esto no pinta bien. Nada bien.

Estoy a punto de llegar a las puertas del terreno cuando percibo el rumor sordo de la réplica final que recorre el suelo. Me detengo y vuelvo la vista atrás. Un humo negro se mezcla con el gris oscuro del cielo.

Noto algo en la cara. Parecen copos de nieve. Tardo un momento en percatarme de que los copos son negros, no blancos. Copos de carbón. Me quedo ahí de pie durante un par de segundos y dejo que caigan a mi alrededor.

Entonces me siento en el suelo. No es una decisión consciente. Mis piernas simplemente ceden, como si hubieran dejado de recibir las instrucciones de mi cerebro. Como si hubieran decidido dejar de funcionar para el resto de la noche. O tal vez para siempre. Estoy cansado. Un velo rojo me nubla el ojo izquierdo. Pienso que tal vez ya nunca pueda levantarme. Me da igual.

Me quedo tumbado boca arriba sobre el suelo rocoso. Contemplo el cielo, pero tengo la sensación de estar mirando hacia abajo, hacia las profundidades de un abismo negro. La oscuridad me arrastra.

Alguien me agarra del brazo...

# 37

*Dos semanas después*

—Las despedidas emotivas no son lo mío.

—Tampoco lo mío.

—¿Nos abrazamos?

—Si tú quieres...

Beth me mira.

—La verdad es que no.

—Yo tampoco.

—¿Sabes lo que se dice de los abrazos? —pregunta.

—¿Qué?

—Que son solo una excusa para ocultar la cara.

—Bueno, en algunos casos, seguramente eso es algo bueno.

—Que te den.

—Desaprovechaste tu oportunidad.

—Lo superaré.

—Y yo que creía que estabas ahogando tus penas.

Beth alza su vaso hacia mí.

—Salud.

Choco mi Coca-Cola con su cerveza.

—Y no creas que solo porque te piras y me dejas sola lidiando con los efectos colaterales, te voy a invitar a copas toda la noche —añade.

—Con «efectos colaterales», supongo que te refieres a tu nuevo puesto de subdirectora, ¿no?

—Ya, bueno: llámalo como quieras.

—Me niego a llamarlo «comoquieras».

Me dedica una peineta.

Harry renunció hace unos días, junto con Simon Saunders. No estoy seguro, pero creo que seguramente tiene algo que ver con unos mensajes de correo electrónico que la policía encontró en el ordenador de Stephen Hurst y que contenían indicios de soborno y corrupción: tráfico de influencias a favor de Harry y pagos a Simon Saunders por falsificar los trabajos académicos de su hijo. Todo muy lamentable.

La señorita Hardy (Susan, de historia) ha asumido el cargo de directora interina y ha nombrado subdirectora a Beth. Creo que formarán un buen equipo. De hecho, si fuera optimista incluso llegaría al extremo de afirmar que creo que pueden imprimir un giro a la Academia Arnhill, sobre todo considerando que uno de sus principales problemas —Jeremy Hurst— no va a volver.

Vive con una familia de acogida temporal y va a terapia con un psiquiatra. Sufrió un shock por la muerte repentina y violenta de sus padres. Me gustaría decir que lo siento por Jeremy. Pero entonces me acuerdo de Benjamin Morton.

Nunca lo sabré con certeza, pero creo que Jeremy lo llevó a la cueva. Tal vez para gastarle una broma, tal vez como rito de «iniciación». Fuera por el motivo que fuese, algo le ocurrió a Ben allí abajo. Algo malo. Y tal vez no fue el primero. Pienso en Emily, la sobrina de Beth. Otra chica que cambió. Otra vida segada de forma trágica y prematura.

Y Jeremy no se lo contó a nadie. Salvo tal vez a su madre.

Encontraron los cadáveres de Hurst y Marie en el terreno de la antigua mina. La policía aún sigue investigando las causas de su muerte. Hurst tenía algunos socios de reputación dudosa y más que unos cuantos enemigos, por no mencionar una bolsa de deporte con una palanca ensangrentada en el maletero, por lo que quizá les lleve un tiempo llegar al fondo del asunto. Sospecho que, a falta de más información, tal vez nunca lleguen a resolver del todo el caso.

Rellenarán el socavón dentro de muy poco. Están reexaminando el proyecto del parque rural. Nunca construirán viviendas en ese terreno. Ningún ayuntamiento lo aprobaría.

La policía me hizo una visita, por supuesto. La agente Taylor y su corpulento —muy corpulento— acompañante, el sargento Gary Barnes. Me dijeron que algunos testigos me habían visto en el coche de Hurst, y reconocí que era verdad. Les aseguré que él me había llevado a casa una noche. Sin embargo, una vez despachado ese tema, las demás preguntas me parecieron bastante triviales.

—¿O sea que no estoy bajo sospecha? —pregunté antes de que se marcharan.

Taylor arqueó la ceja.

—Por esto, no.

El sargento corpulento soltó una carcajada. Humor policial.

—Esto parece obra de un profesional —explicó—. Hasta donde sé, no encaja usted en el perfil de asesino a sueldo.

Podría haberles comentado que existen muchas clases de asesinos (y asesinas) a sueldo, pero no lo hice. Sonreí.

—La pluma es más poderosa —aseveré.

El hombretón clavó los ojos en mí. Humor profesoral.


Beth observa mi Coca-Cola con suspicacia.

—¿De verdad tienes que irte hoy? Es una copa de despedida un poco cutre. Podríamos pedir una botella de vino. Bebérnosla durante la tarde. ¿Qué me dices?

Me quedo mirándola. Echaré de menos mirarla. Y me alegro de que hayamos hecho las paces. Le dije que la razón por la que había regresado a Arnhill era porque culpaba a Hurst del suicidio de Chris. Necesitaba exorcizar algunos fantasmas. Y en parte era cierto. Como casi todas las mentiras. A veces basta con eso.

—Aunque la idea me seduce, y mucho —replico—. Tengo que marcharme. De todos modos, lo importante es la compañía.

Pone mala cara.

—Qué pico de oro. Voy a mear.

Abandona la mesa contoneándose. Observo su esbelta figura mientras se aleja. Lleva unos vaqueros pitillo negros, Doc Martens y un jersey ancho de rayas lleno de agujeros (que supongo que son la expresión de su concepto de la moda y no la obra de unas polillas demasiado laboriosas). Siento una ligera punzada de remordimiento. Beth me gusta. Mucho. Y casi me atrevería a acariciar la idea de que yo también le gusto a ella. Es buena persona. Pero yo no. Por eso me iré lo más lejos posible de ella.

—Un bol de patatas para compartir.

Alzo la mirada. Lauren suelta un cuenco rebosante de patatas sobre la mesa.

Le sonrío.

—Gracias.

—De nada.

—No solo por las patatas.

Fija la vista en mí.

—Lo recuerdo —digo—. Fuiste tú quien me encontró en la mina esa noche.

Se hace el silencio. Justo cuando creo que va a quedarse callada, dice:

—Estaba dándole su último paseo al perro.

«Un perro viejo —pienso—. El de su madre. Un perro que tiene una franja sin pelo en torno al cuello. Y cierta propensión a morder.»

—Pues gracias de nuevo —digo—, por ayudarme a regresar a casa. Por no contárselo a nadie. Y por todo lo demás. Tengo los detalles un poco borrosos.

—No hice gran cosa.

—No creo que eso sea verdad.

Se encoge de hombros.

—¿Cómo sigues de la cabeza?

Me llevo la mano a la frente. Tengo una pequeña marca roja en la sien y todavía me molesta un poco, como los restos de un moratón. Pero eso es todo.

—Supongo que me di un golpe al caer.

—No te caíste.

—¿Ah, no?

—No hasta abajo del todo.

Da media vuelta y regresa a la barra con andar indignado. La sigo con la mirada.

Beth se sienta de nuevo a la mesa.

—¿Has dicho algo?

—No, nada. —Cojo un sobrecito de salsa—. ¿Kétchup?

—Gracias. —Lo coge y acto seguido agrega—: Ah, antes de que se me olvide. —Revuelve en su bolsa y desliza una pequeña caja de zapatos sobre la mesa.

—¿Lo has conseguido?

—Lo ha conseguido la señora Craddock, de biología.

—Gracias. —Abro la caja y echo un vistazo dentro.

—Te presento a Pelusa —dice Beth.

—¿Ella no habrá...? Ya sabes.

—Nooo. Causas naturales.

—Menos mal. Gracias.

—Supongo que vas a explicármelo, ¿verdad?

—No.

—Misterioso Agente.

—No olvides «Internacional».

—Te echaré de menos.

Sonrío.

—Y yo a ti.

—Y ahora, ¿podrías apartar eso de mi vista? Me está quitando el hambre.

Meto la caja en mi cartera.

—¿Mejor así?

—Me refería a tu estúpida sonrisa.


Son las tres pasadas cuando subo a mi coche para emprender el viaje de regreso al noroeste. Beth y yo intercambiamos números de teléfono y la promesa de seguir en contacto, aunque sé que seguramente no la cumpliremos porque no somos la clase de personas que mantienen amistades vía mensajes de texto, pero es lo que hay.

No nos abrazamos, ni prorrumpimos en lágrimas, ni nos damos un beso romántico y lujurioso de último momento. Ella no echa a correr tras el coche cuando me alejo por la calle. Entra de nuevo en el pub tras dedicarme un gesto obsceno por el retrovisor.

Giro y avanzo por la calle principal, pero no voy muy lejos. En cuanto llego al final de la carretera, paro junto a la iglesia de Saint Jude.

Me apeo y abro la puerta de la verja. Ella está sentada en el desvencijado banco de madera. Se la ve serena, con su chaqueta gris lisa y su vestido azul. Se vuelve hacia mí mientras me acerco.

—Extraño lugar para una despedida —comenta la señorita Grayson.

—Pensé que resultaría apropiado.

—Supongo que lo es.

Dirigimos la mirada hacia el cementerio.

—Ella no está enterrada aquí, ¿verdad? —pregunto.

—¿Quién?

Pero ya sabe la respuesta.

—Su hermana.

—Hace mucho tiempo que no entierran a nadie en este camposanto.

—Pues no está en ninguno de los otros cementerios de la zona. Lo he comprobado.

—Mis padres pidieron que la incineraran.

—Tampoco figura en el registro del crematorio. De hecho, no hay constancia de su muerte en ningún sitio.

Se produce una larga pausa.

—Cuando pierdes un hijo —dice al fin—, se apodera de ti un dolor inimaginable. Creo que el duelo es una especie de locura. Te impulsa a hacer cosas que no te plantearías jamás en circunstancias normales.

—¿Qué fue de ella? —pregunto.

—Mis padres se la llevaron una noche. Nunca la trajeron de vuelta. Al menos a casa.

—¿Por eso estaba usted tan interesada en la historia de Arnhill y la mina? ¿Por eso me aseguró que sabía lo que le había ocurrido a Annie?

Asiente con la cabeza.

—¿De verdad fue un accidente lo que sucedió con el coche? —inquiere.

—Sí —respondo—. Lo fue.

Se queda pensativa.

—Dicen que la vida se abre camino. A lo mejor, a veces, la muerte también.

Y, a fin de cuentas, es quien tiene todas las cartas, pienso.

—Debería ir tirando. —Le tiendo la mano—. Adiós, señorita Grayson.

Ella me la estrecha y noto su palma fría y lisa.

—Adiós, señor Thorne.

Me levanto y avanzo unos pasos. Cuando estoy cerca de la puerta, oigo que me llama.

—¿Joe?

—¿Sí?

—Gracias. Por regresar.

Me encojo de hombros.

—A veces, no queda otra alternativa.

# 38

Las sinuosas carreteras rurales están oscuras. Negocio las curvas despacio y con cuidado. Incluso a mi velocidad de tortuga, el trayecto dura menos de lo que esperaba. Me he ahorrado el tráfico de la hora punta y tengo la mente ocupada. Demasiado.

Aparco en una calle lateral, muy cerca del piso que compartía con Brendan. Me bajo y dirijo la vista a derecha e izquierda. Camino hasta el final de la calle y entonces lo localizo: un maltrecho Ford Focus con dos asientos infantiles en la parte de atrás y un letrero en el parabrisas posterior que reza: «Monstruitos a bordo».

Lo observo por un momento antes de cruzar la calzada a paso más lento y recorro dos manzanas hasta mi antiguo pub local. Es un buen pub. Sirve una empanada de ternera y riñones que está de muerte.

En cuanto abro la puerta de un empujón lo avisto, sentado a nuestra mesa de siempre, en un rincón del fondo. Tras pedir una cerveza y una bolsa de patatas, me acerco con paso tranquilo. Él alza la vista. Una gran sonrisa se le dibuja en el escarpado rostro.

—¡Vaya, mira quién ha venido!

Deposito mi cerveza sobre la mesa. Él se pone de pie y se abre de brazos. Nos abrazamos. No puede verme la cara.

Nos sentamos por fin. Brendan levanta su vaso de zumo de naranja.

—Me alegro de que hayas vuelto, y además entero.

Le doy un sorbo a mi cerveza.

—Gracias.

—Y ahora, ¿me vas a contar qué narices ha pasado?

—La rubia ya no supondrá un problema.

—¿Ah, no?

—Ha muerto. Un accidente.

Me quedo mirándolo, pero no se inmuta.

—¿Y qué hay de tu deuda?

—Creo que quedará cancelada muy pronto.

—¿Sabes qué diría mi querida y anciana madre?

—¿Qué?

—Que un hombre sabio nunca cuenta sus gallinas hasta que ha matado al último zorro.

—¿Y eso qué significa?

—Que puede que te hayas librado de esa mujer, pero ¿de verdad crees que ha acabado todo?

Abro la bolsa de patatas y se la ofrezco a Brendan. Se da unas palmaditas en la barriga negando con la cabeza.

—Estoy a régimen, ¿recuerdas?

—Ah, es verdad. Estabas mucho más orondo cuando bebías, ¿verdad?

Sonríe de oreja a oreja.

—No como ahora, que estoy hecho un adonis.

—Entonces ¿dirías que estabas gordo en aquella época?

La sonrisa se le borra de la cara.

—¿A qué viene esto, Joe?

—Es por algo que me dijo Gloria antes de morir. Fue una muerte rápida, por si querías saberlo. Sé que erais íntimos.

—¿Íntimos? No tengo ni idea de qué me hablas. Soy tu amigo. El que siempre ha estado allí para apoyarte. El que te visitó en el hospital durante semanas.

—Me visitaste dos veces. Pero supongo que estabas demasiado ocupado ocupándote de tus negocios: apuestas, extorsión, asesinato.

—¿Qué negocios? ¡Estás hablando conmigo, con Brendan!

—No. Estoy hablando con el Gordo.

Nos sostenemos la mirada. Advierto que se da cuenta de que es inútil seguir fingiendo. Ya se han jugado todas las cartas. Extiende los brazos a los costados.

—Vaya. Me has pillado. Siempre has sido espabilado. Por eso me caes bien.

Ha perdido de golpe el marcado acento irlandés, como una serpiente al mudar la piel.

—¿Por eso le pediste a Gloria que me dejara lisiado?

—Los negocios son los negocios. La amistad es la amistad.

—¿Qué sabrás tú de la amistad?

—Aún respiras. Para mí, eso es amistad.

—¿Por qué? ¿Por qué te molestaste siquiera en aparentar que eras mi amigo? ¿Por qué dejaste que viviera en tu piso?

—Intentaba ayudarte. Darte la oportunidad de pagar. Pero tú no dejabas de hundirte más y más. Además, te juro por Dios que disfruto con tu compañía. Cuando uno está en mi posición, no es fácil hacer buenos amigos.

—Tienden a sufrir muchos accidentes, ¿a que sí?

Se le escapa una risita.

—A veces resulta necesario.

Necesario. Claro.

Se retrepa en su silla.

—Bueno, cuéntame: ¿qué te dijo Gloria?

—«Espero que lleves tus zapatos de baile.» En ese momento, con ella apuntándome a la cabeza, no caí en la cuenta. Pero más tarde, me acordé.

Sacude la desaliñada cabeza.

—Tendría que haber imaginado que mis máximas acabarían por volverse en mi contra algún día.

—No fue solo eso. Casi habría podido olvidarme de lo que dijo Gloria... —Y lo quería. De verdad que lo quería. Pero había algo más—. Fue el coche —añado.

—¿El coche?

—Me fijé en un Ford Focus negro con asientos infantiles aparcado frente al hostal antes de que me dijeras que habías conducido hasta mi casa para llevarme la bolsa. Me resultaba familiar, pero no conseguía identificarlo. Pero más tarde lo recordé: había visto el mismo Ford Focus una vez, delante de tu edificio. Me habías dicho que era el coche de tu hermana y que se lo habías pedido prestado.

—Ah.

—¿Era cierto?

—En realidad, no. Hay que esconderse siempre a la vista de todos, amigo mío. La mitad de los clientes de este pub ha oído hablar del Gordo. Nadie sabe que viene casi todas las noches. Nadie se fija en Brendan, borracho reformado, bufón irlandés inofensivo.

»Lo mismo ocurre con el coche. A nadie le llama la atención un vehículo familiar del montón. Si las cosas se ponen feas y tienes que pirarte a toda prisa, sabes que la policía no va a parar al padre de aspecto desastrado que va a paso de tortuga en su Ford Focus para recoger a los críos. Es el disfraz perfecto.

—O tal vez no.

—Bueno, todos cometemos errores. El tuyo ha sido regresar aquí. Porque ahora me planteas un dilema. Sigues debiéndome dinero. Mi novia está muerta. ¿Qué se supone que debo hacer contigo, Joe?

—Dejarme salir tranquilamente de aquí.

Suelta una carcajada.

—Podría. Pero eso solo retrasaría lo inevitable.

—No vas a matarme.

—¿Ah, no? ¿Por qué?

—Primero explícame dos cosas. Uno: ¿por qué me aconsejaste que acudiera a la policía?

—Porque sabía que no lo harías. Psicología inversa.

—Y dos: todas las otras cosas que me contaste ¿también eran mentira?

Medita la respuesta.

—Bien, vamos a ver. Mi madre es irlandesa, pero no tan querida. Es cierto que yo antes estaba gordo. Soy un alcohólico en recuperación. Ah, y tengo una hermana...

—Que tiene dos hijos: Daisy y Theo.

Clava la vista en mí. Se le contrae un músculo al lado del ojo.

—Viven en Altrincham. Su papá trabaja en el aeropuerto. Mamá es recepcionista en la consulta del médico. Daisy y Theo van a la escuela primaria de Huntingdon. Tu hermana va a buscarlos tres días por semana. Los martes y los viernes, cuando trabaja hasta tarde, los recoge la niñera. Ah, y no tienen jerbos, sino hámsteres. —Cojo mi vaso y bebo un sorbo—. ¿Voy bien de momento?

—¿Cómo demonios...?

—Estoy sin trabajo. Tengo tiempo de sobra. Bueno, la situación es la siguiente: si vas a por mí, yo iré a por tu hermana y su familia.

La comisura del labio se le tuerce en una mueca de desprecio.

—No tienes cojones.

—¿No?

Me llevo la mano al bolsillo y saco algo pequeño, marrón y peludo. Dejo caer el hámster muerto dentro de su bebida.

—Como dijo tu querida y anciana madre durante la orgía: aquí hay cojones de sobra.

Brendan fija la mirada en el hámster. Luego vuelve a posarla en mí. Le sonrío. Su expresión cambia.

—Lárgate de aquí. No quiero volver a ver tu horrenda jeta.

Echo mi silla hacia atrás.

—Lejos. Al quinto pino —agrega.

—Me han dicho que Botsuana es bonito.

—Compra el billete solo de ida. Y si se te ocurre dar señales de vida, aunque solo sea mandar una postal, eres hombre muerto. ¿Queda claro?

—Queda claro.

Doy media vuelta y atravieso el pub sin mirar atrás.

Y, por alguna razón, no voy cojo.

# Epílogo

Le han advertido a Henry que no suba allí a jugar. Desde que se mudaron, su madre no deja de dar la vara con eso. Que si es peligroso, que si podría hacerse daño, perderse o caerse en un agujero. Y él no quiere caerse en un agujero, ¿verdad?

Henry no quiere caerse en un agujero, pero no siempre le hace caso a su madre. A veces sus palabras se le antojan solo un revoltijo de letras. Las oye, pero no se entera bien de lo que significan. Al parecer, es por culpa del autismo, que hace que no empatice (es decir, que no sienta las cosas como debería).

Esto no es de todo cierto. Le cuesta el trato con las personas. Con los animales, no tanto. Tampoco con los lugares. Esos sí los siente. Como la antigua mina. Lo notó en cuanto se instalaron en la casa. Lo estaba llamando. Como si se encontrara al lado de una habitación llena de personas que le hablaban, pero no alcanzaba a distinguir lo que decían.

Henry no le ha contado a su madre lo de las voces. Hay muchas cosas que no le cuenta a su madre porque «se preocupa». Es una palabra que usa mucho. Le preocupa que no esté a salvo. Le preocupa que pase tantas horas solo. Por eso se puso tan contenta cuando él le habló de sus nuevos amigos. Henry nunca había tenido ninguno y sabe que ahora su madre se preocupa también por esto.

Hoy, mamá está en el piso de arriba, pintando. Se ha puesto

a redecorar la casa de campo. Dice que las magnolias de las paredes la hacían sentir como si viviera en una lata de sémola. A veces mamá dice cosas graciosas. Henry cree que quiere a su madre.

Así que se siente un poco (¿culpable?) cuando sale a hurtadillas. Pero no lo suficiente para cambiar de idea. Ese es el problema. Henry no se para a pensar en cómo afectan sus actos a otras personas (según los médicos). Solo vive el presente.

El presente está bien. El sol brilla, pero no con un resplandor veraniego, blando como la mantequilla derretida, sino con una luz dura, propia del invierno. Tiene los bordes afilados, y da la impresión de que te rebanaría los dedos si lo tocaras. A Henry le gusta. Va abrigado con una gruesa parka y dentro de ella se siente seguro y calentito, aislado del mundo que lo rodea. Eso también le gusta.

Avanza por el camino hasta que llega a la verja de seguridad. Sabe dónde está el hueco. Se le da bien encontrar entradas a los sitios. Se cuela por la abertura y mira alrededor.

Se pregunta dónde estarán sus amigos. Suelen recibirlo allí arriba. Y entonces los ve (como si los hubiera hecho aparecer al pensar en ellos). Lo saludan con un gesto y bajan por la pequeña pendiente hacia él. La niña tiene más o menos la edad de Henry. El chico es un poco mayor, delgado y rubio. La niña a veces lleva una muñeca.

Pasean juntos por el páramo cubierto de maleza. De cuando en cuando, Henry se detiene y recoge una piedra, un tornillo viejo o un trozo de metal. Le gusta coleccionar cosas.

Después de un rato —no está seguro de cuánto, porque se hace un lío con los relojes—, se da cuenta de que el sol ya no brilla tanto ni parece tan duro como antes. Ha descendido mucho en el cielo. Henry piensa que quizá su madre ha dejado de pintar y se preocupará al ver que él no está en casa.

—Debería irme —dice.

—Aún no —dice el chico.

—Quédate un ratito más —dice la niña.

Henry se debate en la duda. Le gustaría quedarse. Nota ese impulso en su interior. Oye el repiqueteo de la mina en su cabeza. Pero no quiere que su madre se disguste.

—No —dice—. Me voy.

—Espera —dice el chico, en un tono más apremiante.

—Tenemos algo que enseñarte —dice la niña.

Ella le toca el brazo. Tiene la mano fría. No lleva más que un pijama delgado. El chico va vestido con una camiseta y pantalón corto. Ninguno de los dos lleva zapatos.

A Henry le parece un poco raro. Pero este pensamiento lo abandona enseguida, ahogado por las voces susurrantes.

Lo intenta una vez más.

—De verdad que tengo que regresar a casa.

El chico sonríe. Algo negro le cae del pelo y se aleja correteando.

—Regresarás —dice—. Te lo prometemos.

«Para viajar lejos no hay mejor nave que un libro».

EMILY DICKINSON

## Gracias por leer este libro.

En **penguinlibros.club** encontrarás las mejores
recomendaciones de lectura.

Únete a nuestra comunidad y viaja con nosotros.

penguinlibros.club

Penguin
Random House
Grupo Editorial

penguinlibros